故都中原：

唐诗宋词里 的 梦华录

《大中原文化读本》丛书编委会 编

文心出版社
·郑州·

图书在版编目（CIP）数据

故都中原：唐诗宋词里的梦华录 /《大中原文化读本》丛书编委会编. —郑州：文心出版社，2018.3
（2019.1重印）
（大中原文化读本）
ISBN 978-7-5510-1262-1

Ⅰ.①故… Ⅱ.①大… Ⅲ.①散文集-中国-当代
Ⅳ.①I267

中国版本图书馆CIP数据核字（2016）第091235号

《大中原文化读本》丛书编委会人员名单
（按姓氏音序排列）

白军峰	陈传龙	陈洋	陈光福	陈晓磊	成城	崔运民	董素芝
段海峰	郭良正	郭艳先	韩晓民	郝淑华	侯发山	胡泊	贾国勇
李涛	李颖	李俊科	栗志涛	刘树生	刘永成	逯玉克	骆淑景
马维兵	石广田	睢建民	孙兴	王剑	王涛	王剑冰	王永记
武冠宇	姚国禄	易怀顺	张超我	张充波	张俊杰	张树民	张相荣
赵长春	郑长春	庄学					

选题策划：齐占辉
责任编辑：齐占辉
责任校对：侯 果
装帧设计：青禾设计　李莱昂
出 版 社：文心出版社
　　　　　（郑州市经五路66号）
发行单位：全国新华书店
承印单位：北京博海升彩色印刷有限公司
开　　本：710×1000　1/16
字　　数：300千字
印　　张：12
版　　次：2018年3月第1版
印　　次：2019年1月第2次印刷
书　　号：ISBN 978-7-5510-1262-1
定　　价：42.00元

王剑冰，河南省作家协会副主席，河南省文艺评论家协会副主席，河南省散文学会会长，中外散文诗协会副主席，曾任《散文选刊》副主编、主编。

透射历史辉煌 展现中原文明

河南人爱说"中"，为什么？有人说，"中"就是因为中国姓"中"，中国的中就在中原，中原在中国之中，中原在黄河之中，中原人干事儿没有说不中的。有地方说"对"，有地方说"是"，有地方说"行"，有地方说"要得"，都没有"中"听着来劲儿、瓷实、肯定。"中"是民族味儿，"中"是中原风。

中原无论是过去还是现在在中国都是常住人口最多的地方，说明什么？说明中原是最宜居之地，人们喜欢往这里集中。得中原者得天下，中原一占住其他事情就好办了。你没见一条大河流经九省区，波澜曲折，唯到中原变得漫漶壮阔，山峡中憋屈的风，一遇广阔就尽情尽性。中原给了一切生物以一切的可能。没有哪一个地方被那么多的游子称为"老家"，出了中原你随便问，总能遇到河南人。中原人爱唱戏，声腔沉郁豪放、婉转悠扬，能拉魂曳魄、惊天泣神。中原人待客都喜用大杯大碗，从来按头等大事对待。中原人爱吃面，能吃出七十二花样，耍出十八般武艺。中原人有愚公般的实在，也有老子样的智慧。在中原，你随便走一地，都会同历史、文化、文明相通连。无数人物、无数遗迹、无数传说使得中原自显博大，沉厚深浑。

我所居住的地方，不远有座版筑土城，上面长满荒草和野木，冬天的时候铺满皑皑白雪，从高处看像一条银色长龙，逶迤折向很远。春天又开满了野花，说不清的芬芳随处荡漾。这就是郑州的商代都城遗址。渐渐地，我越来越知晓郑州的一些细节的东西。在城墙的一个角落，有标志是"李诚故里"，李诚是谁？一查资料方知此人了得。我还寻找过李商隐在郑州古城墙附近的居所，以及他常登临并赋诗的夕阳楼。那首诗后来被刻石而名扬天下："花明柳暗绕天愁，上尽重城更上楼。欲问孤鸿向何处，不知身世自悠悠。"我站在一片古城废墟上，面对西下的落日一阵感慨。我去找寻过陈胜故里，年代久远，只有一点可以追寻的痕迹，那是在阳城也就是现在的告成的老墙围子里。我当时一阵惊喜，那个辍耕之垄上怅叹久矣、怀有鸿鹄之志搅乱历史风云的猛士，竟然是郑州登封人。还有黄帝、子产、列子、韩非、杜甫、郑虔、白居易、申不害、郑国、高拱、许衡、李商隐……也都是郑州人。这是一个怎样的队列啊，这些风云人物，竟都在一个地方聚齐了，他们之中有中国历史上最伟大的政治家、军事家和文学家，由他们串起来的故事，可以说就是半部中国史。

我出郑州，刚过了圃田的高架桥，就看到一个"列子故里"的牌子，牌子虽然不起眼儿，但让我猛一激灵。列子何等人物？那个讲说了《愚公移山》《杞人忧天》《郑人买履》等故事的"寓言大王"原来就在这里！而他的主要创作来源，大都是取自中原的生活与传说。我经过光山，才知道司马光是在光山出生，司马光的"光"就是取自"光山"。我一直没有到过获嘉，到那里才知道有个同盟台，武王伐纣时曾在那里会盟然后展开的牧野大战。去偃师，本来是去看二里头遗址的，在一个学校的角落发现一堆土，荒草蓬茸，颓然不堪，里面掩埋的竟然是吕不韦。

因为地处中国之中，中国八大文明古都，中原就占了四个。《诗经》三百篇，一半以上内容都与中原有关。中原地下文物堪称第一。这么说吧，你到中原游走，无论顺哪个方向都不会让你失望。咱们就从郑州往东西两线说说，往东，中间经过官渡，那是历史上有名的官渡大战的地方，然后是中牟，中国的美男子潘安的老家，再说开封话就多了，再往东有朱仙镇，有老子故里，有花木兰故里，有芒砀山（汉高祖刘邦斩蛇起义的地方）。再有商丘，里面的历史也能让你流连忘返。那么拐回头再往西去，又会有邙山历代陵园，其中就有宋陵，有杜甫故里、二里头文化遗址，洛阳更不用说，洛阳往西到三门峡，还有老子走过的函谷关。这只是差不多顺两条直线说一说，如果论片说就更多，还有南面北面呢，可以说哪条线都串联着无数辉煌的珠玉。

到底中原有多少好？我这里不细说了，那么看看这八卷书吧，看完再告诉我你的感觉，你一定说我没有妄言。我感觉，文心社出这套书是大手笔，数百位热心文友参与撰稿写作，以随性、自由的笔法，以极具个人成长印记的独特感受，来写中原传统文化，构成宏大的一套可供参考、学习、欣赏的"大中原文化读本"。这套书按照编者的说法，是把被史学专家、文化学者把玩的中原文化，以文艺范儿的通俗化理念，搞出来美食、民俗、戏曲、寻根、问宗、故都、古镇、非遗八个分册，每个分册选取中原文化的一个独具特色的亮点，是想展现中原生活风俗，体现中原人文精神，传承华夏文明，突出正义与精神，追求向上向善的力量。这就有意思了，也算是文心出版社精心打造的文化盛宴。

中原正在发生着变化，而且是很大的变化，这或许同你的印象或概念不大一样了，这些不一样，在这些书中也有反映，总之这些文字会给你带来回味和惊喜。这也是在多个方面给你引出了一个参观线路，就像一个增乐趣、长知识的导游图，在导游图上你可以随意找出想看到的那些细部特征。实可为旅途伴侣，枕边挚爱。这样，中原人会对家乡有更多的了解、自豪和自信，外地人也会对中原有更多的感慨。如此，当是我们为之满足的，快乐的。

王剑冰于郑州形散庐

邀您共赴
这场中原文化的饕餮盛宴

　　无论是为新书推广，还是为最确切地表达我们内心最真实的激动，我们都为这套"大中原文化读本"书系想象了很多的广告语。无奈，我们这些河南人都过于朴实，也不好意思说些太过花哨与夺人眼球实际上却早已失去了事情原本面庞的"豪华"字眼儿。最终，我们只是就这样掩去自己太过激动的内心，带着满怀的诚挚与真情，道一声：四百多名河南老乡，邀您共赴一场关于中原地区传统文化的饕餮盛宴，您约不约？

　　写这篇编委序时，恰是2016年的立夏。此刻，"大中原文化读本"全套八本书的内容已全部定稿，责任编辑也为它们申请了书号，它们正大光明的、合法的"身份证"也即日将由国家新闻出版总署发放到位，我们的内心又该如何不激动呢？回想一下这套书的成书历程，我们又该如何不感慨良多呢？从2014年年底，到2016年的立夏日，这个中的曲折、努力、激动、欢喜、欣慰……又怎是一个"好事多磨"能解释得了呢？

　　从一开始，"大中原文化读本"的策划方向，即是为河南省、中原地区优秀传统文化立传立言，发动所有能够以文字代言、表达真实内心的河南老乡，无论是作家还是文友，无论是"术业有专攻"的专家、学者，还是名不见经传的普通乡民，用文字来一场关于中原传统文化的"集体回忆"。让为生计而远离中原故土家园的河南老乡们，有这样的一套书以解乡愁；让对河南人有误解的外乡人，通过这样的一套书来深刻认识中原地区优秀、灿烂的文明，以及河南人至情至善的人格内核。

　　因着这样的大志向，2015年年初，征稿伊始，"大中原文化读本"便引起了河南文化界的极大关注。有知名作家把自己正在整理、打算出版的整部书稿都直接发给我们，让我们随便选用，从始至终连稿费多少都未曾问过。普通文友也是热情高涨，有文友大笑着说"作为一个土生土长的河南人，中原文化的盛事又怎么能少了我呢"，继而一篇接一篇地把稿子投给我们。征稿六个月，我们共收到来稿七千多篇，至于其中有多少河南老乡甚至省外作家、文友参与进来，我们无法做出精准的统计。虽然，因为图书版面有限，编委会从这海量的来稿里优中选优，敲定了八本书的全部内容，最终仅选用了四百多篇，但是，我们依然可以任性地说：这套书至少是河南老乡共同创作的，我们实现了"河南老乡集体回忆"的初衷。

截稿之后的2015年下半年，我们开始既紧张又欢欣的选稿阶段。之所以紧张，是因为投了稿子的作者们急切地想要知道自己的作品是否被录用而每每催问；是因为关注"大中原文化读本"的老乡们一直在催问什么时候见书；是因为我们自己怕漏过每一篇佳作，怕一丝一毫的不负责任就无法做到把中原文化的最美面貌呈现出来，毕竟，正像翘首以盼的读者所说的那样："这套书势必会成为河南文化的一张名片，甚至是脸面。"我们又怎敢掉以轻心？

之所以欢欣，是因为我们这些人虽然冠以"文化人"的名号，到底是不敢妄言什么都懂什么都明了的，而恰恰是在边读边选稿件的过程中，对中原文化知识进行了恶补。能学习到新的文化知识，让人如何不欢欣？另外，还是因为在选稿读文时，我们往往会发出"当年我也经历过"的感叹，那似曾相识，那有着共同的中原文化背景的乡愁情结，在文字间得到了共鸣，获得了纾解。能亲切到彼此像共同成长、一起生活的伙伴一般，让人如何不欢欣？

《美食中原》——我们流着口水，回忆着母亲做的咸菜疙瘩和蒸卤面的香甜在看；《民俗中原》——我们回忆着很多习俗尚且还在时日子艰难却家庭温馨、乡邻和睦的童年往事在看；《戏曲中原》——我们伸长了耳朵，听着马金凤威武的"辕门外，三声炮"，听着唐喜成嘹亮的"风萧萧马声嘶鸣"，听着任宏恩让人忍俊不禁的"月光下，我把她仔细相看"，于乡情乡音乡戏的沉醉中在看；《故都中原》——我们忍着被文字撩拨得几乎要夺门而出，来一场说走就走的故都之旅的冲动在看；《寻根中原》——我们带着对自己的祖上的追根问底，带着对老宅旧屋的浓得化不开的乡愁在看；《问宗中原》——我们沐浴着深山佛寺的清净之味、函谷关道家的自由之风在看；《古镇中原》——我们是看几篇文章就被文字吸引了，带着非要去那些散布在中原地区的文化名镇、传统村落里走走看看的回归感在看；《非遗中原》——我们带着对很多先辈留给我们的民间文化精粹几乎今已不见了踪影的遗憾，以及部分得到了重视、发掘且被继续传承的欣慰在看……

而当您来赴这场关于中原文化的饕餮盛宴，把这"八大件"的套餐拿在手中的时候，您又会如何看呢？

辛苦不再赘言。感谢所有曾给予"大中原文化读本"支持与帮助的人们。感谢上苍，让我们有这样一个共同赴"宴"的机会，约不约？等您，不见不散。

《大中原文化读本》丛书编委会

郑州故事

商丘故事

许昌故事

淮阳故事

　　洛阳，是一本活生生的历史书，走在洛阳的大街小巷，我们就像在一页一页地翻看中华五千年的历史风云。从东周的洛邑，到大唐的东都洛阳，再到如今的重工业基地，"东都"洛阳彰显着它苍老厚重且又年轻有活力的风采……

周公与洛邑

杨仲伦 | 文

在洛阳市的中心——王城广场上有两个最值得游览参观的地方：一个是中州路北侧的周王城天子驾六博物馆，一个是中州路南侧的"周公营造洛邑"雕像。

周王城天子驾六博物馆，以大量考古挖掘的历史文物，证实了几千年来在历史文献中只有文字记载，没有实物证明的"天子驾六"这一古代的丧葬礼制。而"周公营造洛邑"塑像则以艺术的形象，再现了周公营造洛邑那段早已消失在岁月深处的重大历史事件，从而揭示了周公与洛邑的密切关系。

周公营造洛邑，也充分显示了周公作为杰出的政治家、思想家、军事家的雄才大略和高瞻远瞩。

一

王城广场上的"周公营造洛邑"雕像总高13米，由上部乳白色的汉白玉人物塑像和下部粉红色的大理石基座两部分组成。雕像高约九米，是有周公、助手、技术人员、谋士、武将和琴童等人物的群雕。在最前面的是周公，他身躯高大，巍然站立，昂首挺胸向前方凝视，右手前伸食指向前下方，左手背在身后，整体表现的是周公正在勘察洛邑的地形地势，部署营造洛邑的工程规划，并且确定营造地点的神态。

在周公的身后右侧是一个十分美丽天真的琴童，她梳着两个发髻，怀里抱着一张古琴。在周公身后左侧是一个营造洛邑的助手，还有一个技术人员，双手平端着一个托盘，托盘上放着一座宫殿的模型，那可能就是待建的周王室宫殿模型吧！再后面是一位文职的谋士，最后边是一位身穿铠甲战袍、腰悬长刀的武将，显得十分勇猛威严，那可能就是周

【作者简介】

杨仲伦，甘肃人。中学教师。中国散文家协会会员，河南省作协会员。已发表作品一百多万字。出版有散文集《大地情韵》《我心中的红豆》《踏歌秋野》《乡思回韵》《吟啸行旅》等。

公的卫士！一组雕像，人物神态各异，雕塑家将他们雕刻得栩栩如生、气势恢宏。

　　粉红色大理石的基座宽5米，长12米，高3.9米，显得十分坚实、厚重、沉稳，南侧的正前面镌刻着"周公营造洛邑"六个金色大字。基座的西侧是浮雕《周公平叛图》：两名卫士骑在马上在前面开道；接着是周公端坐马上凝视前方；在周公的身后，是大队的骑兵，他们六骑一排，腰挂宝剑，手执锦旗，整齐排列；在骑兵的外侧，还有身穿铠甲、腰挂战刀、手握盾牌的步兵卫士，在威风凛凛地准备东征平定管叔、蔡叔勾结武庚的叛乱。基座的东侧是浮雕《制礼作乐图》，表现了洛邑营造成功后在宫廷里制礼作乐的情景。一群乐师吹着埙和笙，弹着古琴，敲着编钟，演奏着乐曲；两队舞女正在舒展长袖，翩翩起舞。整体表现出了一派和谐、欢乐的政治清平景象。基座的北侧镌刻着绿色的雕像文字说明。

　　这是一幅凝固了的画面，这是一段定格了的历史，不仅让人心生敬意，同时也使人神驰千年，眼前即刻浮现出了当年的情景。

二

　　公元前1046年夏历正月二十日，周公和太公姜尚辅佐周武王统率三百乘兵车、三千名虎贲、四万五千名甲士，从镐京出发，浩浩荡荡地东进伐商，于二月初五凌晨在牧野与商纣王决战。由于纣王仓促应战，再加上他骄奢淫逸，政治腐败黑暗，不得人心，导致士兵在阵前倒戈，延续了六百多年的商王朝就此灰飞烟灭。

　　周武王灭商后建立了西周王朝，他在返回镐京的途中于洛阳停留，考虑到此时周王

室的国土东达齐鲁，南至江淮，北及幽燕，地域十分广大，而周王室的国都却远在秦地西部的镐京，对于巩固政权鞭长莫及，十分不利，内心是焦虑异常，甚至达到"白夜不寐"的程度。最后，他根据孟津观兵时的情景，恍然大悟，终于想出万全之策，那就是定都洛邑。因为洛邑南有陆浑嵩岳之险，北有太行黄河之阻，洛邑一带又十分富庶，确实是建都的好地方，只是，周武王在灭商之后的第二年就死去了，这一美好的理想就暂且搁置。最终，完成这一宏图大略的重担就当仁不让地落在了他的弟弟周公姬旦的肩上。

三

周武王去世后，他的儿子周成王姬诵继位，但是，成王年幼，周公让儿子伯禽去管理鲁国，自己留在成王身边辅佐摄政。尽管他兢兢业业、克己奉公，"一沐三捉发，一饭三吐哺"，但还是遭人嫉妒，那就是他的另外两个兄弟管叔和蔡叔，他们散布流言蜚语，诬蔑周公要谋害成王，篡夺王位，并且勾结殷纣王的儿子武庚，联合东夷部族发动叛乱。

在危难面前，周公表现出了他的大智大勇，他毅然率师东征，经过三年腥风血雨、艰苦卓绝的作战，终于荡平叛乱，征服了东方诸国，收降了大批商朝的贵族，同时斩杀了管叔和武庚，放逐了蔡叔，巩固了周王室的政权。

经过这次平叛，为了加强对东方的控制，周公更加迫切地感觉到定都洛邑的重要性，于是，他以自己的深谋远虑，正式向成王提出建议，把国都从地处西陲的镐京迁到洛邑。同时把战争中俘获的大批商朝贵族，即"殷顽民"迁居洛邑，派召公奭在洛邑驻兵八师加强监督。另外，周公把小弟康叔封为卫君，令其驻守到商故都殷地，监督管理那里的殷商遗民。

因为迁都洛邑有诸多好处，一是便于镇压殷商旧贵族势力，扩大和巩固东方的统治；二是洛邑位居伊洛盆地，地势平坦，土地肥沃，群山环抱，地势险要，有非常优越的地理环境；三是位置适中，便于诸侯进纳贡赋和朝觐。所以周成王接受了周公的建议，决定营建洛邑，迁都成周。并且让周公和召公主管营造事务。成王命令召公先到洛阳视察地形，选择建都位置。然后周公又到洛邑审视复查了召公测定的城郭、宫室、郊庙、朝市的位置，选择吉日，举行隆重的奠基典礼，安排规划，开始了艰巨的修筑工程，从当年的3月到12月，经过奴隶们艰苦的劳动，迅速完成了洛邑的兴建工程。从此，西周就有了两座都城，西方的镐京称为"宗周"，东方的洛邑称为"成周"。洛阳都市的历史也就跨进了一个崭新的发展阶段。

四

据史书记载和考古资料显示，当时的成周王城南北9里76步，东西6里10步。而根据现代考古勘查证明，洛邑城周长有15公里。

王城内部的建筑布局是相当严谨可观的。据《玉海·宫解》记载，王城东西南北四面各有三座城门，城门都有三条通道，道宽20步，男子由左，女人由右，车从中央行走。城内纵横各有九条街道，王宫建在中央大道上，左边是宗庙，用以祭祀祖先；右边是社稷坛，作为天子登基典礼和祭祀神灵之用；前边是朝会群臣诸侯的殿堂，后边是商业交易的市场。这种布局即为"左祖右社，面朝后市"。在都城的南面近郊30里为明堂，以祭祀天地。在王城内不仅有用于祭祀、宴会、朝贺等象征都城威仪的宏大建筑物，而且整个布局比夏、商都城都要更加完善，也更加符合奴隶制礼制的需要。

在三千多年前，西周尚处于奴隶制社会，生产和经济都不太发达，但他们能精密设计营造规模如此宏伟的都城，不能不说是一个奇迹。王城的建成，在当时加快了对商

周两大民族的融合及东西文化、经济的交流，在中华民族发展史上写下了光辉的篇章。

五

洛邑建成后，周公召集天下诸侯举行盛大庆典，在这里正式册封诸侯，开始实行封邦建国的方针，他先后建置了鲁、齐、晋、卫、燕、宋、陈等71个封国，把武王的15个兄弟和16个功臣，封到封国去做诸侯，以作为捍卫王室的屏藩。另外在封国内普遍实行井田制，将土地统一规划，巩固和加强了周王朝的经济基础。

周公不愧是一位伟大的政治家和思想家，他不仅在政治、经济上采取重大的方针措施，又以自己的远见卓识，宣布各种典章制度，也就是所谓的"制礼作乐"。他先后发布了《康诰》《酒诰》《梓材》《多士》等各种文告，目的都是为了巩固周王朝的统治。

"礼"所要解决的问题就是尊卑贵贱的区分，即宗法制，强调的是"别"，即所谓"尊尊"。"乐"的作用就是"和"，即所谓"亲亲"。有别有和，是巩固周人内部团结的两个方面。

正因为周公采取了"制礼作乐"的制度，因此天下大治，周公也成为后世为政者的典范，孔子终生倡导的是周公的礼乐制度，孔子的儒家学派，把周公的人格典范作为最高典范，把周初的"仁政"作为最高的政治理想。可见，儒家学派受周公影响之大。而儒家思想，几千年来一直作为中华民族优秀文化被传承着。

周公营造洛邑，营造了一座流传三千多年的古都，也营造了灿烂辉煌的中华文明，他那高大的雕像矗立在广场之上，将永远接受后人的瞻仰和纪念！

掘地三尺读洛阳

逯玉克｜文

千人千面，城市也一样，因了地域、历史、文化、习俗的不同，而呈现出不同的个性、内涵、韵味与魅力。

"若问古今兴废事，请君只看洛阳城。"一座怎样的城市，让一代巨儒司马光的感慨成为流传千年的经典？

洛阳的一位学者说过一句很有见地的话：一千年历史看北京，三千年历史看西安，五千年历史看洛阳。

怎么去看？洛阳不是一座你走马观花蜻蜓点水就能读懂的城市，洛阳其实是两座城——地上的洛阳和土里的洛阳。

何出此言？先说地上的洛阳吧。

水草丰美肥沃富庶的三川（黄河、洛河、伊河之谓也，秦时设三川郡）流域，"河山拱戴，天成帝居"的定鼎之地，"四方入贡道里均"的"天下之中"，山环水绕八关拱卫的战略要地，风云际会逐鹿中原的政治舞台，朝代更迭战乱频仍的旋涡中心，使得洛阳地面幸免于难原汁原味的古代建筑等文化遗存寥若晨星，太多太多的文化瑰宝都在野心膨胀血雨腥风天昏地暗的改朝换代中被天灾人祸无情摧毁了、吞噬了。

好在，许多包含着众多原始信息的历史文化遗存却以另一种形式被拯救、保存了下来。三川丰沛的水源母乳般滋养孕育了洛阳悠久的历史、灿烂的文化，沧桑邈邈陵谷之变中，伊洛河的泥沙又以悲天悯人继往开来的博大胸怀，掩埋留存了这些历史的"尸骨"。查一下这些"尸骨"的"DNA"，就能解析一部中原、半部中国的历史。这就是土里的洛阳。

洛阳是一座古墓，地面上只是一堆高大巍峨的封土和一些残存的或精美或拙朴的零星石刻，许多未知的价值连城的宝贝大都深埋在封土的深处。地上光鲜亮丽的建筑、绿化等只是洛阳现代文明的外壳，土里

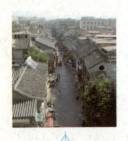

【作者简介】

逯玉克，河南洛阳人。主编有《芳草青青》《河洛散文百家》《洛风——河洛散文选》，出版有散文集《三川烟雨》《野生的月色》等。

武力暂时统治或摧毁这座城市，却无法征服这座周公制礼作乐、孔子入周问礼的泱泱大都！命途多舛的洛阳一次次在惨不忍睹的废墟上凛然不屈浴火重生，因为，源远流长根深蒂固生生不息的河洛文化依然活着！

当年，驰骋大漠桀骜不驯的匈奴哪儿去了？攻城拔寨骁勇善战的契丹哪儿去了？语言消亡了，习俗同化了，历史淡漠了，文化式微了。一个国家、一个民族、一座城市，文化的消尽意味着永无复兴的悲哀。耶路撒冷何以成为多种宗教的圣城？因为那里有那些民族无法割舍的历史和血肉相承的文化。

苍颜斑驳的"斟鄩""西亳""洛邑""王城""成周""雒阳"才是这座城市赖以绵延传承的"根"，才是饱含生命的"核"，才是营养丰富的"仁"，才是永生不灭的"魂"。

洛阳是一本书，被余秋雨称之为"活了一千年的生命"的世界文化遗产龙门石窟是它的封面；封底呢？和封面一样是神都洛阳海纳百川包容世界的经典诠释——中国最早的"释源""祖庭"白马寺；中间卷帙浩繁灿若繁花的内文呢？大多散逸了，藏身在河洛大地厚德载物的层层厚土中。

所以，要想读懂洛阳，读懂四千余年的建城史，13个王朝、一千五百余年的建都史，你必须借助一样洛阳发明的工具——洛阳铲，掘地三尺，去寻找三皇五帝，寻找河图洛书，寻找造字的仓颉，寻找制笛的伶伦，寻找隐居的巢父、许由，寻找饿死的伯夷、叔齐……

千年帝都，代表的不只是太平盛世锦绣繁华，更多意味着钩心斗角你死我活的血腥。漫漫千年滚滚红尘，风口浪尖的洛阳几番历经灭顶之灾。刘聪屠城残忍暴虐，董卓抢掠丧心病狂，然而，所有的占领者只能用

作为举世闻名的"四大圣城"之一，千年帝都洛阳悠远厚重深邃独特的文化底蕴积淀在哪里？掘开伊洛河的泥沙吧，在夏都斟鄩的绿松石玉龙里，在商都西亳的宫城里，在东周王城的天子驾六里，在汉魏故城的永宁寺塔塔基里，在隋唐洛阳城明堂遗址里，在汉寝唐陵古冢遍布的邙山夕照里，在浪迹天涯的河洛郎千载不易的中原风俗里，在古镇小寨村妇野氓千年流传的传说典故里……

天赐福地洛阳城

寇黎薇 | 文

　　从小生长在洛阳，并没有觉得自己的家乡有多好，心中向往的依然是风光旖旎的江南水乡，小楼春雨，如诗如梦；喜欢海边，每天坐在海边，看着日出日落，听着涛声入眠，何等心旷神怡。

　　长大以后，随着知识和阅历的增长，渐渐知道自己生长的地方才是世间难得的福地，是备受人们推崇和赞美的地方，只是它的魅力不仅仅要用眼睛来看，更要用心来感受，而且感受越深就越为之倾倒。

　　洛阳在中国文明史上的地位绝无仅有，13朝帝都，一千五百余年建都史几乎占据了中国历史三分之一的篇幅，中国的名称即源自洛阳，而绵延五千年的河洛文化更是中华文化起源、发展、繁荣与传承的标志。从代表华夏文明起源的河图洛书到中国文字的发展，从"华夏第一都"到女皇武则天的"神都"，从周公制礼作乐到孔子入周问礼，从百家争鸣到"三教三学"的形成，从"汉魏文章半洛阳"到唐诗宋词，从丝绸之路的东方起点到大运河的中心，从第一天文台到浑天仪、地动仪，从星相历法到数学科技，华夏文明成长的每一步都打下了深深的洛阳的烙印，为我们留下了举世无双、连绵不断的灿烂文化，成为世界文明史上的奇迹。

　　历史文物、人文景观、名人典故、风物传说，灿若繁星，数不胜数，可以说洛阳的一砖一瓦皆有渊源，一草一木尽可入史，一座洛阳城就是中国历史的活化石。

　　洛阳这种独特的魅力来自它得天独厚的自然环境，古代建都除了对地理形势的需要外，气候温和、山水形胜是最主要的原因，古人说洛阳"河山拱戴，天成帝居"，周公旦认为洛阳"此天下之中，四方入贡道里均"，周公是阴阳风水学的鼻祖，他看中的地方会有错吗？汉高祖刘

【作者简介】

　　寇黎薇，河南洛阳人。现工作于洛阳市发改委。曾在《洛阳日报》和《洛阳晚报》上发表多篇歌颂洛阳的文章，如《天赐福地》《盛世牡丹芳》《绿色邙山，庇佑洛城》《千古一后，独孤伽罗》等。

邦到了这里就不忍别向，"吾行天下多矣，唯见洛阳"；宋代司马光赋诗"若问古今兴废事，请君只看洛阳城"。李格非更是盛赞："夫洛阳，帝王东西宅，为天下之中。土圭日影，得阴阳之和；嵩少瀍涧，钟山水之秀。名公大人，为冠冕之望；天匠地孕，为花卉之奇……"

的确如此，洛阳确是备受上天眷顾的福地，气候温和，四季分明，冬天没有刺骨的寒意，夏天没有难耐的酷热；既不像南方城市湿瘴溽暑，又不像其他北方城市干旱缺水；既有北地雄伟壮丽的高山，又有南国绮丽婉约的清溪碧水。西北环山，挡住了北方荒漠的寒风沙尘，比东部的城市更罕见恶劣的沙尘暴天气；清溪中流，滋润了美丽富饶的河洛大地；再加上罕有严重的自然灾害，难怪为历代帝王所青睐。

相比之下，南方城市虽山温水软、景色宜人，却常被水患、热暑困扰，宜于观景

不宜久居，海边就更不必提了，想想飓风、海啸，所以说洛阳才是最适合人群居住的地方。

山水灵秀，膏腴沃土，吸引的不仅是人群，连花草树木也格外鲜艳茂盛。"洛阳地脉花最宜，牡丹尤为天下奇"，"洛阳人惯见奇葩，桃李花开未当花。唯有牡丹花盛发，满城方始乐无涯"，雍容华贵的牡丹唯有到洛阳才盛开得更加艳丽夺目，成为当之无愧的"花王"。每年谷雨三朝，国色天香满春城，花海人潮谁不惊奇好！

如今的洛阳日新月异，青苍翠绿的邙岭、秀丽如画的龙门山色、迤逦如绿丝带的洛浦长堤，还有处处可见的奇山秀水，展现出一幅越来越清晰的美丽画卷，洛阳就像中原大地上的一颗璀璨明珠，散发出更加迷人的光彩。

有幸生活在这座既古典风雅又朝气蓬勃的城市，谁说不是上天的恩赐呢？

几度夕阳映老城

庄　学｜文

这个冬季不冷，终是暖和。

行走老城的那天也是个极好的天气，暖阳普照大地，鲜有云彩。行走是从西北角的护城河边开始的。护城河瘦了，失去了金碧辉煌金戈铁马时的丰腴，成为一线，蛇样悠悠地淌去。历经战火的老河洛中学旧址上现在仍是一所中学，铺着大红大绿塑胶的操场上孩子们一片欢笑，遍地阳光，悄然隐去了过去的一丝一毫。老城的大街上永远是熙熙攘攘，有如北京的王府井、上海的南京路、天津的劝业场，当然，这样说是有些大了，但是洛阳老城的过去也的确是大过的。比如说无语地伫立在老街一隅的"孔子入周问礼"碑，那要搁在别的地方，还不得三宫六院地供着？还不得钢化防弹玻璃罩着？顶不济也得用铁栅栏给围着，隔了顶礼膜拜者八丈远。

洛阳是"九朝古都"，"九"是多的意思，而洛阳老城把这年代久远的辉煌历史给浓缩在这方圆几公里的地界。虽然还有一座极为颓废的老城门，一座即将复原的安喜门，一座矗立的文峰塔……可是众多的谜一样的历史被深埋在了地下，今人不得解读。阳光丝丝缕缕地挥洒在老城深处的小巷，却很安宁，偶有颤颤巍巍的老者顺街行走踱步，把老街烘托得更为古朴悠远。老屋上的松塔，把微风无声地接过，又传递给门楣上泛白的迎春对联，将那半面飘起。老街俨然一座老的镇子，不喧哗，不热闹，门户依然是印象中的顺街排开，从洞开的门户看进去，青砖铺底，木格窗棂。窗棂里面深邃幽暗。我猜想，里面定有一张大大的八仙桌，两侧是扶手温润晶亮的太师椅，如果太师椅上再端坐一位长髯飘飘的老者，或咕咕嘟嘟地吸着水烟，或悄无声息地品茗，男女垂手站立一侧，那个时代的感觉则油然而生。老屋老矣，原本应该直溜溜的

【作者简介】

　　庄学，本名王建文，河南省作协会员，郑州小小说学会理事，洛阳小小说学会副会长。发表小说、散文以及其他文学作品四百余万字，出版有小说集《保守一个秘密》《银手链》等，及长篇小说《同宗》。

包了橡子的屋檐也失去了往日的风采，在水平线上弯弯曲曲，猛一警醒，老屋里的八仙桌和老者猝然而去。小巷幽深，一重重一道道，其实四通八达，走进去，仿佛穿行在历史的深处。老城老街的深处，也是有一方绿地的，四周用红砖箍着瓷砖镶着。同行的董老师纠正说，那不是刻意为之的绿地，而是积水池。那时的老城排水简单，雨水汇在这里就成了天然的水池。是的，凭着目测，四周要高出几米呢。小巷幽深却也驳杂，在一个大杂院里，从岁月研磨成乳白色的青石板上看出，这里是过去安放关帝灵魂的妥灵宫。如今院子里一排排房屋前伸出一间间小房，再伸出一处处小厨房，院子曲里拐弯，对外人来说就是迷宫了。这，和着还有痕迹的政治标语，也算是一个时代的烙印吧。

在老城，视野开阔，可以看到疏朗明净的蓝天，还可以想到白云苍狗。大街上招幌飘摇，有刻意仿制出来的古朴、优雅、厚重，聊胜于无呢！文庙里面也有脚手架，工匠们忙碌着，一个新的修葺过的文庙也将在曾被作为学校的痕迹中复原。大殿一侧，"贤关"于茂盛的杂草中给人以威慑，近前看了，却不敢入内穿越。"贤"，是一种境界，不是哪个自称为文人或者有些文化的人所能够担当的。在老城民房密集的区域里，

这也是一个大的处所了。历史上多少官僚、学校将它改作他用，鬼子汉奸也做过机关的，历史风云际会于此，给人以神秘庄重和追思悠远。

向晚的阳光了无生气，却很温馨，路人、自行车、电动车，甚至面包车、轿车川流不息，市声渐起，炊香入鼻，逼仄的小巷也被阳光的阴影渐渐覆盖。寻找洛阳的小吃还是得到老城来，还是得到老城的小巷子里来，由自家院改成的小饭店里人满为患，所做的水席味道一点儿也不比大饭店的差。所以有做学问的人考证，洛阳水席来自民间。不曾一品的不翻儿汤，早已盈耳，跃跃欲试，却多次擦肩而过。大蒸馍、油旋饼、烤红薯，还有包括浆面条、杂肝汤等的各种面类汤类，一铺一灯，炉火匐然，站在旁边也温暖。明亮的青石板路蜿蜒通向浓浓的夜色深处。

从老城的小街巷摸出来，星星点点的灯火散落各处，融于世俗的夜空。老城人家常且自得，他们常说洛阳的历史代表就是老城，洛阳的民俗代表就是老城。小北门、三复街、吉市胡同……每个地名都能从历史的经纬中抽出一缕来。此言信也！处于历史与发展的夹缝中，老城人也时有困惑，但是未来却使他们向上，使他们在憧憬中快乐！此言亦信！

浅读洛阳老城

范利娟｜文

【作者简介】

范利娟，河南洛阳人。洛阳市作协会员。作品散见于《中国矿业报》《扬子晚报》《甘肃日报》《新闻晚报》《郑州日报》《洛阳日报》《洛阳晚报》《小小说月刊》《天池小小说》等。

我曾多次逛过洛阳老城。在小胡同石板巷老民居前驻足流连时，总想要一探老洛阳的精髓，无奈终究见少识浅，如同面对卷帙浩繁的书册，四顾茫然不知从何读起。日前有幸请到洛阳文史大家董高生老师同游，虽然时间匆促，仅选了几处地方粗作浏览，亦能窥斑知豹，老洛阳的沧桑和厚重已让我大为震撼。

从董老师家出来，左转，沿护城河一路走一路谈。董老师说老城是金代所筑，由于当时洛阳的政治、经济地位已然下滑，因此城池狭小，仅有4.9平方公里，城周9华里。后来屡经战火，再加上近年的旧城改造，西北隅和东北隅的民居已经损毁殆尽。城墙既已不存，城门楼当然也无所踪，穿过一条狭窄的小巷，隔着北大街的滚滚车流，董老师指给我们看北门的大致位置。值得庆幸的是，安喜门的原址重建已经提上日程，道路两边就有重修安喜门的效果图，七层的楼阁颇为高大巍峨。

一路南行，越中州路，过南大街，穿三复街，来到位于文明街的河南府文庙。这座建于金、元时期的文庙，不仅是河南最大最壮观的文庙，还是河南府府学的所在地。府学停办后，民国时期，李馨佛等人在这里创办洛阳第一所私立中学明德中学，解放后这里被文明街小学占用。时代更迭年久失修，这座曾经富丽的六进院落已经面目全非，好多建筑不复存在，现有的也已残破不堪。

推开虚掩的院门，宽阔的院落里木料凌乱横陈，工人们正在忙着修复子路列戟的"戟门"。过"戟门"，青石甬道两侧，又有三三两两的工人站在脚手架上整修弟子祠和圣贤祠，这里曾作为学校的教室，残存的内墙上依稀还有黑板的痕迹。甬道的尽头是三尺高的月台，月台之上，就是供奉和祭祀孔子的地方，也是文庙的核心建筑——大成殿。

大殿保存还算完整，只是颜色暗淡，在乱放着的砖块石头间找到下脚的地方，艰难地走到门前，才发现房门紧锁，里面黑乎乎的什么也看不清。大殿东侧有一青石圆月门，前面乱树杂草比人还高，走过去看到门头石匾上有两个大字"贤关"。我好奇，问其得名由来，董老师调侃地说，大概是人们在大成殿参拜了孔子，出来之后就变成贤人了吧。我和同行的朋友不禁笑了。我们平时自嘲为闲人，今日来文庙走一遭竟摇身而变为贤人，实在算是意料之外的收获了。其实人人成为贤人虽说不可能，但见贤思齐，受孔子思想感召而自觉约束自身的言行，却是可信可行的。

董老师说以前文庙大门东墙外嵌有一通"文武官员下马落轿"碑，是明嘉靖六年（公元1527年）刻的，如今被锁在一户居民家的院子里，我们是无缘一见了。据报载，前不久曾在庙内的施工现场发现宋代理学家朱熹的"河图赞"和"洛书赞"石碑，立碑人是清康熙年间的河南府尹张汉。由此可以想见文庙在统治阶级心目中的重要地位。

出文庙东行二百余米，在文明东街和四眼井街交叉处，就是中国第一座关帝庙妥灵宫。据说孙权杀了关羽之后，用木匣盛了关羽首级送给曹操，曹操将关羽首级刻一沉香木之躯相配，以王侯之礼葬于关林。妥灵宫就是当年曹操妥寄关公首级的地方。

据妥灵宫现存碑文记载，它原有的建筑规模也不小，有山门、义勇殿、拜殿等，只是屡被损毁，后在清乾隆二十四年（公元1759年）重修。民国初年，河洛日报社曾在这里办公，大门上有于右任题"河洛日报"砖匾。它也曾作为中央通讯社的办公处。解放后被改造为文明街小学东院，一些古建筑相继被拆除，再后来就成了文明街小学的家属院。

妥灵宫门口有前大殿三间，进去后才发现也是房门紧锁。董老师说殿里仅有一通石碑。一眼望去，整个院子里都是凌乱简陋的平房，平房尽头有一石砌高台，是曾经的后大殿遗址。高台上已难寻大殿遗迹，只有被无数双脚踩得光滑无比的青石台阶仍是旧日遗物，似在诉说着这座庙宇逝去的繁华。

文庙的整修正在进行中，不知重修妥灵宫有没有被提上议事日程。希望在不久的将来，短短的文明街上，比肩而立着的"文武二圣"的祭祀宝地会吸引来更多人们羡慕的目光和拜谒的脚步。

冬日苦短，从妥灵宫出来已近黄昏。暮色里，匆匆浏览了"离天只有一丈八"的文峰塔，回程，董老师边走边简介路边民房的建筑特色及它们曾经的历史。我看到一户人家的大门上张贴着这样的对联："以文会友，与德为邻。"这样的风雅和气度，也只有深厚的河洛文化才滋养得出来吧。灯光下，曲折的街巷愈发显得神秘，今天是为浅读，择日我必再来，细品这从历史烟云中从容走来的老城。

寂寞洛阳

成 城｜文

在我这个外人的感觉里，洛阳是寂寞的。

既是外人，自然是不身居其中的，像洛阳之外的大多数中国人那样，无从身体力行，只凭着自己有限的认知，道一些短长罢了。

说起来，我日常出没的这座城，与洛阳也就数百里之遥。但实在来讲，截至目前，我也只是去过洛阳两次。甚至不如去省外的西安，省内的开封、安阳的次数的零头儿。

第一次去洛阳时，刚刚大学毕业。正是"月光"、无拘疯跑的年纪。混在省内某知名论坛的旅游版，因做着版主，便更像有了借口似的，但凡周末都会来一番走南闯北。那次去洛阳，着实也只是从西安、华山归来，同行的那位倒是执意，拉着便在洛阳火车站下了车。站在洛阳火车站外好半天，我都有些恍惚，怎么就这么猝不及防地来了呢？

在脚踏这方土地的时候，定然是知晓洛阳是几朝几朝的古都的。甚至，整个儿的念想中，洛阳城都该是武则天时期、《狄仁杰断案传奇》里那盛世繁华的模样的：有巍峨高大的城墙，像西安；有说不上金碧辉煌，但至少飞檐翘角的成排宫殿，像开封；至少，也该有大片大片像圈地运动似的被圈了起来的所谓宫殿遗址供人思绪飞扬，像安阳……

但事实上，我下了火车，站在火车站广场上，顺着金谷园路向南望，望眼欲穿，也看不到一丝一毫大唐盛世、几朝古都的历史模样来。已黄昏，与同行的兄弟急匆匆地找住宿的地方，随便吃了点东西，不稀罕看那与别的城市没太大区别的流光溢彩，就回到宾馆研究明天要转悠的洛阳胜景。仅一天的行程。最后敲定值得去转的，只有龙门和白马寺，却偏偏是一个城南，一个城东北。好在年轻，经得起奔波。第二天一个白天的折腾，两个景点到底还是转悠殆尽，几乎在与头一天同样的

【作者简介】

成城，河南扶沟人。中学教师。

时间点，又回到火车站广场，匆匆离去。

走马观花，自然印象不深。只记得龙门石窟那些一个个被砍得面目模糊的佛像，一边看一边骂，骂无良的不知敬畏的那个时代的那些人，骂那时候就已经价高得让我们吐血的景区门票。对白马寺的印象，便是去时所乘的那辆破得像从20世纪80年代穿越而来的公交车，还有两旁植了婆婆绿杨的乡村小公路，是夏，有很凉爽的风。及至到了白马寺山门门口，才很没文化地感叹，原来这白马不是《西游记》里驮了唐僧去西天的小白龙啊；还说呢，唐僧西游回来，在西安大雁塔译经讲经，这白马就算不回自家东海，至少也该陪在大雁塔附近的，怎么就冷不丁儿地跑洛阳来了呢？

吃了没文化的亏，第二次去洛阳的时候，就提前备了课，详细学习了一番龙门与白马寺的前世今生。

第二次去洛阳，与第一次去已相隔五六年；距今，又是一个六七年。第二次去洛阳，是非常郑重的，像是去拜访。因为不再是独游，而是身边带了年迈的父母、刚痛失

了爱人的老姑，外加刚满4岁的我的一双儿女。像这样超豪华的阵容，唯一的一次，给了洛阳。

其实，因第一次的来去匆匆，对于洛阳，我并不是十分印象深刻以及良好，倒不是十分愿意如此隆重地奔赴；只是，刚在西安老妹处住了几个月的我的父母却坚称"那可是跟西安一样的古都啊，再不咋的能不咋的成啥样"。于是，便去了。

仍旧是那个火车站，依旧是住在金谷园路上。铺开了摊子，是打算慢慢走、慢慢看上个三四天的。龙门又是首选。这次除了一边叹息着看了石窟大佛之外，竟然还晃晃悠悠地转到了伊河对岸的小别墅外加白居易的墓地。凉荫不错，休息半晌，已是午后，幼儿双双沉睡在怀里。我一个，爸一个，抱着孩子往景区外走。乘景区公交回城时，上车瞬间，老爸装在上衣口袋里的手机被人顺手牵了羊……我们也只是在车开动之后，被车上早就盯见的人提醒了方才后知后觉的。于是，整个下午，三位老人的兴致都不高了。那是我给爸新买的手机，比当时我手里用的

还贵。没人敢埋怨爸不当心，但爸自己跟自己急，骂小偷，骂洛阳，骂洛阳人，最后，连带着把在宾馆房间依旧呼呼大睡的一对孙儿都骂上了。

为让老爷子消消气，在孩子们睡醒后，我们好说歹说，才带了他再次出门，沿着金谷园路一路向南，晃到了成周王城广场。其实，我也只是听说，那里是洛阳戏迷的聚集地。没想到，等我们走走停停、晃晃悠悠到广场，正值夕阳西斜，广场之上，黑压压的，全是人。弦音、唱腔此起彼伏。那阵势，着实有些吓到我了。自念还算去过不少地方，印象中，有如此情绪高涨、如此场面宏大的戏迷景象的，也只有那年路过济南

泉城广场附近时见过。那次，与我同行的兄弟是一个戏曲节目主持人，混在戏迷中，人多，没多久，我与他便走失了彼此。

这次在洛阳的王城广场，我那原本一脸阴云却自认是资深老戏迷一个的父亲，转瞬间双眼都亮了，也不再管自己还带着妇孺幼儿，不再管丢了的那几千块钱的手机，雀跃着，转眼就消失在了戏迷深处。

虽享受了一场戏曲盛宴，回到宾馆，喧嚣无踪，静下来之后，父亲又念叨起他的手机，然后决定，明天早早打道回府。

好不容易拖家带口地来一趟，怎好就龙门一游呢？虽然没有想象中的高城墙、大宫殿，至少，还有一个白马寺啊。

五六年过去，去白马寺的路与车似乎并没有太大变化。甚至景区门口那拥挤的兜售、看上去并不整齐有条理的成排的小餐馆，都让人有些心躁。对于收门票的佛门"净地"，我向来是有些不念好的。佛门，念众生。拿着阿堵物才能进场，念的是哪门子的众生与慈悲？

最后一次，只是靠近，单位组织去栾川森林氧吧，回程时路过洛阳，在关林附近就餐。餐后，有人提议去关林瞧瞧，但抬眼所见，皆为关林市场。沿着林立的商铺边走边打听，走了许久，到底笨笨地没有寻到，时间有限，索性折返而回。

从此再没有去过洛阳。不念，不想，甚至，连看到关于它的消息，都有些心思冷冷的。

后来，家里竟然来了位洛阳的客人，妻娘家同一门里的弟弟，很阔绰的气质。后来听妻说，她这位如今在洛阳安了家，在洛阳、郑州甚至青岛都有好几套房产的娘家堂弟，几年前，还是不名一文的；只是自从娶了个洛阳本地的妻，大舅哥是混洛阳钢铁企业的，有这便利，便倒卖起钢材来……这才几年啊，你瞅瞅，跟个暴发户似的。

这不是第一次感叹，其实，一直以来就深知洛阳人是深藏不露的了。看着很屌丝，其实，指不定哪一个就是大亨，也未可知。

就比如，洛阳那可是全国有名的古玩集散地。祖宗老坟里的那点子存货，经洛阳人或是混在洛阳的玉石商，或真或假地就消弥到某些私人的手中了。

再加之，对龙门石窟那些大都丢了"脸面"的石佛始终耿耿于怀，也免不掉不大喜欢洛阳人。无论那个年代刮过什么风，那动手砍掉那张张"脸面"的直接凶手，大抵也与洛阳本地人脱不了干系的。

说起河南古都，总免不了会拿开封与洛阳相比。近些年，被水淹了多少层的开封，毅然在废墟上，一步一步地重塑了它的古都文化名片，甚至开始了精益求精的精放型发展。洛阳呢？除了旧远的几朝古都的名头，除了龙门、白马寺这大抵与都城也沾不上太大干系的"遗产"，俨然是自我放逐了它自己的古都大梦似的，索性，一门心思地发展起它的工业大计来。

工业，在中国的传统文化里，在中国文人的思想里，到底是不大瞧得上眼的。它可以托起一个城市的金钱梦，却可惜了，一个古都的坯子，一个本该有更多文化开发价值的平台，就这样，在世人的眼里，华丽转身：一手拿着钢铁滑轮，一手提着成色越来越不足的古玩器物，连一段大唐盛世久远的春梦都不屑去做了。

郑开大道、郑汴一体化、郑开轻轨，古老的开封，伴着年轻的郑州，哼着不失古老但又竭力时尚起来的歌谣，轻快上路；与之相比，洛阳像个寂寞的妇人，无声无怨，冷冷地独自数着自己的银锞子、钱罐子。洛阳人骨子里依旧有着古都大国的骄傲，不屑跟你玩；偶尔，忍不住了，也真的会摆出一副暴发户的样子，道一声：玩文化多没意思啊，有本事，你也跟我聊聊钢铁股市走向多牛气冲天？

洛阳，这个玩了几千年历史、文化的故都，兴许，真的不屑再玩文化了。历史就在那里，牛气冲天地明摆着，你说，它文化不文化？

我这个局外人无从作答，只是浅谈，个人之见。不喜，亦不忧。只是觉得，如果一座城，你无法从它的寻常巷陌里，感受得到她活色生香的历史文化的余脉，那么，这座城兴许就是失掉了魂灵的。只是觉得，现在的洛阳，其实是寂寞的。仅此而已。

洛阳牡丹之美

曹乔｜文

牡丹之美，早已被人们首肯和赞赏。名列"中国四大名花"之首的牡丹，被人们广泛赞誉为"国色天香""花中之王"。

阳春三月，大地回暖，万物萌发。就在桃花、梨花、杏花等次第绽开之后，大自然中唱主角的"花王"牡丹，在百花簇拥之下，"千呼万唤始出来"。牡丹之花，以其娇艳多姿、雍容大方、富丽堂皇、国色天香，备受人们青睐，引得历代文人墨客纷纷挥毫泼墨竭力讴歌与赞美。

牡丹之美，首先美在历史悠久，文化底蕴极其深厚上。

牡丹不仅仅是自然界中的一丛花卉，在中国文化长河中，它还是一种蕴含丰富的文化符号。它本是一种自然之物，并不具有"文化"内涵。但是，牡丹是中国固有的花卉特产，有着两千多年的人工栽培历史，以其花大、形美、色艳、香浓，为历代人们所称颂，具有很高的观赏价值和药用价值。久而久之，逐渐形成了饱含中国元素的"牡丹文化"。牡丹文化，是中国文化的一个子集，是中国文化不可或缺的有机组成部分。

论及牡丹文化的起源，若从它进入《诗经》算起，距今约三千年历史。秦汉时代以药用植物将牡丹载入《神农本草经》，使之进入药物学。南北朝时，北齐杨子华画牡丹，使之进入艺术领域。史书记载，隋炀帝在洛阳建西苑，诏天下进奇石花卉，易州进牡丹20箱，植于西苑。自此，牡丹进入皇家园林，涉足园艺学。在诗歌发展到鼎盛的唐代，牡丹诗大量涌现。白居易的"花开花落二十日，一城之人皆若狂"，可见其赏花盛况；李白的"云想衣裳花想容，春风拂槛露华浓"，实乃千古绝唱；皮日休的"落尽残红始吐芳，佳名唤作百花王。竟夸天下无双艳，独占人间第一香"，极尽赞美之能事。宋代开始，除牡丹诗词大

【作者简介】

曹乔，原名"曹可智"，陕西人。中学教师。中华当代文学学会、中国散文家协会、西部散文学会、商洛市作协会员。发表文学作品五百余篇、五十多万字，作品曾三十多次入编全国大型诗文选本，二十多次在全国各类文学大赛中获奖。

量问世外，还出版了牡丹专著诸如欧阳修的《洛阳牡丹记》、陆游的《天彭牡丹谱》等十几部之众。散见于历代种种杂著文集中的牡丹诗词文赋，遍布民间花乡的牡丹传说故事，以及雕塑、雕刻、绘画、音乐、戏剧、服饰、起居、食品等方面的文化资料，比比皆是，不胜枚举。

"洛阳地脉花最宜，牡丹尤为天下奇。"洛阳牡丹根植河洛大地，始于隋，盛于唐，甲天下于宋。历史上，古都洛阳的牡丹为最多最好。解放后，牡丹种植有了长足发展，牡丹文化逐渐被人重视，出现了大批牡丹研究工作者和专家。牡丹文化兼容多门科学，其构成非常广泛，它包括哲学、宗教、文学、艺术、教育、风俗、民情等所有

文化领域。牡丹文化中所提供的文化信息，可以反映出中华民族文化的概貌。

牡丹之美，不只是花朵硕大、娇艳多姿，更在于雍容大度、芬芳馥郁。唐代诗人徐夤写牡丹的香艳迷人："娇含嫩脸春妆薄，红蘸香绡艳色轻。"徐凝赞叹牡丹的艳压群芳："虚生芍药徒劳妒，羞杀玫瑰不敢开。"刘禹锡极力赞美牡丹的美艳多情："庭前芍药妖无格，池上芙蕖净少情。惟有牡丹真国色，花开时节动京城。"许多诗人更进一步赞誉牡丹为"万万花中第一流"(唐代徐夤)、"天下真花独牡丹"（宋代欧阳修）、"天然国色美无双"(清代陈确)。

牡丹花，一般在暮春开放。民谣有云："谷雨三朝看牡丹。"牡丹花绽放之时，桃

花、梨花、杏花都已败落，可见牡丹迟开不争春。这一点，也引起诗人词家的赞美。他们以花喻人，赞美高尚风格。如唐代诗人殷文圭的诗："迟开都为让群芳，贵地栽成对玉堂"；"雅称花中为首冠，年年长占断春光"。李山甫的牡丹诗说："邀勒东风不早开，众芳飘后上楼台。数苞仙艳火中出，一片异香天上来。"宋时陆游还以蜜蜂、蝴蝶繁忙恋花的情景来衬托牡丹的天香国色："吾国名花天下知，园林尽日敞朱扉。蝶穿密叶常相失，蜂恋繁香不记归。"有的诗人把牡丹花比作嫦娥、婺女、西施、洛神等传说中的神女和美人。明人李贽的牡丹诗写道："忆昔长安看花时，牡丹独有醉西施。省中一树花无数，共计二百单八枝。"既生动形象，又比喻恰切。元代诗人李孝光的诗，颇能表达人们对牡丹的赞美之情："富贵风流拔等伦，百花低首拜芳尘。"

牡丹之美，美在鲜艳壮观，寓意深刻，其富丽堂皇的姿容象征着中国富贵吉祥、繁荣昌盛。

在我国，花文化情结的历史可谓源远流长。牡丹栽培早在魏晋南北朝时就有记载，到了隋唐，其栽培技术已有很大发展。牡丹成为名贵观赏花卉，始于隋而盛于唐。在唐朝，牡丹艳压群芳，以其国色天香赢得唐人的喜爱，被誉为"花王"，就已被推崇为"国花"。据不完全统计，仅《全唐诗》中就收录了五十多位作家的一百多首吟咏牡丹的诗歌。"惟有牡丹真国色，花开时节动京城""三条九陌花时节，万户千车看牡丹""春风得意马蹄疾，一日看尽长安花"……从这些诗句中，我们仿佛还可依稀看到唐人对牡丹无以复加的痴情和偏爱。

"洛阳牡丹天下无"。如今牡丹已被洛阳市定为"市花"，并确定每年4月15日—25日为"洛阳牡丹花会"。每当花会期间，游人云集。怒放的牡丹一朵朵，吸引着成千上万的中外游客。人们以花会友，共赏"花王"牡丹，同享盛世盛会。毫不夸张地说，当今人们，对于牡丹的热爱，绝不亚于古人。

中国人欣赏花，不仅欣赏花的颜色和姿容，更欣赏花中所蕴含着的美好寓意、精神力量。"牡丹，花之富贵者也。"牡丹，是中国传统名花，富丽堂皇，国色天香，自古就有富贵吉祥、繁荣昌盛的寓意，代表着中华民族泱泱大国之风范。这与"中国梦"不谋而合。我以为，以牡丹为当代中国之"国花"最好不过。可惜，我不是政协或人大代表，没有资格提出自己的提案。不过，作为中国文人的一员，我还是要大声疾呼，呼吁有志之士提此提案。希望国人与我一道呼吁，尽快使国色天香的牡丹成为新中国"国花"。

突然，在我的耳边，仿佛响起了那嘹亮动人的歌声："啊，牡丹，百花丛中最鲜艳……啊，牡丹，众香国里最壮观……"蒋大为那浑厚优美的演唱，久久在我耳旁回荡；牡丹文化所体现的精神力量，一直在我的心头激荡。

21

洛 阳 桥

逯玉克｜文

古代的洛阳盆地，河流多得像根须，伊河、洛河、颍河等众多水系毛细血管般蜿蜒虬曲。古人逐水而居，洛阳得天独厚的水利资源应该是夏商周三代在此建都的一个重要原因吧。

有河就有桥，桥是河上的路，是别在河流这绺长发上的簪子。

洛阳最早的桥出现在哪个朝代？《河南府志》记载：洛阳七里涧桥也称"旅人桥"，在晋代京师建春门东七里的七里涧上。《水经注》里也提到了这座旅人桥，大约建成于公元282年，可能是有记载的中国最早的石拱桥了。

岁月苍茫，桥上走过多少南来北往的人？桥下的流水又携走多少岁月和往事？没人说得清。也没人想到，这座桥会和一位魏晋名士的名字连在一起。旅人桥建成20年后，"竹林七贤"的领袖，那位龙章凤姿"越名教而任自然"的嵇康，在三千太学生椎心的恸哭中血洒桥畔。旅人桥不知何时塌毁了，但《广陵散》的绝唱却在岁月深处萦绕不散。

旅人桥镌刻了嵇康和那个乱世的故事，而之后的天津桥却是一座以诗歌砌成的长廊。

天津桥始建于隋，是一座浮桥，隋唐时，为连接洛河两岸的交通要道，十分繁华。

古人把洛水誉为"天汉"，即天河、银河，而帝都洛阳就是天帝的居所"紫微宫"，天河的渡口即天津，那么这座桥自然是"天津桥"了。隋末，天津桥被李密起义军焚毁。唐初在原址上重建，并改为石桥，仍称"天津桥"，又称"洛阳桥"。

天津桥北与皇城正门——端门相应，南与隋唐洛阳城南北主干道——定鼎门大街相接，桥上原有四角亭、栏杆、表柱，两端有酒楼、

【作者简介】

逯玉克，河南洛阳人。主编有《芳草青青（散文卷）》《河洛散文百家》《洛风——河洛散文选》，出版有散文集《三川烟雨》《野生的月色》等。

市集，行人车马熙熙攘攘、络绎不绝。

拂晓，漫步桥上，可见一轮弯月垂挂天幕，河岸杨柳如烟，河面波光粼粼，偶尔钟声悠扬，这就是"洛阳八景"之一的"天津晓月"。

洛阳城十万人家，天津桥长虹卧波，多少紫衣绿袍的骚客走过，人迹板桥霜，诗歌是他们留下的脚印。

在洛阳做官的孟郊走过。"天津桥下冰初结，洛阳陌上人行绝。榆柳萧疏楼阁闲，月明直见嵩山雪。"

从长安来的李白走过，在桥头的董家酒楼饮酒作诗："忆昔洛阳董糟丘，为余天津桥南造酒楼。黄金白璧买歌笑，一醉累月轻王侯。"

在香山隐居的白居易走过。"莫悲金谷园中月，莫叹天津桥上春。若学多情寻往事，人间何处不伤神。"

洛阳才子刘希夷走过。"天津桥下阳春水，天津桥上繁华子。马声回合青云外，人影动摇绿波里。"

大历才子李益走过。"何堪好风景，独上洛阳桥。"

晚唐诗人雍陶走过。"津桥春水浸红霞，烟柳风丝拂岸斜。翠辇不来金殿闭，宫莺衔出上阳花。"

祸乱大唐的黄巢走过。"天津桥上无人识，独倚栏杆看落晖。"

住在洛阳的理学家邵雍走过。"春看洛城花，秋玩天津月。夏披嵩岭风，冬赏龙山雪。"

这些诗，成为天津桥时尚、隽永、风雅、奇绝的装饰，也把天津桥濡染成一座诗意氤氲的文化之桥。

可惜的是，金代，洛阳桥毁于大火，断桥残础，也渐渐湮没在河床之下。吴佩孚驻洛阳时，才在原桥址旁修桥一座，仍称"天津桥"，接续起千年的风雅。

隋唐宋元，天津桥，一座历史的T型台，记录着多少隋唐风月、宋元烟尘的历史演出。

历经千年风雨，天津桥悲情谢幕了，午桥便悄然现身，并永恒在一首词里，颇有点"天恐文章浑断绝，更生贾岛著人间"的意味——

> 忆昔午桥桥上饮，坐中多是豪英。长沟流月去无声。杏花疏影里，吹笛到天明。
>
> 二十余年如一梦，此身虽在堪惊。闲登小阁看新晴。古今多少事，渔唱起三更。

午桥，在宋代西京洛阳的东南，也许它并不奇伟，但与张继夜泊的枫桥一样，因了洛阳诗人陈与义的这首词，千百年来傲然横卧在中国古典诗词的河流上。

旅人桥、天津桥、午桥，都在洛阳，统称"洛阳桥"，但有趣的是，千里之外的福建泉州，居然也有一座"洛阳桥"。

泉州洛阳桥，位于泉州东郊的洛阳江上，原名"万安桥"，何以取名"洛阳桥"呢？

隋末唐初，社会动荡不安，大量中原人南迁闽南一带，看到泉州的山川地势很像故都洛阳，就以洛阳名之，于是，江为"洛阳江"，桥为"洛阳桥"，寄托了他们对故土的思念。

泉州洛阳桥是中国现存最早的跨海梁式大石桥，是世界桥梁筏形基础的开端，被茅以升称为"福建桥梁的状元"。

桥南有为纪念北宋蔡襄建桥之功而建造的"蔡忠惠公祠"。祠中有两通大石碑，刻着大书法家蔡襄所撰的《万安桥记》。碑文之精练、书法之遒丽、刻功之生动，被后世称为"三绝"。

泉州洛阳桥与北京卢沟桥、河北赵州桥、广东广济桥，并称为中国古代四大名桥。"洛阳潮声"，以其"潮来直涌千寻雪，日落斜横百丈虹"的壮观奇景，被称为"泉州十景"之一。

这座不在洛阳的洛阳桥，承载着炎黄子孙的聪明才智，承载着东方建筑艺术的精湛，也承载着客家河洛郎的故乡情结。

旅人桥、天津桥、午桥、泉州洛阳桥，是横在洛水和洛阳江上的一支支横笛，流水样的岁月是它吹奏的曲子，那些让人慨叹千古的烟尘往事，沧桑跌宕成后人心头一咏三叹的旋律。

现在，洛阳有很多桥，龙门桥、王城桥、瀛洲桥、西苑桥、牡丹桥、凌波桥等。其实，自古以来，洛阳本身也可以说是一座桥——定鼎洛阳，制礼作乐，搭起一座礼乐文化之桥；孝文帝迁都洛阳，是游牧文明与农耕文明两桥的合龙；河洛文化的滥觞辐射，建起一座儒、释、道文化交融的立交桥；丝绸之路、玄奘之路，让洛阳成为中西文化交流的东方桥头堡。

桥是路的连接与延续。今天，洛阳仍是一座桥，一座连通传统文化与现代文明的桥，一座继往开来走向世界的希望之桥。

洛阳名园记

李格非｜文

富郑公园

洛阳园池，多因隋唐之旧，独富郑公园最为近辟，而景物最胜。游者自其第，东出探春亭，登四景堂，则一园之景胜可顾览而得。南渡通津桥，上方流亭，望紫筠堂，而还右旋花木中，有百余步，走荫樾亭，赏幽台，抵重波轩，而止。直北走土筠洞，自此入大竹中。凡谓之洞者，皆斩竹丈许，引流穿之，而径其上。横为洞一，曰土筠；纵为洞三：曰水筠，曰石筠，曰榭筠。历四洞之北，有亭五，错列竹中，曰丛玉，曰披风，曰漪岚，曰夹竹，曰兼山。稍南有梅台，又南，有天光台。台出竹木之杪。遵洞之南而东，还有卧云堂。堂与四景堂并南北。左右二山，背压通流。凡坐此，则一园之胜可拥而有也。郑公自还政事归第，一切谢宾客。燕息此园，几二十年，亭台花木，皆出其目营心匠，故透迤衡直，闿爽深密，皆曲有奥思。

【作者简介】

李格非，北宋文学家，字文叔，山东人，女词人李清照之父。做过官，与廖正一、李禧、董荣同在馆职，俱有文名，被称为"后四学士"。

董氏西园

董氏西园，亭台花木，不为行列区处，周旋景物，岁增月葺所成，自南门入，有堂相望者，三。稍西一堂，在大地间。逾小桥有高台一。又西一堂，竹环之中有石芙蓉，水自其花间涌出，开轩窗，四面甚敞，盛夏燠暑，不见畏日，清风忽来，留而不去。幽禽静鸣，各夸得意。此山林之景，而洛阳城中，遂得之于此。小路抵池，池南有堂，面高亭堂，虽不宏大，而屈曲深邃游者，至此往往相失，岂前世所谓"迷楼者"类也。元祐中有留守，喜宴集于此。

董氏东园

董氏以财雄洛阳。元丰中，少县官钱粮，尽籍入田宅。城中二园，因芜坏不治。然其规模尚足称赏。东园北向入门，有栝可十围，实小如松实，而甘香过之。有堂可

居。董氏盛时，载歌舞游之醉，不可归，则宿此数十日。南有败屋遗址。独流杯、寸碧二亭，尚完。西有大池，中为堂，榜之曰"含碧"。水四向喷泻池中，没而阴出之，故朝夕如飞瀑，而池不溢。洛人盛醉者，走登其堂，辄醒，故俗目曰"醒酒池"。

环　溪

环溪，王开府宅园，甚洁。华亭者，南临池左右翼，而北过凉榭，复汇为大池，周围如环，故云然也。榭南有多景楼，以南望，则嵩高少室龙门大谷，层峰翠巘，毕效奇于前榭，北有风月台，以北望，则隋唐宫阙，楼殿千门万户，昭峣璀璨，延亘十余里。凡左太冲十余年极力而赋者，可瞥目而尽也。又西有锦厅、秀野台。园中树，松桧花木，千株皆品，别种列除，其中为岛坞，使可张幄次，各待其盛而赏之。凉榭锦厅，其下可坐数百人，宏大壮丽，洛中无逾者。

刘氏园

刘给事园。凉堂高卑，制度适惬，可人意。有知木经者，见之且云："近世建造，率务峻立，故居者不便而易坏，唯此堂，正与法合。"西南有台一区，尤工致，方十许丈地，而楼横堂列，廊庑回缭，阑楯周接，木映花承，无不妍稳。洛人目为刘氏小景。今析为二，不能与他园争矣。

丛春园

今门下侍郎安公买于尹氏。岑寂而乔木森然。桐梓桧柏，皆就行列。其大亭有丛春亭。高亭有先春亭。丛春亭出酴醾架上，北可望洛水。盖洛水自西汹涌奔激而东。天津桥者，迭石为之，直力溢其怒，而纳之于洪下。洪下皆大石，底与水争，喷薄成霜雪，声闻数十里。余尝穷冬月夜登是亭，听洛水声，久之觉清冽，侵人肌骨不可留，乃去。

天王院花园子

洛中花甚多种，而独名牡丹曰"花王"。凡园皆植牡丹，而独名此曰"花园子"，盖无他池亭，独有牡丹数十万本。皆城中赖花以生者，毕家于此。至花时，张幕幄，列市肆，管弦其中。城中士女绝烟火游之，过花时，则复为丘墟，破垣遗灶相望矣。今牡丹岁益滋，而姚黄魏紫一枝千钱。姚黄无卖者。

归仁园

归仁，其坊名也。园尽此一坊，广轮皆里余。北有牡丹芍药千株，中有竹百亩，南有桃李弥望。唐丞相牛僧孺园，七里桧，其故木也。今属中书侍郎，方创亭其中。河南城方五十余里，中多大园池，而此为冠。

27

苗帅园

节度使苗侯既贵，欲极天下佳处，卜居得河南。河南园宅又号最佳处，得开宝宰相王溥园，遂构之。园既古，景物皆苍老，复得完力藻饰出之，于是有欲凭陵诸园之意矣。园，故有七叶二树对峙，高百尺，春夏望之如山然，今创堂其北。竹万余竿，皆大满二三围。疏筠琅玕，如碧玉椽。今创亭其南东。有水，自伊水派来，可浮十石舟，今创亭压其溪。有大松七，今引水绕之有池。宜莲荇，今创水轩，驾出水上，对轩有桥亭，制度甚雄侈然。此犹未尽，得王丞相故园，水东为直龙图阁赵氏所得，亦大创第宅，园池其间。稍北曰"郏鄏"，陌陌列七丞相之第。文潞公、程丞相宅彷皆有池亭，而赵韩王园独可与诸园列。

赵韩王园

赵韩王宅园，国初诏将作营治，故其经画制作，殆侔禁省。韩王以太师归是，第百日而薨。子孙皆家京师，罕居之，故园池亦以扃钥为常。高亭大榭，花木之渊薮，岁时独厮养，拥彗负畚锸者，于其间而已。盖人之于宴闲，每自吝惜，宜甚于声名爵位。

李氏仁丰园

李卫公有平泉花木，记百余种耳。今洛阳良工巧匠，批红判白，接以它木，与造化争妙，故岁岁益奇，且广桃李、梅杏、莲菊，各数十种。牡丹、芍药至百余种。而又远方奇卉，如紫兰、茉莉、琼花、山茶之俦，号为难植独植之洛阳，辄与其土产无异，故洛阳园圃花木有至千种者，甘露院东李氏园，人力甚治，而洛中花木无不有。有四并、迎翠、濯缨、观德、超然五亭。

松岛

松、柏、枞、杉、桧、栝，皆美木。洛阳独爱栝，而敬松。松岛，数百年松也。其东南隅，双松尤奇。在唐为袁象先园。本朝属李文定公丞相。今为吴氏园，传三世矣。颇葺亭榭池沼，植竹木其彷。南筑台，北构堂、东北曰"道院"。又东有池。池前后为亭临之。自东，大渠引水注园中，清泉细流，涓无不通处，在他郡尚无有，而洛阳独以其松名。

东园

文潞公东园。本药圃地，薄东城，水渺弥甚，广泛舟游者，如在江湖间也。渊映、瀍水，二堂宛宛在水中。湘肤药圃二堂间，列水石，西去其第里余。今潞公官太师年九十，尚时杖屦游之。

紫金台张氏园

自东园，并城而北，张氏园亦绕水而富竹木。有亭四。河图志云"黄帝坐玄扈台"

28

不，郭璞云"在洛汭"。或曰："此，其处也。"

所以为人欣慕者，不在于园耳。

水北胡氏园

水北胡氏二园，相距十余步，在邙山之麓，瀍水经其旁，因岸穿二土室，深百余尺，坚完如埏埴，开轩窗其前，以临水上。水清浅则鸣漱，湍瀑则奔驶，皆可喜也。有亭榭花木，率在二室之东。凡登览徜徉，俯瞰而峭绝，天授地设，不待人力而巧者，洛阳独有此园耳。但其亭台之名，皆不足载。载之，且乱实。如其台四望，尽百余里，而萦伊缭洛乎其间。林木荟蔚，烟云掩映，高楼曲榭，时隐时见。使画工极思不可图，而名之曰"玩站台"。有庵在松桧藤葛之中，辟旁牖则台之所见，亦毕陈于前。避松桧，骞藤葛，的然与人目相会，而名之曰"学古庵"。其实皆此类。

大字寺园

大字寺园，唐白乐天旧园也。乐天云"吾有第，在履道坊。五亩之宅，十亩之园。有水一池，有竹千竿。"是也。今张氏得其半，为会隐园，水竹尚甲洛阳，但以其图考之，则某堂有某水。某亭有某木。其水、其木至今犹存，而曰堂曰亭者，无复彷佛矣。岂因于天理者，可久而成于人力者，不可恃耶？寺中，乐天石刻存者尚多。

独乐园

司马温公在洛阳自号"迂叟"，谓其园曰"独乐园"。卑小不可与他园班。其曰"读书堂"者，数十椽屋。"浇花亭"者，益小。"弄水种竹轩"者，尤小。曰"见山台"者，高不过寻丈。曰"钓鱼庵"、曰"采药圃"者，又特结竹杪，落蕃蔓草为之尔。温公自为之序，诸亭台诗，颇行于世。

湖园

洛人云："园圃之胜不能相兼者，六务。"宏大者，少幽邃；人力胜者，少苍古；多水泉者，艰眺望。兼此六者，唯湖园而已。余尝游之，信然。在唐，为裴晋公宅园。园中有湖，湖中有堂，曰"百花洲"，名盖旧，堂盖新也。湖北之大堂曰"四并堂"，名盖不足，胜盖有余也。其四达而当东西之蹊者，桂堂也。截然出于湖之右者，迎晖亭也。过横地，披林莽，曲径而后得者，梅台、知止庵也。自竹径，望之超然，登之翛然者，环翠亭也。眇眇重邃，犹擅花卉之盛，而前据池亭之胜者，翠樾轩也。其大略如此。若夫，百花酣，而白昼眩；青苹动，而林阴合；水静而跳鱼；鸣木落而群峰出，虽四时不同，而景物皆好，则又其不可殚记者也。

吕文穆园

伊洛二水，自东南，分注河南城中，而伊水尤清澈。园亭喜得之，若又当其上流，则春秋无枯涸之病。吕文穆园在伊水上流，木茂而竹盛，有亭三。一在池中，二在池外，桥跨池上，相属也。洛阳又有园池中有一物特可称者，如大隐庄——梅；杨侍郎园——流杯；师子园——师子是也。梅，盖早梅，香甚烈而大。说者云"自大庾岭移其本至此。"流杯，水虽急，不彷触为异。师子，非石也。入地数十尺，或以地考之，盖武后天枢销铄不尽者也。舍此又有嘉猷会节、恭安溪园等，皆隋唐官园，虽已犁为良田，树为桑麻矣。然宫殿池沼，与夫一时会集之盛，今遗俗故老，犹有识其所在，而道其废兴之端者，游之亦可以观万物之无常，览时之倏来而忽逝也。

麦苗下覆盖的帝国

庄 学 | 文

已然初冬的伊洛河间的夹河滩，秋树萋萋，麦苗青青。二里头——中国有史以来发现的第一个帝国都城斟鄩的遗址，就静静地酣睡于这片丰腴之地。

风雨敲击着窗棂，秉灯夜读《史记·五帝本纪》和《史记·夏本纪》，"禅让"一词从浩瀚的文字阵群中浮出，而"禅让"又使夏都城斟鄩从麦田的覆盖中破土而出，渐渐显出它的真实面目来。

禅让，即以帝位传授于贤者。五帝相传，取其贤矣。尧选继任，有人推荐尧之子丹朱，尧不允，认其不肖，不足授天下。后众人共推虞舜，因为虞舜虽其"父顽，母嚚，弟傲"，但忍辱负重，仍能"和以孝，烝烝治，不至奸"。多好的人啊！尧帝考察舜三年，认为舜是个人才，便将自己的两个女儿许配给他，自己就放心地去了。舜帝考察继承人，亦仿先贤不以子孙为人选，而是问"四岳"，也就是要天下举荐。结果"四岳"举荐了禹，因为禹"为人敏给克勤；其德不违，其仁可亲，其言可信"，"可成美尧之功"。有意思的是，禹的父亲是鲧。鲧是何人？就是被尧帝派去治水的人，治水九年不成，被舜处死。有这样一个"恩怨"背景，舜却大胆起用了禹，先让禹治水，成功后，又传位于他。这就是夏禹。禹让与益，益后让与夏禹之子启，"是为夏后帝启"。"昔三代之居，皆在河洛之间"，这些故事，就发生于"二里头"之上的夏都斟鄩。

四千余年的风雨掠过，沧桑不睹，山河更替，而今的夏都斟鄩已去了繁华，还其自然清新的本色，农人荷锄于这片村野阡陌间，滋生着其乐陶陶。在二里头的文化广场，一块天然巨石仁立中央，几位耄耋老人围坐基石前面阳取暖，看我们远途而来就是为了看这一片阡陌，不由得

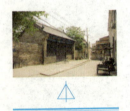

【作者简介】

庄学，本名王建文，河南省作协会员，郑州小小说学会理事，洛阳小小说学会副会长。发表小说、散文以及其他文学作品四百余万字，出版有小说集《保守一个秘密》《银手链》等，及长篇小说《同宗》。

嘴唇拉出一丝丝的不屑：一片村野，有甚看头？少见多怪呢。

我们的确是少见多怪了。生长在异乡的人们、生活在城市里的人们，与生于斯长于斯的人们相比，谁更能够看明白这块土地呢？是个问题。这是他们祖祖辈辈赖以生存的土地，他们更为关切的是这块土地还能够为他们带来什么！而我们——只是猎奇，只是寻幽，只是探访，而后就是转身离开它了。

立于汉冢之上眺望这片阡陌，村庄簇簇，麦苗覆垄，地下的宫阙能够知晓么？我们来看望您了！来祭拜您了！发源于伏牛山的伊河与源自陕西商洛的洛河一路浩浩荡荡东来，若即若离，汇流于洛阳，夹河滩就是洛、伊河交媾生成的一块冲积之洲。二里头村只是夹河滩北端一个普通的村庄，傍依洛河南岸。一次刻意的寻找，使这个夹河滩的小村一扬而为天下知，青铜器时期的"华夏第一都"斟鄩遗址欣然亮相，刷新了我国的灿烂文化文明史。但是当我站在这块土地上的时候，手里轻轻握着的是一叶在挖掘现场拾到的石刃——仍然锋利如削的石刃，脑子里却时时盘旋着一个疑问：古时都城宫阙，一般是背山面水，谓山河之阳。从地理上看，夏都斟鄩应该筑于洛河以北、邙山以南

才合乎常理，为何要建在这易受水淹的夹河滩？

那是1982年夹河滩的一场溃堤水灾，我刚好从部队回来探家，于是蹚着齐腰深的洪水从夹河滩的东部一路到其中部的翟镇，而后又折向北，从二里头出水上洛河大堤。彼时，二里头南边的洛河故道就明确地呈现在眼前。"头"即为高地，二里头大约就是几里范围内的高地吧。夏都斟鄩就是处于这片高地上。记得前不久在新区博物馆看到古时洛阳地图，明白地标出了洛河故道的位置，夏都斟鄩所在的二里头遗址就在原来的洛河北端——洛（河之）阳。疑问迎刃而解，夹河滩是动态的、飘逸的，沧海桑田般，夏都斟鄩被洛河轻盈一挽就被揽入了夹河滩的怀抱。

似乎还是不很明白。现代的勘测技术手段可以从蛛丝马迹中描绘出夏都斟鄩的地理位置，也可以根据出土的陶碗陶罐石器推测那时先人们的生活，但是何以窥测他们的精神世界？何以探知他们的原始民主生活？何以知晓他们行走的艰辛呢？一切都掩映在了青青的麦苗之下，掩映在了历史的深邃之处。我们猎了、寻了、探了，又走了，夏都斟鄩仍然孤寂地酣睡在这片土地之下。不，还有斯人与之相伴终生。

倾听二里头

刘彦卿｜文

小时候，二里头给我的印象就是那个又高又长的大冢。大冢东西走向，有几十米长，上面长满野草，周围种满了庄稼，有一条田间小路把大冢和外界系在一起。

我家在二里头南面的甄庄村，外婆家在二里头北面的北许村，相距有七八里。6岁的时候，我就能独自去往外婆家了。那时，家里孩子多，日子过得紧巴，父母整天为温饱忙碌，时不时地就支使我往外婆家里跑。最初，跑一个单程往往要歇几次脚，而二里头则是最后一站。一看到那个大冢，我就知道离外婆家不远了。

那时候，正处于"无知者无畏"的年纪，在学校里面敢撕书，敢和老师顶嘴，在外面更无禁区，横冲直撞，无所顾忌。但不知怎的，在内心深处对二里头却有些许敬畏，总觉得那个大冢不管从哪个角度看，都像是一位横卧着的老人，在逼视着路人，并向人们述说着什么。当时，怎么也不会想到，这位横卧的老人，不经意间讲述的竟是公元前2100年至公元前1600年间那整整五百年的朦胧历史。

小学五年级时，正赶上"文革"，学校里的学生不是很多，能规规矩矩坐在教室里学习的则更少。中学的学生全国各地到处跑着去串联，我们则这村那村地跑着玩。记得去得最勤的地方则是二里头，因为那里有大冢，四周很开阔，能玩好多种游戏。后来，听大人们说，大冢里面埋的全是死人，还有好多活人也被埋了进去。说得我们既害怕又有些好奇，以至于多次不自觉地关注那个神秘的大冢，似懂非懂地咀嚼着大人眼里的二里头。

一个秋高气爽的日子，我与一群小伙伴又来到大冢。突然，发现一个小伙伴虔诚地趴在冢上，专心致志地在倾听着什么。然后，他神秘

【作者简介】
刘彦卿，洛阳市杂文学会副会长。供职于在洛阳市政府经济研发中心。

地说里面有很多人在说话。大家便也学着他的样子去听，很快就有人随声附和地说真的有人在里面说话，但我却什么也没听到。看到同伴们一个个似有所得的样子，我更是缱绻和困惑，曾怀疑是不是自己的听觉不够灵敏，或反应有点迟钝。后来，我又多次独自爬上大冢，反复倾听，还是什么也听不到。现在想来那也不奇怪，我一个懵懂少年，对中国历史一片茫然，自然听不到二里头那千年历史的回响。

第一次从报纸上看到"二里头"，是在大学期间。一天，几个同学拿着一份报纸，在教室里讨论一篇有关"二里头文化"的文章。我轻描淡写地插了一句，说二里头就在我的家乡。但他们却没一个人相信，说我在吹牛。我当即便给他们讲起了"二里头文化"："这里所说的文化，是考古学的专用术语，指的是同一个历史时期的不依分布地点为转移的遗迹、遗物的综合体。"并带着卖弄的口吻说，"这个术语是瑞典人安特生在1921年首次提出的，是在河南渑池县仰韶村发现新石器时代遗存时提出的'仰韶文化'。"几句话把我的那几个同学说得个个目瞪口呆，想不到我貌不惊人却满腹经纶。其实，我当时刚读过一些相关资料，知道几个概念，现学现卖而已。很快，在与同学的交流中，我就有些黔驴技穷了，因为有关"二里头文化"，除了这些皮毛性的东西，我再也没有什么新东西可言了，这对来自二里头的家乡的我来说，确实是一种痛苦和烦恼。慢慢地，这种痛苦和烦恼就演化成一种浓浓的乡愁。

寒暑假回到家乡，也曾几次沿着乡间小路，在二里头漫步，在大冢边徜徉，一个人静静地去倾听二里头。尽管一踏上这片炽热的土地，思绪就像奔腾的江河，一

脚踏上夏都，一朝梦回千年；尽管也能感受到几千年前的那座"苑囿绮丽，宫观高昂，车马如流，人声鼎沸"的古城轮廓，似乎还能听到不远处太学生们的琅琅书声，但总觉太遥远、太朦胧、太神话感。回到同学们中间，再讲起二里头，总缺少滔滔不绝、口若悬河的底气，而总是欲说还休。有好多同学问我：二里头到底是一个怎样的地方？是不是真的有一个夏朝存在？我总是笑而不答，我怀疑凭我的学识能否讲述出一个鲜活、生动的二里头来。道听途说的东西是肤浅的，而有时实地察看、躬身得来的也不一定就深刻。而二里头，更是一部需要反复阅读、认真探询的史书。

二里头给我的长期模糊感觉，终于使我感悟出，"不识庐山真面目，只缘身在此山中"。

对二里头，只能倾听，因为那时尚无文字，无法留下鲜活的文字读物。先人需要计数时，也是随便拿一根绳子，打几个结了事。正是因为太随意了，才使得整个夏朝几百年的历史，大部分被神话、传说、猜测所充斥。又过了几百年，祖先才学会在龟甲骨上写写画画，抒发情怀，不过那已不属于二里头文化了。

没有文字记载的二里头，给后人的阅读带来语障，所以好多人不愿去细读，去品味。但经过几千年的进化，人们的听觉是敏锐的。我常在古玩市场看到，人们在交易藏品时，不管是几千年前的瓷器，还是几百年前的银币，总会煞是认真地敲打几下，弄出些响声，然后仔细倾听。我知道，这是在倾听古玩的历史，是在倾听文化的韵味。

对古玩尚且如此，对厚重得让人喘不过气来的二里头，不更应悉心倾听吗？

在距二里头不远的伊洛河畔，南有劈山

而建的石窟，北有人声鼎沸的寺庙。相对于热闹的石窟和寺庙来说，二里头是安静的，是一座千年废都。虽然它所在的村庄随着经济的发展正在城镇化，但还是难以遮掩它遥远的苍凉。但二里头的这种安静是可以触摸和谛听的，因为它有着几千年不泯的魂灵。

倾听二里头，首先听到的该是伊洛河的涛声和涨河时洪水肆虐的咆哮声。远古时期，生产力水平低下，择河而居成为人们求生的唯一选择。二里头所处的黄河中下游地区，气候适宜，雨水充足，自然就成了人们的首选。金秋时节，伊洛河畔，芦苇含絮，蓬蒿遍地。寒蝉在树上嘶鸣，野兔在田野里窜来窜去。河水在不停地奔流，不时有鱼儿跳跃龙门。这本是一幅优美的画卷，只是可能当时的雨水太过充足，经常变成洪水，像脱缰的野马一样，冲毁房屋，淹没禾稼，拔倒大树，卷走人畜，冲得整个中原大地

惨不忍睹。于是，人们就推出一个叫鲧的头领，带领大家屯土筑堤，治理水患。鲧早出晚归，勤勉不息地奋斗了九个寒暑，但终因方法不当，只知堵截而不知疏导，壮志未酬就抱憾而去。随后率领大家治水的是鲧的儿子大禹。大禹在民间传说中是一条长着角和翅膀的龙，在治理水患中比其父更勤勉，而且也更有方法。他用其父盗取来的黄帝的神土，堵塞了233550个水坝缺口，又在群山中开挖河道，让洪水通过河道流入大海。经过13年的治理，开通了九座大山，疏浚了九处湖泽，决导了九条河流，划定了九州方界，这才降伏了洪魔。大禹的"三过家门而不入"，至今还在感动着许多干事业的人。这样，悠悠夏朝就在紧张忙碌的水患治理中拉开了帷幕。

倾听二里头，更能听到从众多民间作坊里传出的悦耳交响乐。这交响乐中，既有

制作石刀的采石声，又有大火烧制陶器的噼里啪啦声，还有人们一边劳动一边哼唱的小曲。尽管这些声音都很粗犷，也很原始，但在人类社会的发展史上，却代表着一种生产力的跨越，是一种先进文化的积淀。正是这种跨越和积淀，才使我们今天能够从二里头遗址中，发现大量梯形的石刀和弯月形的石镰、蚌镰等当时的主要劳动工具，从这些农具中便可看出，那时的农业，已经脱离了原始状态。除了这些农具外，细心的考古学家几经努力，还出土了技术含量更高的大口樽、瓮、大陶罐等大型容器，以及觚、盉等专用酒器。经过进一步发掘，还出土了铜凿、铜锛、铜锥等青铜器以及冶铜、铸铜遗址。尤其是象征王权尊严的青铜九鼎，自夏代开始，世代相传。据说，作为夏代第一个帝王，大禹不仅在治水方面技高一筹，而且还身怀多种绝技，他还将这些知识记录在九个大鼎上，昭示后人。经考证，在当时，仅陶器的制作方法就有模制、轮制、手捏、泥条盘筑等多种。这么多的手工作坊，该是一个多大的场面，得要多少个产业工匠？叮叮当当的敲打声，又该是一番多么宏大的声势？

倾听二里头，最让我兴奋的，是从那遥远的宫殿里传出的鼎沸般的嘈杂声。二里头的宫殿遗址，足以让所有的考古工作者和古文化爱好者心跳加速，进而魂牵梦绕。在这座宫殿遗址上，有多处夯土台基。最大的一处，呈正方形，边长达百米，占地15亩以上，台基上还留有墙基和排列成序的柱洞。这座由殿堂、庭院、廊庑、门楼组成的宫殿，在当时实在是一个宏伟的工程。从结构、布局到外观，不知要花费多少能工巧匠的心血，不知要凝聚多少劳动人民的智慧结晶。只要你看上一眼，你就不能不赞叹古代劳动人民的伟大创造力。以至于好多专家学者在参观二里头文化遗址时，纷纷向当地政府建议：把偃师的二里头遗址和商城遗址捆绑在一起，申报世界文化遗产。

专家学者的声声呼吁，终于引起当地政府的重视。经过慎重考虑，在2004年7月，二里头文化遗址"申遗"的前期准备工作终于摆上了议事日程。

申遗，当然是一项重大决策。作为政府的政策研究和决策咨询部门，进行前期的考察和论证，并拿出一套切实可行的操作方案是我们义不容辞的责任。因此，在阳春三月，我和市文化、文物、旅游等部门有关人员一起，驱车来到二里头，又一次怀着敬畏的心情，踏上这块热土，感受夏风的吹拂，聆听千年的绝响。

来到二里头，发现那座儿时的大冢，经过几十年的考古挖掘，已变得没有那么长了，就像是横卧的历史老人慢慢坐了起来。中国社科院二里头考古队队长热情地给我们介绍整个遗址的挖掘、研究过程，并领我们到现场参观一件件出土实物。在文物队的驻地，堆满了各种各样残缺的陶瓷片，工作人员忙碌地进行修补。在所有二里头出土的物品中，数量最多、耗力最大的就是这些陶器碎片。不时地有成筐的碎片从工地被抬进驻地，许多人从早到晚地为它们忙碌着。那一片片残缺的陶片，不就是一个个鲜活的历史音符吗？

在一筐刚刚出土的器具中，有一个小巧玲珑的铜器引起我的注意。工作人员兴奋地告诉我，这是一件罕见的铜铃。我知道，作为夏朝不多的几个乐器种类，以前曾在这里出土过石磬，据说是中国发掘出来的最早的石磬，后来在其他地区也先后出土过一些。

但这种外貌似钟、又比钟小的铜铃，我还是首次见到。我脑海里马上传来夏宫里悠扬的铜铃声，这是以前不曾听过的声音。大禹的儿子启不就非常喜欢音乐吗？经常鸣钟击鼓，好不快哉。大禹年老后，按照传统的禅让制，并没有把部落联盟首领的职位传授给启，而是给了伯益。后来启率部下打败了伯益，才得以继位，并终结了禅让制。不知启在继位那天，搬出了多少乐器，动用了多少乐师，去打造他那个旷世的登基大典。

和那些堆放一地的陶器碎片一样，石磬和铜铃也是奏响夏文化乐章的一个音符。有了这些音符，我们在倾听二里头的时候，就会更便捷、更直观、更生动。但这些音符，毕竟有些凌乱，不仔细去听可能就不好领会。如果用一个主题把所有的这些夏朝文化音符贯穿起来，后人品味起来效果可能就会好得多。因此，我想，如果能在二里头建造一座夏文化博物馆，对二里头文化遗址就地保护，全面展示夏朝五百余年的沧桑历史，该有多好。让夕阳西下的余晖伴随着夏朝最后的辉煌，刻在人们的心灵上，正如作家果戈理说的那样："一座古城的建筑就是一本年鉴，当歌曲和传说都已经缄默时，只有它还在说话。"

回眸汉魏故城

千雨荷 | 文

或许，历史的车轮行驶得太快，转瞬之间，我们脚下的这些个帝国王朝就已经过去了一两千年甚至更久。当我们伫立在汉魏故城遗迹的阊阖门前时，所有的恢宏与繁华早已经淹没在夕照中的衰草枯杨之中了。

出发前几天，我就找来著名汉魏故城文史专家徐金星先生的《河洛史话》和他主编的《洛阳五千年》两部历史文化专著，认真地拜读了相关的章节。原来我以为这座故城和洛阳、长安等其他故城一样，不过是王朝更迭的残破记忆而已；但是阅读之后，我对这座曾经几次辉煌过的都城遗址充满了向往乃至敬意。

汉魏故城是全国重点文物保护单位，位于洛阳城东15公里，与偃师市、孟津县毗连。故城北依邙山，南临洛水。公元25年，东汉光武帝刘秀根据周公营造东都城的地址和格局，定都于此；其后三国魏、西晋、北魏也以此为都，历四代三百多年。北魏末年在战乱中化为废墟。今存遗址内城东垣残长3895米，西垣残长4290米，北垣长3700米，南垣已为洛河所淹。残垣一般高出地面一两米，北垣东段高出地面六七米。城墙皆夯土板筑而成，周长约14公里。城内主要建筑为宫城、宫殿、衙署、苑囿等。北魏宫城为长方形，南北长约1400米，东西宽约660米。太极殿为宫中正殿。

说到汉魏故城，不得不说东汉太学。东汉太学是迄今为止发现的古代规模最大的大学。太学遗址在汉魏故城内城南郊，今偃师市太学村附近。其始建于建武五年（公元29年），在校太学生曾达三万余人。熹平四年（公元175年）于太学讲堂前立石碑46块，史称"熹平石经"。至曹魏正始二年（公元241年），又立石经28块，史称"正始石经"。太学遗址分东西两大部分，东部达三万平方米以上，西部也有两万平

【作者简介】

千雨荷，本名张红，河南洛阳人。喜欢在文字的小河流中，流淌自己的一份情愫，在地方报刊上时不时显露一篇。

方米左右。在遗址内部有大面积的夯土建筑遗址，有一排排的建筑房基，或为东西长方形，或为南北长方形，排与排之间距离相等，排列有序。太学是古代传授儒家学说的最高学府。"熹平石经"是我国最早的官定儒学经本。

令我们惊奇的是，距今近两千年前，我国就已经领导世界科技潮流，建立了观察天气的专业天文台。坐落在内城南郊的东汉灵台遗址，位于今偃师市岗上村与大郊寨之间。灵台创建于光武帝建武中元元年（公元56年），是当时最大的国家天文台，曹魏、西晋相继使用，达二百五十余年之久。灵台遗址范围达四万多平方米，中心建筑是一座方形夯土高台，东西残宽31米，南北残长41米，残高8米余。东汉的杰出科学家张衡，十多年内曾先后两次任太史令，领导、主持和参与了灵台的天象观测和天文研究。

位于内城西北角的金墉城，为曹魏明帝所筑。南北长1048米，东西宽255米，总面积26万平方米，城小而固，魏晋时被废帝、后多安置于此。唐初，洛阳县治设金墉城，贞观六年（公元632年）移于东都毓德坊，金墉城遂废。经勘察发现了三座小城连在一起，平面呈"目"字形。城外有河水环流，各城门阙皆有遗迹。城内发现夯筑台基多处，以及砖砌基址、水池等。北魏时，增修外廓城，长、宽各约十公里。城内外建有佛寺1367所，而以皇家寺院永宁寺最为豪华壮丽。永宁寺在宫城外西南面，初创于北魏熙平元年（公元516年），北魏末年被雷击焚毁。据勘测，永宁寺南北长305米，东西宽260米，中心为木塔，木塔基座为方形，上下两层，下层位于今地表之下，上层基座长宽各38.2米，高2.2米，四面原以青石垒砌镶包。在发掘塔基的过程中，出土了一批工艺精湛的泥塑造像，给研究北魏佛教艺术提供了珍贵资料。另有石雕、瓦、瓦当等建筑材料。

平等寺北齐造像碑俗称"寺里碑"，在汉魏故城内城东垣外，今偃师市寺里碑村南。计四通，下部皆深埋于地下，地表裸露部分，高约一米五到两米不等。碑上雕有佛、菩萨、弟子像，结跏趺坐的六佛图，姿态优美的飞天，慢步行进的大象，造型生动的猛兽，以及帐幔、火焰、莲花等，内容丰富，题材多样，为北齐所遗存下来的少数佛教艺术珍品之一。

据汉魏故城博物馆工作人员介绍，国家于1962年就已开始对汉魏故城遗址进行了全面的考古发掘，发掘工作至今仍在进行。

从东汉到北魏，中国的文化星汉灿烂。班固、班超、张衡、"建安七子""三曹""竹林七贤""金谷二十四友"；《洛神赋》《三都赋》《广陵散》……举不胜举。在这北邙山上、孟津的沟沟岭岭之间，不知道掩埋了多少惊心动魄的故事、多少璀璨迷人的文化遗产啊……

"北邙沉沉，暮鼓晨钟；洛水沉沉，竹密荷红……大千世界几轮回？翻飞斗拱笑春风……"漫步在这座演绎了中国历史上诸多大事件的帝都王城遗址上，我的耳畔不禁回响起诗人乔仁卯作词、音乐家王文堂谱曲的《白马寺》的旋律和意境。在汉魏故城遗址的西侧，就是那座名闻天下的东方第一古刹白马寺。我惊叹宗教的绵延，在一代代恢宏强大的帝国沦亡后，白马寺依旧香火不断。更加令人欣慰的是，在故城不远处，就是千年古镇平乐镇，这是名扬天下的孟津农民牡丹画的故乡。汉魏故城已经淹没在历史的烟云之中，但是，这片土地上正在绽放的国色天香，依旧传承着民族的文化、民族的审美和滥觞。

　　开封，一本古老而厚重的书，须你闲时，静坐在午后的阳光下，周遭安静，用心品读，你才能够触摸到它掩藏在层层书页之间、层层厚土之下的老城灵魂、故都气魄。到如今的开封城里走一走，满眼的大宋气质；浏览《清明上河图》的实景，你会发现那是最人间烟火最辉煌的模样……

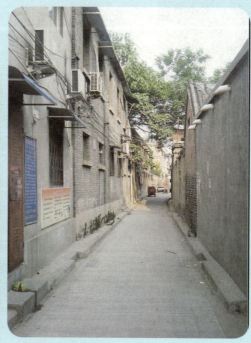

开封老城的表情

楚 些｜文

夜 市

20世纪90年代后，大大小小的城市四周，仿佛一夜之间，凭空冒出了名目繁多的开发区，社会主义非一夜之间建成，但开发区却可一夜之间落就。这样的世事沧桑发生在城市的周围，至于城市的内部，冒出的则是各式各样的夜市。

开发区的蜂拥而上，是意识形态先导的结果，不同于夜市的出现，来源于民间话语的登台，若将其提升到社会框架的高处，美其名曰是丰富城市居民夜晚的生活，实则有经济现状的难言之隐。"夜市"一词，虽有"市"之一字，却非市场本意，主要指的是各种地方小吃的集聚。各地的夜市中，虽然也有卖衣服及小商品的内容，但这样的夜市，毕竟处于大众化理解的边缘位置，小吃摊儿的集中，才是正宗。

身处开封，谈起夜市中的小吃，自然值得夸耀一番，不仅夜市肇始于宋代的都城汴梁，而且，夜市形成以小吃为主的格局，开封也是首开风气者。起于宋代的夜市，曾是都城汴梁的一大特色，其盛况令今人叹为观止，在这方面，孟元老的《东京梦华录》和周密的《武林旧事》提供了详尽的记载。当时的夜市，集中在州桥附近，俗称"州桥夜市"，内容绝非今天的小吃的汇集，而是民间经济往来的繁华舞台，无所不包，无所不有，无论规模的盛大，还是时间延续之长，皆非后来者所能比拟。

"楚王台榭空山丘"，"潮打空城寂寞回"，这是诗人面对无情的历史时所发的浩叹。总是这样，无论彼时的生活多么的欢快与热闹，在落幕的时候，只有冷静的历史才是最后的收网者。昔时的汴梁，现已

【作者简介】

楚些，本名刘军，大学教师，现居开封。业余从事散文写作，有散文作品刊发于《青年文学》《中华散文》《读书》《随笔》《延河》《山东文学》《黄河文学》《散文百家》《东京文学》《辽河》等刊物。

埋入今天的开封地下十几米处，勾栏瓦肆也好，夜市也好，皇城中的灯火也好，连同那风流千古的夜色一道，皆沉睡在历史发黄的记忆中。如今的州桥，位于自由路的东头，仅剩其名，无有其实。

天下小吃，难有王者，皆因各地皆有自己的地方特色，非数目种类就能分其高下。不过若纵论之，还是有几个城市的小吃声名甚誉，诸如北京、天津、西安等，这其中当然也少不了开封。中国一向以"吃文化"著称，开封是一座古城，曾做了七代的王者之都，无论是皇家还是民间，在时间的纵深中，精研小吃的做法，并以此获取独家秘方，在这方面，凡是古老的城市皆有得天独厚之处。

与北京一样，开封也有许多老字号，诸如马豫兴的桶子鸡、沙家酱牛肉、黄家包子、"第一楼"等，这些家族式的企业，多和小吃有关，一套独特的秘方，可以世代沿用，并在此前基础上，不断创新。它们的招牌，在过去时代的效应，和今天大企业的名牌所起的作用不相上下。

自从开封成为旅游城市后，来汴游客日渐增多。大家到此一游，不仅是为了一睹铁塔龙亭、清明上河园或者包公祠的风光，品尝开封的地方小吃，也是其中重要的意向。若以优雅取舍，则去"第一楼"吃包子；若从大众化出发，则去鼓楼吃夜市。其实，鼓楼与"第一楼"在地缘上是相接的，它们紧邻而居，只是各自承载的内容却有不同。

谈到开封的夜市及小吃，皆绕不开鼓楼，鼓楼之名，也是来自历史的因袭相传，更准确的称呼是"鼓楼广场"，说是广场，实际也就是方圆百米。它位于开封城的中心，旁边就是这座城市繁华的商业区，许多公交线路皆把这里当作重要的一站，所以，即使是白天，这里也是熙熙攘攘。到了夜晚，则更加热闹，每次坐公交车经过这里，皆会被堵上一阵。往往是夜幕未临之前，那些小吃摊儿主就开始推着车子，一字排开在相邻的几条街上，只等一声令下，便蜂拥而至广场。他们恪守着严格的管理规定，一边排队，一边相互拉呱，形成城市夜晚的一道独特风景。各自来到指定的位置后，纷纷支起车子，摆好条凳，麻利得像一次抢收的过程。不过，忙乱的景象很快就会平定，接着就是锅碗瓢盆的叮当声，以及摊主招呼客人响亮的话语。

鼓楼夜市，可以说是实至名归，它的开放性姿态、多元性内容，远非正规的饭店所能比之，再加上价廉，三元五元皆可品尝到有特色的内容，因此对人们的吸引力是很大的，即使是酷暑严冬，也是游人如织。如今的夜市，除了本地一向的特色外，也汇聚了各地的名吃，内容繁多，可供人们选择的余地更大，无论来自江南江北，皆可找到心仪的。甚至可以说，若来开封一遭，没有去鼓楼夜市一尝，不可谓不是个遗憾。有一些郑州的朋友，乘着夜色，从高速公路上驱车几十公里，来鼓楼吃夜市，然后再返回，可见鼓楼夜市的感召力。

有一次，一位外地朋友深夜抵达开封，稍事休息后，就提出到鼓楼吃夜市，时值凌晨1点，到地方后，那里居然还是人声鼎沸，

着实让我惊讶。我们要了多种小吃，结果有了大量剩余，朋友执意要带回来，放在我这里，朋友走后一个星期，我打开冰箱，那些小吃还保留着鼓楼的烟火气息。

作为一个入驻开封的外来者，我在这个城市已十年有余，不过，说起来去鼓楼夜市的机会实在不多，原因可能在于，自己过多地保留了家乡传统的饮食习惯。但对于别人对小吃的钟情，我却并不奇怪，我必须承认鼓楼夜市小吃的特别与精美。我也曾去过海滨城市，吃过那里夜市中的海味；也去过其他城市的夜市，品尝那里的特色小吃，吃过之后，除了肚子微微泛痛之外，并没有什么特别的感觉。每每这个时候，我都会怀念起鼓楼来，在鼓楼的夜市里，我至少可以吃饱，而在其他地方的夜市里，除了一肚子的啤酒，至于其他东西，动一筷子后，就很难有第二次的亲近。

另外有一次，在一个初秋的夜晚，我和新婚的妻子看完电影后，决定去鼓楼吃夜市。当时正下着潇潇的秋雨，天气有些微冷，我们于是决定去喝杏仁茶。这种小吃来源于宋代宫廷，后来散落于民间，经过不同的操作，形成不同的特色，有正宗和边缘之分，不过，我对此缺乏特别的考证。在喝茶的过程中，恰值人少，摊主得以有空闲和我神聊开来，他讲道，李岚清副总理来汴视察，就曾专门到他的摊前，喝他的杏仁茶。"总共喝了二百多元的茶！"他对我说这话时，手臂和眉毛一起飞速上扬，虽隔着夜色与秋雨，我还是能触碰到他的自信与骄傲。我不知他所言是否属实，不过，他的杏仁茶做得确实好喝，这却是事实。

夜市中的每一个小吃摊儿，都会有这样或那样的一长串故事，只不过，有些故事已经隐去，有些故事依然流淌。虽然，我看到的是它们简单的现在，但我也知道，大量民间的历史，就在它们后面伫立，将其中的历史随意翻弄，就会有芳香四溢，不由得让人生出敬意。

巷 子

　　如幽深的井壁，或长或短的巷子三三两两地零落在城市的身体里，它们是城市古老的血管，四通八达，黏附在光洁的皮肤之下，被人们轻易地翻阅或错过。

　　越是历史古老的都会，这样幽暗的巷子就越多。北京、西安、南京、开封等，皆是如此。我曾去过北京一次，可惜皇城根儿附近的胡同无缘得观，当然我也知道，即使有了一观，那些紧闭的历史，也不会向我睁开哪怕是最微小的眼缝。更何况那些幽幽的叹息，即使在你最熟悉的城市里，在你经常走过的凹凸不平的青砖路上，在夜阑的时刻，你也很难听见它们隐伏已久的声音，它们稳稳地睡去了，无论再大的风，也无法进入它们。

　　假若不是特意去市政部门做调查，那有关某个城市巷子的数目，就会像谜语一样抖落。每一个城市，皆在坚定不移地执行着它们新的规划，为了实现自己的设想，一方面向郊区扩展，将那些朴素的泥巴掩藏在现代的颜色之下；一方面改造旧的城区，把一些巷子拆掉，将斑驳的历史彻底地清除。如此这般，几乎每隔上一段时间，就会有一个或几个巷子的消失，城市巷子的数目也因此不定。被拆掉的巷子，往往和其所处的地理位置有关，靠近商业区或者其潜在的房地产价值，是目标被锁定的缘由，人人皆说近水楼台先得月，这些近水的巷子不仅没有得月，相反却失掉了古老的身子。它们和现代城市的关系，演绎的是新的招安故事，在这样的故事中，有许多得利者，除了那些层叠的历史。

　　巷子的分布，也总是不规则的，横七竖八地躺在城市的深处，倚着一些老屋，曲曲折折地延伸，这和现代的都市多少有些误差。虽然个体的形状不是很规则，综观之下却又比较集中，像开封这座历史文化名城，这些古老的街巷就聚集于老城区，城墙之内，以鼓楼广场为中轴，向四周散开。随意从某个主干道转到小马路上，走那么几步，就可碰到它的身影。在开封的老城区，普通居民的住宅形式依然以巷子为主，所以或长或短的巷子，不胜其繁。至于每个巷子存在的历史，则不尽相同，长则二百余年，短则近百年。步入其中，或许就有一座古老的门楼倏然出现，它的枯眉瘦眼，它的安安静静，会让你异常诧异。如果你能够停下脚步，仔细地凝视，透过已显稀疏的木质门缝，也许还可以见到这座城市最古老的青砖，还有那些最古老的草类，它们几代后的子孙正安详地立在瓦缝中间，在四周的枯寂中打着哈欠。作家冯骥才先生曾说过，在北京城的路面上掘起一块地砖，也许就比美国的历史长得多。在开封，找一样与美国历史同龄的事物，同样不是难事。对于城市来说，虽然保留那些实体的物质是困难的，不过，因为有众多巷子的存在，实体的变迁历史，还是清晰可察，从建筑样式到门楼的雕刻画工，从家具构成到日常用品，数列开来，极为丰盈。

走在古老的巷子里，抬首是狭长的天空，两边是高高低低的墙面，你会闻到历史与现实混合的气味，这种气味或许就是从某个窄小的弄堂里挤出来的，它们很小心地探出身子，如果你不在意，就会从你的目光里溜走，攀爬到墙上凸出的青苔里面，像白日的蚊子一样悄悄隐遁。

城市里的树木，位于大道旁边的，过于整齐，整齐得让人失去端详的耐心。本来城市里的树木就很少，人为的森林又非常茂盛，于是让人特别想念那些自然的树丛。在那些幽深的巷子里，你的遗憾或许就可填补，巷子也往往是城市树木比较集中的地方，尤其是许多老树，虽然看上去参差不齐、七扭八歪，但呈现的却是自然的线条，尤其是蓬勃的树冠，会向你暗示那些苍老的青春，它们和巷子互相依附，将根扎进巷子的深处，如一对老人般相依为命。

工作以后，我先是住集体宿舍，然后搬到西区，住在高楼的顶部，一直以来，与那些近在咫尺的巷子无缘。我知道自己无法真正地深入它们，它们每个季节的悸动也和我无关，因此，我清楚自己的讲述是多么的生硬，但我还是试着去接近它们。有些时候去单位上班，我会绕过主要的大街，进入这些古老的巷子。它们地处城市的北部，小巷里的行人很少，我可以避掉许多慌乱的目光，直接步入城市的安静，这也是我如此选择的主要理由。每一次走过，我都可以看到那些葱茏的老树，还有几位和树一样老的老人，坐在路边的马扎上，旁边放着随身的拐杖，或几人闲坐，或单身一人，倚着矮墙，无论再明的光线，也无法将其打动。他们是小巷的亲历者和见证者，或许生和死，皆团聚在这狭小的空间内，巷子收藏着他们太多的故事，他们也收藏着巷子太多的故事。我没有听过老人们的闲谈，我只能猜想，他们偶尔

从紧闭的嘴唇中飞出的句子，该会是多么的惊人。"白头宫女在，闲坐说玄宗"，离开了这些传闻，城市的历史，也许就缺乏了必要的水分。

不过，因自己不是特意的寻访者，从这些古老的巷子里掠过，我的步伐终究是过于匆匆，构成昙花一现的经验，隐藏在怀旧的情绪里，偶尔才会翻卷开来。

这几年回乡村，在路边常可看到一些曲曲折折的荷塘被从远处运来的石头和泥土填充，我知道又一座崭新的房子马上要矗立起来了。而在城市里，在我的身边，旧城改造也正在轰轰烈烈地进行，对于那些或陌生或熟悉的巷子，我更知道，远处的石头和泥沙，正以极大的耐心，等待它们。

书 店 街

当下，城市的名头，总是与实物或者文化概念相关。它们之间呈梯级形式分配，越是古老的城市，地标建筑等实物反而退居其次，那些从历史淤泥中腾起的人物或故事往往占据头条，映入人们的脑际。

拿开封来说，拔得头筹的无疑是"包龙图打坐开封府"的故事，在其身后，可以排《清明上河图》，也可以排皇帝端坐之龙亭，或者徽宗与李师师约会之樊楼。往往是这样，梯级分配阵式中靠前的名头，它们仿佛是为他乡人而准备的，与本地人亲密相关的恰恰是后排的就座者，而我要说的书店街就属于后排就座的阵营。

一般来说，在别的城市，人们最熟知的是商业街或大商场这些地名符号，而开封这座老城，则稍稍有点变异。除了马道街这条商业街人尽可知之外，还有两条另外属性的街道也涌入进来：一条是以古玩玉器字画闻名的宋都御街；另一条则是以文化属性为特色的书店街。

20年前那个秋天，我和另一位同学一道，沐着秋雨步入古城，进入河南大学读书。又过了几日，和一位高年级的老乡利用周日出门上街，这是我第一次用脚步丈量开封的街道，尚记得我们的目的地就是书店街。听周围的人说那里的书店很多，我当时学的是中文专业，或许是有那么一点点虚荣心，所以把赶场的目的地锁定在那里。需要坦白的是，那个时候的我对读书还一穷二白，更谈不上买书的习惯了。学校距离书店街不到两公里，三条街，两个路口，左拐即到，那时的双眼还不会观察和记录，满眼都是晃动的景象，如果是今天的我，或许会使用如此的句式记录："我在大街上游走/低矮的平房匀速后撤/每一种声音都落在日光之上/然后消失/最初的露水何时抵达/我一无所知。"可惜的是，这些后来的猜想无法揭开往事的盖子，我只是记得当时是去了，买书了没有？不知道；误了吃饭的点没有？也不知道。

大二的时候，双休日的规定开始执行，闲时间多了，渐渐地，便和书店街相熟开来。这条街若是认真说道说道，还是有很多嚼头的，比如它的历史渊源，可上溯至北宋；比如其建筑，古色古香，雕梁画栋，打眼望去，皆二层建筑，单是檐头的衰草，就会激起你无端的臆想；比如其匾额楹联，多出自名家圣手，百年时光，润泽其间；比如

其文化韵味，这个地方云集了四十多家书店和一百多家文化用品商店；还有其名气，与日本东京的神田书街齐名，为世界两大古街之一，如此这般，尚有诸多的逸兴遄飞流淌其间。不过，这些对于当时的我来说，是不会在意的，我所在意的是图书是否齐全，品位是否适中。好在这些属性放到书店街里可谓小菜一碟。当时，它不仅汇聚了本城甚至是本省最好的书店，印象最深的有两家书店：一是学术品位高端的古都书店；二是旧书集散中心的新华书店分部。而买书却是又愉快又纠结的事情，愉快是因为自己已加入读书的队伍中去，而且在初始的端点上好高骛远，小说类追逐米兰·昆德拉、卡夫卡、马尔克斯，社科类追慕康德和黑格尔；纠结是因为穷学生一个，经济能力实在有限，很

多时候，如孔乙己般，只能从兜里排出几文小钱。常常是这样，为了省下5角钱的公交费用，和几个要好的哥们儿步行而去，有余钱则买上几本，叮当作响的情况下则在书店里翻阅，以便记住一些好书的名目后下次再买。

毕业之后，我去了开封师专工作，学校位于中山路，与书店街仅隔一条小街，步行也就三五分钟的工夫。闲下来的时候，依然常去书店街游逛，白天去书店，夜晚则逛夜市。书店街上的夜市什么时候兴起的，我无从知晓，但是这个地方的夜市与其紧邻的鼓楼夜市却有很大区别，鼓楼夜市以小吃而扬名天下，书店街的夜市则更像杂货交易市场，小饰品、衣袜鞋帽、打折家具、儿童玩具、日用商品等，应有尽有。一个突出的特性不是齐全，而是便宜，如北宋时期的鬼市般，这个地方的夜市归属于免税的范围，这对那些以做小生意糊口者，是最大的利好。上个世纪90年代末期，随着下岗风潮的涌动，老城的各个角落开始涌现各种特性的夜市，其中大多走餐饮的路子，而书店街夜市则独具一格，为外来务工者、学生、底层市民的日常需要服务。

小商品涌入雅化的书店街，也许是必然的命运。2000年之后，夹缝中的书店街开始往两个方向游走，大部分书店转向实用类图书的营销，教辅类、自学考试类、司法考试类等定点书店开始生成，一小部分高端书店则消失于茫茫人群中。大概在2007年，古都书店的老板——那一对胖胖的夫妇，突然在我的视野里失踪。这些周遭的事物，它们的转换速度，与时间一样锋利，它可能不会立刻刺痛我们，却能够不断切入我们的经验和身体，如帕慕克所言：它都发生在日常生活的种种细节中，通过物品、故事、艺术、人的热情和梦想进行。

就这样，书店街上的书店不见得在数量上有多大的减少，但在我心里，它老去的速度却特别醒目。很多时候，我还会路过那里，匆匆而过，或者陪着媳妇逛逛那里的饰品店，或者逛一逛卖手袋的地方。如果是在夏天，总会在一家卖酸梅汤的小店前停留，听从女儿的吩咐，为她买上一杯汤汁，静候的时刻，站在街边，我的目光会依次逡巡这条二百多米长的街道，茫然而疏离。

开 封 城 墙

王才俊｜文

开封城墙14.4公里，是国务院确定的第四批全国重点文物保护单位，也是仅次于南京城墙的第二大古代城垣建筑，其历史遗存相对完整。行走开封，你会发现街道并不宽敞，然而南北东西主干道旁必然平行着看似不高的城墙，这些蓝砖建筑恰与低矮的楼房相称。走惯了大都市的路，再来这里转一转，一种朴实无华、与世无争的坦然便在内心油然而生。

说是小城，无非是人口少、工业少罢了，单单从这些古城墙就可以瞥见它昔日的繁华与富丽。开封古城墙始建于唐，历经宋元明清至今，虽历战火与水患仍是大体无损，旧貌依存。

谈及开封古城墙就不能不谈它的历史。公元前364年，也就是史书上的魏惠文王六年，魏国为进取中原图谋霸业，遂将当时的都城由安邑（即今山西夏县、安邑一带）迁至仪邑，将城名改为"大梁"，并凿就历史上反复出现的著名人工运河——鸿沟，这也就成了开封都城的起源。后来秦国大将王贲东进魏国，久攻大梁城不下，遂引鸿沟之水灌城，城毁魏亡。秦统一六国后改大梁名为"浚仪"，至汉时分封梁国。隋大运河开凿后，流经开封城的一段被称为"汴河"，又名"通济渠"。唐宣武军节度使李勉治汴州，重筑汴州城。之后历代开封城墙以此为基，筑而毁，毁而筑。

根据1999年的精确实测，现存开封城墙周长约14公里，面积约13平方公里，东西稍长，南北略短；共有城墙马面81座，道路缺口12处，碉堡6座。千百年来古城的中轴线始终未变，就如那个坚守底线的城基没变一样。从大梁门穿过，穿过的不是一段遐想而是一段真实的历史，那个红漆灰瓦的城楼镌刻着多少说不完的故事，凭我们如何述说与想象都无

【作者简介】

王才俊，河南滑县人。河南大学民俗学硕士研究生。作品散见于《花溪》《新研究生时代》《新文艺青年》《上河诗刊》等刊物。

法复原昔日的盛景，徒留外乡人进进出出，在这个秋日的雨季茫然地寻找历史大书中的汴梁，他们走了又来了，来了又走了。或者是这些在皇城帝都里早已生活惯了的人们，他们被生活所裹挟，带着生存的重负走在街巷上，一个稍不留神就会踩痛古城，在弯曲的胡同里留出坑坑洼洼。

可是，我却不同，我是一个偶尔要在这座城市待上几年的人，这种处境使我既没有游客的匆忙，也没有皇城子民的视而不见。我这次骑着单车是专门调查古城墙的，因此就多了一份文化之旅的惬意和神圣。从曹门出发，顺着顺城南街一路向南，一路所见皆是现代市民生活，这里的小吃、饭馆、市场俯拾皆是，低矮的民房总是向着城墙挨得太紧，仿佛人们都想从城墙那儿借点儿光，此种场景并非开封所独有，就拿另一座宋城杭州来说，历史上还留下市民取雷峰塔砖辟邪的事件，更有甚者偷拿长城砖回家当"镇宅之宝"。

宋门是我一路上看到的第一个城门，

说是城门，事实上只是一个缺口，车辆的穿行并不能使人想起什么，大凡现代人都将"空"或"无"看作真正的"虚无"，路的两旁是高大的城门墩和生长其上的灌木杂草，这条路作为唐代通往宋州（商丘）的交通要道，如今只留下一个"宋门"之名，算是历史的记忆，也算是皇城子民的一种自我宽慰。护城河与城墙并行而南，杂草的丛生与市井的叫卖声共处一个空间，虽然谈不上和谐共振，但也算得上不俗，加之桥头巷里鸟声不断，鸟市与闲人并陈其间，所有的步子到这里都要慢下来，所有的车辆到这里也会慢下来，这里是慢的节拍，没人能打乱它的节奏，甚至是不同的心跳到这里都会被统一、被同化。

离开宋门一路南行，解放路与滨河路相交于城墙东南隅，此时浮现在眼前的城墙已是想象中的全貌，相信每个第一次走在滨河路上的人都会多看几眼它的容颜，它的古朴更是让人驻足遐思。由远及近，宽敞的绿化广场平阔明净，城墙在秋日的午后倍显安详，那些城脚下被风雨剥蚀的城砖凸凹不平，见证了千百年的沧桑，也见证了一茬又一茬的王朝山河。从城脚的缺口我爬墙而上，在拐角处遇见一块平地，这里早已被市民开发成良田，无名的花在砖缝里摇摆，棉花、蔬菜、刺槐这些我老家才会有的乡土之物不知何时被复制或翻版到了这里，这使我倍感亲切，又使我倍感拘谨。

顺城而西，新门已在眼前。新门俗称"小南门"，3个门洞加上一个城楼，车辆正拥挤在城下，我无幸登临城楼，内心十分失落，只能看见一根旗杆插在"玉祥"牌匾的前面，迎风招展着，示意秋天的胜利。我继续西行，至大南门而止。这段城墙有着古老的弧度，这就是传说中的"瓮城"，滨河路至此被城墙挤得非常狭窄，人流往往被堵在这里。由南而北是中山路，这是一条逾千年而不变的古城中轴线，北宋时作为御道通向皇宫，至今仍可见到北段的宋都御街。在大南门脚下总会有三三两两的人，作为古都的子民或是散步或是游戏，至傍晚就会跳起广场舞，他们不为歌舞升平，也不为昔日的繁华重现些什么，他们只是在生活，在秋日的最后留下些什么。由远及近的是地地道道的河南坠子，或者是豫剧，至于它们究竟怎样划分或是怎样归属我并不在行，只是以往记忆中对唱戏的不予理睬在这里找到了一种新的认识，这使我开始重新认识平凡得不能再

平凡的"生活"二字。

继续向西走到迎宾路，天空已是落下小雨，眼前又是一个城门缺口，只是这个缺口怎么也不能使人想起些什么，连块解说的石碑都懒得有，大概示意它的"并不重要"。从迎宾路向北几步再沿太平南街一路向西顺着城墙内而走，至北边西门大街为止，一路所见皆是城墙背面，它并没有正面的那种实实在在，但是爬上去踩在脚下的土质比柏油路要硬，刺槐杂草散布在城墙之上，增添了几多神秘感，这勾起了我的猎奇心理，我便决定前去探个究竟。在弓箭西街与向阳路北侧，我爬上那段土坯，拨开杂草与树丛，横在眼前的却是低城墙一截的矮民房。

带着又一次的失望，我一路径直前往大梁门，这是寓意"九城富贵"的九门中最具代表性的一个，虽然它在历史中早已被毁，但是复原后仍可一睹它的芳华。在大梁门的北侧是古马道遗址，这是由开封市城墙文物保护管理所于2000年5月21日在对城墙的基础部分进行清理时意外发现的一层保存较为完好的早期马道遗迹，三层马道并行相叠，再现了"马道摞马道"的奇观，这也是民间流传的"开封城，城摞城，地下埋有几座城"传说的明证。现今考古已经证明在古都开封地下3米至12米处上下叠压着6座城，其中3座都城、两座省城及一座中原重镇，这些构成了世界罕见的"城摞城"景观。

斑斓开封

汴水秋声｜文

实在不敢用自己的文字来记述开封，这个城市对于我来讲，太过厚重，而我作为这个城市的过客，对于这个城市的理解太过肤浅，她的绝代风华又岂是我鲁钝的笔触所能描画，只能竭尽所有来倾诉自己对于这个城市的点滴思绪，献给历尽苦难沧桑而不屈的城市，献给热爱开封或憎恨开封的人们。

金黄色的开封

从我第一次踏上她的土地，就被厚厚的金黄色所笼罩。那是一个秋天，开封已是黄叶飘飞的季节，脚下是金黄色的落叶和未完全硬化的土黄色路面，天空由于寒风劲吹，也略带黄土的颜色和气息。黄河赋予了这个城市苦难的同时，黄河风也带给了这个城市金黄色的印记，我的脚下就是黄土层层覆盖了的历史，也许正是黄河的烙印把这个民族的皮肤都染成了黄色，开封的黄色，其实就是这个民族的缩影。就连满眼的菊花也被称为"黄花"，家家户户以及各个店铺门前都是怒放的金黄色的菊花，开封成了黄花铺成的花的海洋，路两旁也都是金碧辉煌的仿宋建筑。其实，连这个城市的记忆都是金黄色的，战国时代魏国魏惠文王沿当年"少康中兴"的路线，由安邑（今山西夏县）迁至启封（今开封），兴建大梁城，使大梁城成为战国时代最辉煌富足的城市，那是一个金黄的时代。后来的大宋开封都城更是富丽甲天下，八方争凑，万国咸通，成为世界第一大都市，那是中国文明史的金色时代。中国有两个朝代的代表城市最能代表中华文明曾经的辉煌，那就是唐朝的西安和宋朝的开封。一千多年前，开封人口曾达到150万，经济水平更是在世界上创造了中华奇迹，是中华文明最领先世界的时刻，应该说就中华文明

【作者简介】
汴水秋声，天涯社区开封版版主。

史而言，开封是中国最重要的城市，她的历史和文化最值得研究和关注。

青铜色的开封

如果说文化是一个城市的灵魂，那么拥有古老历史的开封无疑是青铜色的。不仅是因为开封第一次建都是夏朝的老丘，正是中国的青铜时代；连开封历史残留的文化符号都是青铜色，屹立千年的铁塔和繁塔是青铜色的，古老的城墙是青铜色的。青铜色是凝重的颜色，宛如凝固的历史，"开封城，城摞城，地下埋有几座城"，埋在地下的州桥、宋金皇城无一不泛着青铜色的光芒。夷门自古帝王都，岁月流失，这个城市似乎永远有着一种内敛和博大的气势，有人说这是王气，开封繁塔就是因为这个城市王气太重而被拆除了上面的几层。也许，这就是这个城市的灵魂和性格。

血红色的开封

中国历史乃至世界历史上，没有哪个城市像开封这样历经那么多的苦难，仍然屹立不倒。刀兵水火给这个城市留下了太多惨痛的回忆：公元前225年，王贲决鸿沟之水水淹大梁，繁华的大梁城几成废墟；金、元的两次铁蹄践踏，让这个城市血流成河，屠杀和洗劫让这个城市变得满目疮痍，士兵和百姓的鲜血染红了开封的每一寸土地；明朝末年，李自成的农民军和明朝周王的官军血战3个月，后来有人扒开黄河大堤水淹开封，开封这次遭到了灭顶之灾，比起秦兵的灌城和金元的刀兵更甚，36万开封市民仅有不到3万人逃生，开封城不但变成废墟，更成了人间地狱；日本鬼子侵略中国时，攻打开封，曾对铁塔方向轰击五十余发炮弹，但巍巍铁塔尽管伤痕累累，依然屹立不倒；古吹台，走

55

过近三千年的岁月，和开封一起历经劫难，今天仍然默默守护着开封。血色的开封，记录的是一个伟大城市不屈的抗争史。

蓝色的开封

如果说蓝色是忧郁的颜色，那么开封无疑是充满蓝色忧郁的苦难之城。汉朝时期，著名史学家司马迁来到这里凭吊大梁陈迹，曾经繁华无比的大梁城早已没有了当年的繁华，但他却过大梁之墟，向人们清楚地指出夷门即大梁东门，记录下了自己的忧郁和感慨。此后，阮籍曾来此吊古大梁，也许正是大梁城的失落和古吹台的孤寂，让阮籍的忧郁苦闷更加灰暗，久久不忍离去，"徘徊蓬泽上，还顾望大梁"。元朝的屠城，让开封彻底远离了中国政治经济中心，经历刀兵水火，繁华落尽，连古吹台也变成了鸟儿的乐园，诗人来到梁园古吹台，面对一派凄凉，不禁感慨："汴水悠悠蔡水来，秋风古道野花开。行人惊起田间雉，飞上梁王古吹台。"现代的开封城无疑是忧郁的，早已失去中国政治经济中心城市的开封，就是在河南一省内也已经落后了，千年古都，中国文明史上最伟大最重要的城市没落到了被人遗

忘的角落，难怪在克里斯托夫的眼中，是那样的苍凉和忧郁。

水绿色的开封

开封是绿色的城市，东郊的林荫大道令人心醉，包围城市的森林公园，围绕城墙的森林公园已成了休闲的好去处。开封号称"北方水城"，开封的水面不同于江南小城，少了些妖媚，但多了些旷达和豪迈，碧波万顷的潘杨二湖，水波旖旎的包公湖是绿色的，秀丽的铁塔湖和阳光湖是绿色的。而被遗忘的千年名园禹王台则更是绿色的海洋。现在的开封虽然没有其他城市令人目眩的霓虹和高楼，但那些幽静的湖水，绿树掩映中古色古香的建筑让这个城市充满了灵性。

彩色的开封

"日暮乡关何处是，烟波江上使人愁。"这是开封游子崔灏在黄鹤楼思念家乡的诗句。开封，在游子们的眼中和梦里永远是彩色的。在开封游子"桐翳西枫"一声"我的美丽乡愁"的叹息声里，开封是五彩的；流浪欧洲的开封游子们无时不牵挂着开封的一举一动，有个开封游子把自己的网名叫作"生是开封人"，他的头像则是深情和忧郁的龙亭湖。在游子的梦里，开封永远是一块色彩斑斓的圣土。其实，开封本来就是一个五彩的城市，菊花，古塔，湖光山色，朴实民居，庄重古典的老城，明净秀丽的景区，溢光流彩的西区，整个开封都是彩色的。

感谢开封这个伟大的城市，她为中华民族创造了辉煌和骄傲，在远离尘嚣时，她又用自己温馨的怀抱护佑了这个城市的子民。

穿越时空的张择端

杨仲伦｜文

走进开封清明上河园，首先看到的是这座天下名园的蓝图设计者——张择端的汉白玉雕像，只见他神情端庄，巍然站立，双目凝神远望，两手捧着一轴画卷，迎接着远道而来的游客。他的身后是一座巨幅的《清明上河图》大理石阴刻浮雕。

走过巨型浮雕，就走进了清明上河园，也穿越了时空的隧道，走进了历史的画卷……

一

瓜瓞绵延，朝代更迭，北宋成为我国历史上又一个经济文化十分兴盛的朝代，当时的国都汴梁（今开封），城内四河流贯，陆路四达，成为全国水陆交通的中心，商业发达更是居全国之首，而人口则达到一百多万。汴梁城中有许多热闹的街市，街市上店铺林立，热闹非凡。

青年画家张择端离开了自己的家乡东武（今山东诸城），到汴京游学习画，由于他才华横溢，受到宋徽宗赵佶的赏识而进入翰林图画院，成为一名专业的画师。画院的画师按传统的习惯，是以画花鸟虫鱼、山水神佛为主的，但张择端擅长宫室、舟车、市肆、桥梁、街道、城郭，他被汴梁城热闹繁忙的景象深深吸引，他以一位艺术家的眼光审视这里的一切，不深居画室闭门造车，而是走街串巷，观察写生，有了丰厚的生活底蕴，因而用现实主义的手法、全景式的构图，生动细致地描绘了北宋国都汴梁人烟稠密、店铺林立、飞虹卧波、舟船往复的繁华景象和丰富的社会习俗风情。这就是著名的长卷风俗画《清明上河图》。当画卷被进贡给宋徽宗以后，宋徽宗十分珍爱，亲笔在画上用他的瘦金体题写了"清明上河图"五个字，并收藏于皇宫之中。它成为我国绘画史上

【作者简介】

　　杨仲伦，甘肃人。中国散文家协会会员，河南省作协会员，中学教师。已发表作品一百多万字，出版有散文集《大地情韵》《我心中的红豆》《踏歌秋野》《乡思回韵》《吟啸行旅》《五彩风情》等。

的稀世奇珍、画之瑰宝。

尽管朝代更迭、世事变迁，这幅国宝画卷也命运多舛，从皇宫到民间，从民间到皇宫，屡进屡出，几经磨难，但毕竟保存了下来。尽管《东京梦华录》等典籍对东京汴梁的盛况有详细的记载，但文字的描写总不如绘画直观形象，所以，《清明上河图》弥补了这一缺憾，让后世人对北宋和汴梁有了更具体生动的了解。

张择端用他穿越时空的神笔，将一个视觉上真实可见的宋朝流传给了后世。

二

斗转星移，人类社会进入了一个全新的时代，我国经过改革开放，国家强盛，人民富裕，在人们的物质生活不断提高的同时，在精神生活方面，也进入了一个新的层次。随着旅游事业的迅猛发展，开封人以张择端的《清明上河图》为蓝图，建起了清明上河

园，气势恢宏地再现了《清明上河图》中的壮观景象。

走进清明上河园，顿时走进了历史，九百多年前北宋都城汴梁的繁盛景象又出现在了人们的眼前：巨大的虹桥横跨汴河之上，桥下有古代舟船，桥上游人如织，还有牛二在拦路敲诈，桥头有占卜师在算命，好像还能不时地听到有人在喊："卖炊饼！卖炊饼！"再看看，那吹糖人的、捏面人的、做芝麻糕的、赶牛车招徕游人的，还有店铺、小摊、斗鸡的、遛狗的……所有在园内营业服务的人都是一身宋代人的穿戴打扮，游客一到这里，就仿佛一下子到了施耐庵笔下所写的《水浒传》的时代。

来到上善门，那巍峨的城楼，高大宽阔的城门，处处显示着大宋的雄风伟姿，城门口有几峰骆驼供游人照相留念，马上让人想到《清明上河图》中那一队西域商人驼队经过上善门时的情景。城门口还有几位一身戎装的武士执枪守卫，远处传来"嗒嗒"的马蹄声，一队披甲戴盔的武士们骑着高头大马，奔驰而过，后面鸣锣开道，是开封府尹包公出来巡视了。在这里，不怕你进入不了历史的情境之中。

穿过上善门，只见人声鼎沸，熙熙攘攘，更加热闹异常，原来是王员外的女儿正在绣楼上抛绣球招亲，并举办隆重的婚礼；赵太丞家的对面，布袋木偶正演得火热；广场上有杂耍，正在表演口吞利剑、倒上天梯等各种民间绝活，有"梁山好汉劫法场"和"武松路救兄嫂"情景剧在厮杀搏斗，店铺里有木版年画、精美的汴绣……如果凑巧，你也许还可以看到激烈的宋代马球表演，或者参加一次宋代的科举考试。如果玩饿了，还可以在"快活林"酒店吃一餐地道的汴梁风味小吃。

此情此景，我真不知道是自己梦回《清

明上河图》的画境中，还是《清明上河图》真实情景又重现于人间。

张择端用他穿越时空的神笔，给后人提供了一幅展示建筑才华、再现立体宋朝的蓝图。

三

2010年，中国成功地举办了上海世博会，这次世博会确立了"城市生活更美好"的主题，并提出了"三大和谐"的中心理念，即"人与人的和谐，人与自然的和谐，历史与未来的和谐"，全世界二百多个国家和地区参加了这次盛况空前的博览会。

在这次博览会上，最让人感到震撼的还是国宝级文物《清明上河图》原件的现身，并且在中国馆最核心，也是最高展区的北面，一百多米长的整面墙壁，都被放大了数百倍的宋代名画《清明上河图》覆盖。更重要的是，这幅用现代科技电子屏幕手段制作的"古代名画"上，汴河的水在流动，舟船在行驶，所有的人物及马、牛、驴等动物也都栩栩如生地动了起来，九百多年前中国宋代都城汴梁的富裕繁华，更加形象地出现在游人的面前。

这面电子《清明上河图》墙壁，让全世界人民更全面地了解了中国的历史，也更深入地了解了中国的现在和未来，从而也更好地体现了这次博览会"三大和谐"的中心理念。

《清明上河图》展示的不仅是中国古代的文化艺术，也展示了中国人民注重和谐的悠久历史和光荣传统。让中国走向世界，让世界了解中国，《清明上河图》起到了不可替代的作用。

张择端用他穿越时空的神笔，又将中国的古代繁荣与现代进步展示给了全世界。

走进清明上河园，就仿佛在穿越时空的隧道，踏着张择端的足迹，去寻访中华民族历史的辉煌，去品味人类文明的灿烂华章。

东京爱情故事

成 城｜文

至今，我只去过开封两次，全都是因为爱情。只是，一次是中伤了爱情，另一次是被爱情中伤。

其时，正在郑州读大学，是年轻无所畏惧的年纪。有高中时的同桌女生同时在开封的河大，每每总会在来信里说起开封这故都的盛世欢颜；或是打了男生宿舍楼的电话，让宿管的阿姨站在楼下撕心裂肺地喊"某某，开封的某某又给你来电话了"，然后在几乎整栋宿舍楼的男生的窥视、窃听之下，听她在电话那端，慢悠悠却是欢喜地讲起"开封最近又有什么节目，很有趣的"。

那时还是很关注民生新闻的，每每拿了报纸都会深沉地研究上半天"国家大事"，有意无意，看到"开封"两个字，都会莫名地记忆深刻。比如，清明上河园已经正式开门迎客；比如，大相国寺门前的脏乱差要得到彻底的治理，要有规模地开发精品的开封小吃街；等等。知道，开封是故都、古城，是嵌着深厚的文化底蕴的，是值得"到此一游"的。

只是，对于在开封读大学的、当年的同桌的她，确确实实，是谈不上有太多兴味的。

高中文理分班前，我和她是隔了过道的，印象中，从未有过交谈；及至高二分班，进了文科班，发现新同桌竟然是她时，没有讶异，亦没有不快或欣然。那接下来的两年里，虽也偶有调位，却终不过从左调到右或从右调到左，竟似"不离不弃"了起来。那混沌初开的青春少年季里，被周围熟悉的同学道彼此是有缘人时，也只能徒然无言以对。

那时，竟不想，这"缘"竟是兀自在她的心底里生了根发了芽。特别是大家都进入了大学之后，即便我再过沉默无言，再三自我解嘲

【作者简介】
　　成城，河南扶沟人。中学教师。本文是作者所作同名短篇小说的首篇。

地自称晚熟得紧，都分明能够感觉得到，来自她的那灼热的焰火。甚至，大二的那年，她竟直接来到我的学校，只言说陪一姐妹来郑州找她同学，顺路也来看看我。只是，因为来信，因为那宿管阿姨吆喝得满楼皆知的电话，同宿舍的兄弟如今见到了活的她，俨然已将接待规格上升到"我的女朋友"的地步。她欣欣然地享受着那礼遇，亦不争辩；看我越来越阴沉的脸，依然笑颜。

那时，心底并没有什么喜欢的女子，甚至连个心向往之的自我标准都没有。看兄弟们入大学不久便成双结对起来，亦不艳羡。如今想来，只能用有些晚熟，有些木讷，有些魂不守舍，有些自我游离，来形容那时自己整天埋头走路、抬头看天的傻傻模样。

对她，多是念了同桌两年的旧情。别的，真的还有吗？自己都不清楚。

大二下半学年的五一，应了她再三的邀约，终于，第一次去了开封。为她，更多是，为了那纸页里穿越了千年，却终是未能身行其中的旧城。

她喜不自胜，早早跑到火车站来接我。

那是我平生第一次乘坐火车。绿皮的那种，从郑州出发，途经开封。乘客拥挤，无位，车厢里空气浑浊。下车之后，我头晕脑胀，几近呕吐。

我不想说话。一直都是她在喋喋不休，有些过于兴奋地说着，说开封这座故都的种种，如数家珍。

要不要现在去禹王台，就从火车站往东，不远。禹王台也叫"古吹台"，是明朝的时候，为纪念大禹治水而修建的。你知道吗？在历史上，开封可是被黄河水淹过很多次的，五次还是六次吧。所以，开封人对能治水的大禹是非常崇拜的。禹王台旁边还有繁塔，五代十国时修建的。那里原来有个很有名的寺院天清寺，现在啥也没有了，就余下一座繁塔。这繁塔可不得了，是座砖塔，虽然不高，但出名的原因是这塔上的每块砖上都雕刻有一尊佛。我上个月刚跟同学骑车去看过。真的呢，可惜那佛像跟龙门石窟里

的佛像一样，都被砸得面目模糊了。唉，真可惜……

　　见我不说去也不说不去，她便说，那先不去了吧。咱直接坐车去开封古城最经典的景点吧，龙亭、宋都御街、大相国寺、包公祠、天波杨府，对了对了，清明上河园也开园了。清明上河园你知道吧，就咱历史上学的那个张择端画的。现在按画上画的，建成实景了。不过，今天不行了，你过来得有点晚了，咱明天去清明上河园也行，每天早上开园的时候，都有皇帝带着文武百官在园门口迎客呢……

　　她说，走吧，打车。街边，我站在她身后，看她卖力地瞅向远道而来的每一辆出租车，突然有些心酸。其实，这次来，我只是，想给她一个交代，告诉她，有些事有些人，或许，并不是你足够热情就能够紧握在手中的。我不想，让那么一份痴痴的望，最后演变为沉重的伤。可是，我这话要怎么说出口？我把她从街边扯回头，说，我们还是步行走一会儿吧，头一次坐火车有些不习

惯，有些犯恶心，这会儿还不想再坐车……

　　我们沿着那条如今我已忘了名字的街，一路向北。街道以及两旁的房屋，都有些灰暗，千年的风尘似乎把整座城都涂上了历史的铅灰色。她依旧在说着这座城的历史，我却听不见半句，心底翻江倒海般，手里握着她给我买的那瓶矿泉水，越握越紧。

　　只是，眼前突然便出现了城墙。如今看地图，我们当时应该是走到了滨河路。其时，我还没有到过西安，还没见过唐朝风格的那种巍峨雄壮的高大城墙；其时的开封城墙，还没有经过大力度的开发，砖体剥落，能够一眼看到墙垛之上，那裸露在风里的黄土，甚至墙下住户晾晒在那上面歪脖子树间花花绿绿的被褥。"我们上去走走吧。"我提议。显然，在开封已生活了两年的她也是从来没有上过这城墙的，墙里墙外地转悠了半天，也没有找到可以攀登而上的路，只好作罢。

　　我怕她走累，建议接下来坐车。她一副巾帼英雄的样子，只说没事没事。还说，前

方不远，就能到包公湖了，还有包公祠。包公你肯定知道吧，就咱老家说的"老包"，碳黑的脑门儿上刻了个雪白的月牙儿的那个。

　　我突然就笑了，倒不是因为她这话说得有多搞笑，我只是想起了我小时候，集上唱大戏，我被母亲抱到后台，让戏曲演员给我画了张脸谱。我欢喜得不得了，耀武扬威地回到家，一照镜子，哎呀妈呀，一下子就哭得差点晕过去。那张脸，就是戏台上常见的那张老包的黑脸加月牙儿。

　　包公湖，算不上烟波浩淼，但在一座城里有如此大的一片水域，也足够让人欣喜与羡慕了。沿湖的，大概是老街，有些逼仄。喜欢湖边的垂柳，以及那悠悠然而垂钓着的老人。偶尔，还会有三五成簇的票友，咿咿呀呀地调弦幽唱，脚边放着鸟笼子。突然就觉得，自己会因为这里而爱上这座城，爱上这种慢生活，这种任世间风云变幻、我自闲庭信步的豁然与从容。

　　已是中午，随便折进一家小店，很精致，有点小资的柔软与风情。她提议我可以尝尝羊双肠，我并未听说过那是一种什么吃食，她亦不说，只是说开封有名的一种吃食，在开封，有吃不尽的可口小吃，慢慢来，就从羊双肠汤开始吧。汤盛上来，浓白的汤，碧绿的青菜，像婷婷于湖面上的青荷。翻动，惊觉有些像在郑州街头喝过的羊肉汤。她却不吃，只是点了小巧精致的一青瓷小碗的蚕豆粥，坐在对面，看我把汤喝得呼噜响，轻笑。

　　我有些恍惚，感觉这样的，温暖，陪伴，或许能够一生，或许……谁知道呢？

　　午饭后，精神好了许

多。乘了公交，直接到了龙亭公园的门口。不算太远，一路上，她又开启了她喋喋不休的解说员模式。从这条街过去往西，可以看到延庆观、开封府……从这条街往东去，就可以看到大相国寺，相国寺旁边就是马道街，顺步行街一路向北，会经过鼓楼，过了鼓楼，就是有名的书店街……哦，对了，从鼓楼往东，没多远有很多开封的老胡同，我二姨家就住那一片，后炒米胡同，名字真好听……

我一边眼花缭乱地看着窗外的老开封城，一边听她说，很奇怪，没有了上午初见的丁点儿反感与不舒服。我感觉自己就像一个在外漂泊了多年的游子，经年之后，重归故土，在这里，有一个土生土长的亲人，用乡音给你道着温暖，为你讲述着你离开这些年里，这里已然改变或正在改变的点点滴滴，让原本还拘谨的你，很快就融入进来，欢欣起来。

车过宋都御街，突然就像走进了一轴画卷，穿越到了大宋王朝的盛世繁华里。

车停龙亭公园门口，双脚踏上这坚实的地面，我依然有些恍惚。隔了巍峨的大门，依然可以看到门内那高大的龙亭，四周的所有现代民居都远远退去，龙亭的飞檐翘角在蓝天白云的衬托下，仿若天宫般让人仰视。其时，我还没有到过北京，看过故宫，尚无法体味龙亭的单薄与孤独；那一刻的龙亭，符合了我所有关于皇宫深院的想象。

只是，她却说，龙亭咱不去了吧。门票高不高的，倒是其次；主要是，没什么可看的，就一座龙亭，上面有个龙椅；然后后面一座很一般的花园，也好意思称御花园……这是我这次开封之行见到她以来，第一次听到她对自己的这座城的"诋毁"。虽有些不甘，但还是说，那不去就不去吧。

咱顺着龙亭西路往西，会经过清明上河园门口，咱明天再进去，慢慢逛；再往前，

64

有翰园碑林，你不好书法吧？那也不用去了。再往前，天波杨府，这个不错。记得高中时，你很喜欢在中午听收音机里讲的《杨家将》的评书……瞧，这就是潘家湖、杨家湖。两湖虽紧挨相连，但传说，两湖的湖水那可是泾渭分明，杨家湖清澄如镜，潘家湖混沌不堪。呵呵，哪有的事儿啊。你瞧，都一样……

天波杨府，在龙亭的后面，从龙亭正面一路绕到龙亭后面，这通绕让原本还精神不错的我，又陷入了疲惫。好在，天波杨府的演武场上，正在上演着穆桂英挂帅、沙场秋点兵的实景大戏。战鼓擂动，几十号演员扮演的杨门女将齐声呐喊，倒真真让人不自觉就亢奋了起来。遥想那大宋时节，风雨飘摇，外夷犯边，我杨门忠烈从开封起程，奔赴那塞外边关，号角悲鸣、帅旗猎猎……

我看得全情投入，她在那里却有些坐立不安起来。问她，言说，今晚学生会有活动，她是骨干，必须要参加的。只好匆匆复匆匆地起身，走马观花地看完了天波杨府里余下的建筑与史料记载。

来到河大，她奔进女生宿舍楼，好久才又下来，言说：室友刚跟我说，俺二姨家的小昭表妹来找我了。见我不在，就先去学校外逛旧书摊去了，让我回来了去那儿找她。咱俩一起去吧？

大抵是她上楼太久，我已等得有些不耐烦了，而且，从下火车到下午的游逛，走了那么多的路，那一刻的我，只想找个地方躺下休息休息，想让她赶紧带我去她说已经打过招呼的那个她们班的男生宿舍。这会儿，听说又要跟她去找另外一个，我嘟囔着：我就不去了吧，我不想见外人。

什么外人啊？她突然尖厉地笑出了声，小昭表妹才不算外人呢，她早就知道你。而且，前些天，我在电话里给她说了，你"五一"有可能会来开封。估计，她也是想见见你，这不，一放假回开封，第一时间就跑来找我了……

你……我突然觉得好无语，早就知道我？想见见我？这都什么跟什么啊？我为什么要见？不去！

走吧走吧。她紧拉我的胳膊，不顾我黑风陡暗的脸色，只顾往前走，边走边自言自语似的念叨：这下我就放心了，我还想着等会儿我去学生会了，留你一个人怎么办呢，这下，可有人陪你了……

清明上河图

楚 些｜文

当京城的实验话剧和上海的国际音乐会如风摆杨柳，枝叶翻飞之际，开封这座古城的大型文化演出却日渐萎缩。杂技团前门庭冷清，电影院也坐足了几年的冷板凳，传统戏曲更是只有在商家的赞助下才得以以影像的方式露露脸，至于歌舞之类，则毫无疑问地被播洒到歌舞厅里，成了彻头彻尾的江湖吼叫派，这未尝不令人憋闷。

我们学校每逢重大节日也会举行汇报演出，歌舞或者话剧，然而毕竟是汇报演出，其自身的独立性很难得到保证，若依照个人的欣赏经验，应该归之于鸡肋一类。

2005年春夏之交，由开封市诸多文化单位共同参与的大型歌舞剧《清明上河图》排演完毕，并作为河南省文艺精品工程重点项目被推了上去。这一消息着实令人兴奋，就像一个人踏过鸣沙山下的沙丘，在他轻快的心里，还装着一个清秀的月牙泉。歌舞剧返回市里后的巡演被安排在这一年的10月，就在这深秋的夜晚，我和妻一同去驻汴部队礼堂观看了这场歌舞剧的演出。现场观看歌舞剧，这在我的视觉阅读中还是个新鲜的经验。

8点钟，大幕徐徐拉开，屏幕上倒映着的是所有开封人，甚至全国观众都熟悉的张择端《清明上河图》的部分图景。高亢的音乐渐次升腾，身着宋装的十几个青年男女踏着轻快的舞步翻跃在舞台之上，灯光紧跟着他们的身体节奏起伏不定，在他们的背后，则是实体的虹桥背景，若有若无的烟气袭过舞台中央，将若许宋代样式的道具轻轻笼罩。坐在台下，人仿佛突然被一只强有力的臂膀拉出了现在的时间，隔着遥远的距离，竟可以探头相向彼时汴梁的繁华图景。

张择端的时代实在是太久远了，即便有他那传世的长卷存在，但

【作者简介】

楚些，本名刘军，大学教师，现居开封。业余从事散文写作，有散文作品刊发于《青年文学》《中华散文》《读书》《随笔》《延河》《山东文学》《黄河文学》《散文百家》《东京文学》《辽河》等刊物。

那些静止的画面所发出的语言还是有限。宋代，辽阔的汴梁，如果没有这些繁华织就的锦绣，也许，开封这座城市的梦想将很快生锈。州桥还在，樊楼依然，可它们仅仅作为语言的抽象能指而存在，至于仿照画图所做的清明上河园工程，实物固然相像，却总感觉难以翻动那些古老的时间。那些时间滑向了哪里？是被哪只手倏然间收回？竟然如此的悄无声息！

"啪"，惊堂木的一声炸响，使我纷飞的思绪戛然而止。一位身着长衫的男子登场，坐在椅子上，将手中的惊堂木击在方桌之上。原来是瓦肆的说书艺人，"列位看官"，一句方起，整个舞台以及剧场顿时静穆无声，如雪落深山。真不愧是歌剧演员，那声音似有股直抵灵魂的穿透力。

整个歌剧纷繁厚重，而说书艺人，则始终是一根串起主要故事的引线，在其语言的照耀下，张择端登场了，高入云端的歌声直指汴河两岸繁杂的市井。正是清明时节，行

人纷至沓来，说书艺人、小吃摊位、货郎担子、民间杂艺、市井乞丐等等，在汴河的水光掩映中，一幅现实主义的生活场景得到了铺展。我们的画家穿行其间，与民同乐，或举笔题画，或促膝高谈，如鱼龙潜水。在第一幕里，编剧还安排了一个"关公战秦琼"的假想情节，即宋徽宗赵佶与画家张择端的交锋，这一情节暗中设定了整个歌剧的潜在意蕴，即艺术的归属问题。微服私访的徽宗皇帝在李师师的陪同下，也瞧起了汴河两岸的热闹，与画家巧遇。徽宗皇帝自恃才高，以富贵闲雅为意旨，批评画家的市井气息；我们的画家据理力争，纳百姓的口味为旨归，结果二人谁也没说服谁，"花开两朵，各表一枝"。

第一幕的尾部，最热闹的当数各种民间杂艺的纷纷献技，有魔术、杂技、武术，间杂以万国商团的民族舞蹈，呈现出当时汴梁的国际化大都会的多元文化特色，海汇百川而纳之，其气象之恢宏、往来之熙攘，不

言自明。同时，这些民间杂艺的表演，也是今天的城市——开封浑厚文化资源的有力展示。

我们的画家亲历汴河的繁华，不禁感慨之心系之，决定以手中之笔，绘一幅绝世的长卷，为那些丰沛的真实提供一个有力的凭证。画家伏案疾书，大幕缓缓落下。这是第一幕的场景展示，大概用时一个小时。

中场休息时，我身旁的那个陌生的中年人终于离去，我长舒了一口气，因为在第一幕的时候，他手中的食物总是发出特有的香气袭击我，再加上他两腮之间鼓捣出的声音过于庞大，害得我常常分心。

十分钟后，第二幕开始，最先上演的故事是"佳人探才子"。李师师欣赏画家之才，躬临画家所居之所，两人以长歌为道白，各自表达自我心声，由此心心相印。李师师决定凭借其与徽宗皇帝的亲近之缘，拿着画家已经完成的惊世长卷，面圣之后为国推举英才。而我们的画家对入驻翰林画院之事不置可否。紧接着，是徽宗皇帝及其下属的知识精英们的出场，在这里，那群饱食终日的智囊们的表现堪称传神，他们以揣摩皇帝心思为至上原则，不惜打压英才，妄图以

此讨巧投机，结果遭到李师师的愤怒驳斥。尽管徽宗皇帝对画家的民间情趣有所不满，但爱惜其才，还是决定征召录用，宣旨之后方知，我们的画家已然绝尘而去。为捍卫艺术的独立性，画家视功名为负累，宁愿落拓江湖，也要维护一腔磊落情怀。长歌至此，画家之独立精神，让观者为之肃然起敬。

一艘宋代木制大船缓缓驶向舞台中央，画家立在船头，徜徉于汴河两岸如画的风光中，心中万千浮想，于是跟着艄公的号子，引吭而歌，这歌声里有对百姓的牵挂与期许，也有对故土的深切眷念。

歌声渐远，背影归于模糊，画家远去了，舞台上的歌舞也趋于平静，只有雄浑的汴河依然无声地奔腾。大幕渐渐下落，我，还有同场的其他观众，不由自主地站起身来，长时间地鼓掌，为演员的精湛表演，为画家的精神风范，也为那个并没有完全逝去的辉煌时代而骄傲地鼓掌。

出了剧院的大门，10月的秋风里，裹挟着一层冷冷的凉，低空里浮着薄薄的烟雾，我想起晏几道追忆往事的词作《临江仙》，想起了他的"当时明月在，曾照彩云归"。"毕竟还有过温暖"，我在心里想。

　　安阳，古老得像一个传说。但是，当我们真正地踏上这块曾经称作"殷都"之地的土地时，却又能够在殷墟博物馆，在中国文字博物馆，在羑里城中，在文峰塔下，在袁林之林，在洹园之园，几乎处处都能够聆听到历史的足音，触摸到历史在此留下的沧桑痕迹……

殷墟的王气与霸气

周艳丽 | 文

曾经有不太了解殷墟的外地朋友当面问过我：既然是商朝的都城，为什么不把曾经红火的都城称为"殷都"，而叫"殷墟"呢？

有关"墟"，我也很认真地查过字典。墟：原来很多人居住过而现在已经荒废了的地方。这就对了，作为商朝的都城，殷（在安阳市西北部小屯村一带）这个地方的确曾经十分繁华昌盛过，有许多人居住。后来，随着商王朝的灭亡，已经荒废了，可不就该叫"墟"。留在殷地的墟，可不就该叫"殷墟"。

接着就又问：既然已经成为"墟"了，为何还要"申遗"呢？为何就成功了呢？

"在国际上被承认、没有任何争议的、中国最早的文明时代就是商代。殷墟不是一座简单的建筑物，它是一座都城。都城意味着什么呢？意味着一个国家的政治、经济、军事、文化和礼仪中心！它是一个王国的缩影！从1928年考古发掘开始，在殷墟先后发现了一百多座商代宫殿宗庙建筑基址、12座王陵大墓、洹北商城遗址、两千五百多座祭祀坑和众多的族邑聚落遗址、家族墓地群、手工业作坊遗址、甲骨窖穴等，出土了数量惊人的甲骨文、青铜器、玉器、陶器、骨器等精美文物，全面、系统地展现了三千多年前中国商代都城的风貌。"

以上这段文字，是我从相关资料中找到的，它是殷墟在中国历史上地位显赫的佐证，而要想真正感受殷墟的王气和霸气，还得从头说起。

殷墟到底意味着什么呢？若不是专门考古的专家，还真不一定能全面理解它。和大多数普通人一样，对于殷墟，我自始至终是一知半解，也曾经很自豪地对外地朋友夸耀过，也曾经很认真地查找过，可毕竟是外行，对殷墟我仍不能算全面了解。去过殷墟无数次，听过介绍无数

【作者简介】

周艳丽，河南省作协会员，安阳市作协会员，安阳市散文学会、报告文学学会会员，安阳市青年社科专家。出版有散文集《牵着手走》《印象安阳》等。

遍，仍然很难走进殷墟的核心。殷墟，这个曾经的都城，一个已荒废许久的遗址，为何仍能得到世界的钟情呢？

一片甲骨惊天下

19世纪末的剃头匠李成，无论如何也不会想到，他无意识的一个止血举动，竟然将中国的历史"改写"了。

家住安阳小屯村附近的李成，是个剃头匠，剃头难免会划破手指，手指破了，就随手拾一块地上的骨头，碾碎了敷到伤口处，居然止住血了。从此，地上的那些刻着符号的古老的骨头便被当成龙骨大量地送进了中药铺。怕有符号而被药店拒收，许多村民便把骨片上的字刮掉，就这样，不知有多少病人把中国最古老的文字生生吞进肚子里消化了。幸好还是有些带字的骨头被懂行的王懿荣发现了，于是，才有了今天的甲骨文。

甲骨文对于历史，到底意味着什么呢？

如果说钻木取火标志着人类告别了茹毛饮血的野蛮岁月，那么文字的出现就意味着人类走出了结绳记事的洪荒年代。甲骨文，是照亮中华文明的一盏启明灯啊！

中国社会科学院考古研究所的徐广德研究员这样说：甲骨文不仅仅是一个文明的符号、文化的标志，它印证了包括《史记》在内的一系列文献的真实，把有记载的中华文明史向前推进了近五个世纪。五个世纪，多么了不起的五百年！

三千多年了，甲骨文虽然经历了金文、篆书、隶书、楷书等不同书写形式的转变，但是以形、音、义为特征的文字和基本语法至今也没有变，成为今天世界上五分之一人口仍在使用的方块字。千万不能小看这小小的方块字啊！它对中国人的思维方式、审美观念等都产生着重要的影响。走遍华人世界，即使方言难以交流，方块字写在纸上，便一目了然了，亲不亲，文字根！在世界四大古文字体系中，唯有以甲骨文为代表的中国古汉字体系历经数千年的演变而承续至今。书写博大精深中华文明的就是甲骨文，这就是甲骨文的魅力！

世界上独一无二的司母戊鼎

当世界上大多数民族还停留在石器时代时，生活在商朝的人们，便已经进入青铜器时代了。这不是一般意义上的跨越，而是一个划时代的进步！你也许不了解安阳，没目睹过司母戊鼎的真容，但对于这个世界上最大的方鼎，世界青铜器的代表——司母戊鼎，你是不会陌生的，因为，它早已经被写进了中国历史的教科书，历史已经肯定了它在中国乃至世界的价值和地位了。

高1.33米，长1.10米，宽0.78米，重达1750斤的司母戊鼎，到底意味着什么呢？

意味着三千多年前，在那个世界上大多数工业还没有形成的年代，中国已经能够铸造如此大的一件重器了。浇铸这样一件重器，不要说古代，即使现代也不是件容易的事，它需要特别明确的分工和协作，从炼铜的浇铸、制模到拆范等一系列工序，需要一百三十多人同时进行。不仅如此，有人曾经做过比较，司母戊鼎中，铜、锡、铅的比例，与现代所铸青铜中铜、锡、铅的比例基本相同。要知道，那可是个没有任何精密仪器的时代。由此，可以断想，当时的冶炼技术已是何等的高超！

鼎，原本只是一口煮肉用的锅，到后来，它逐渐演变成权力的象征。何止是权力呢？在历史中，它还是工业发达和进步的象征。据专家考证，司母戊鼎并不是商代最大的鼎，只是目前出土的最大的鼎。2003年，考古工作者在安阳钢铁公司附近进行考古发掘时，曾经发掘出一个铸造青铜器的工场，工场里有一个铸造青铜器的内范，这个圆形内范口径就达到1.6米，比司母戊鼎要大得多。由此推断，如果它是一个圆形的鼎，比司母戊鼎不知要大多少倍了。

其实，能证明商代文明的远不止是一两个大鼎，殷墟出土的玉器琳琅满目，种类繁多，每件器物都雕刻细致、做工精美，体现了商代高超的工艺水平和艺术想象力。据专家认定，殷墟出土的玉器，其原料大多是新疆和田玉与辽宁岫玉。那么，是不是可以

这样设想：早在三千多年前的商代，就已经有通往西北和东北的"金石之路"了。这可要比始于公元前2世纪的"丝绸之路"早一千二百多年！

无与伦比的古都城遗址

公元前1300年，商朝第20位国王盘庚把都城由山东"奄"（今山东曲阜）迁到"殷"（今河南安阳小屯），并在此建立都城，历八代十二王，共254年。殷曾经是商王朝政治、经济、文化的中心。

殷墟，东起郭家湾，西至北辛庄，南起刘家庄，北至后营，东北至三家庄，长约六公里，宽约五公里，占地面积约三十平方公里。大致分为宫殿区、王陵区、一般墓葬区、手工业作坊区、平民居住区和奴隶居住区。从其城市的规模、面积，宫殿的宏伟，出土文物质量之精、之美、之奇，数量之巨，均可证明，它不仅是当时中国，而且是整个东方的政治、经济和文化中心。

在如今的殷墟博物苑里，能够体现商代气魄与尊贵的建筑有两处，一处是殷墟博物苑的大门，这座门是由北京著名古建筑学专家杨鸿勋教授专门设计的，它是仿甲骨文的"门"字的写法而建。看似简简单单的一个门，却代表着中国最原始的大门，可称其为中国门的鼻祖、"中华第一门"。门框上浮雕着凤、虎、饕餮和蝉等花纹，门额苑名由著名历史学家周谷城先生题写。整个苑门庄重大方，朱墨雕彩，古风古韵，古香古色。门两侧浮雕殷代龙形玉玦，昭示着我们整个中华民族都是龙的传人，体现着一种向心力和感召力。

另一处是在商朝都城宫殿遗址上复原的仿殷大殿。整个建筑，茅草盖顶，夯土台阶，四面斜坡，双重屋檐，是典型的"茅茨土阶，四阿重屋"的建筑格局，显得格外宏伟庄严。它是商朝的心脏，是商王议事朝拜的场所，游人每每走到这里，仿佛已经感受到了商王朝的繁华和万人朝拜的尊贵与喧嚣。

殷墟，是闻名中外的中国商代晚期的都城遗址，是中国历史上有文献可考、并为甲骨文和考古发掘所证实的最早的古代都城遗址。中国国家文物局专家曾说：殷墟作为中国最重要的、最早的都城遗址，对中国历史的影响一直延续至今。殷商时期的文字已相当成熟，所确立的古代都城制度、礼制、丧葬制度等也都直接影响了后世几千年。

尽管殷墟的历史和现实意义都是毋庸置疑的，但"申遗"的道路并不是一帆风顺，原因在于它不像寺庙、建筑、石窟等为可视遗产，是大家看得见摸得着的，殷墟是埋藏于地下的中华瑰宝。殷墟"申遗"的成功，为中国类似文物的展示和保护树立了典范。谁能说这不是另一种意义上的第一呢？可又怎能仅限于此呢？殷墟还是由中国国家学术机构第一次全面负责、中国学者独立主持考古发掘的古代遗址，殷墟的发掘，标志着中国近代考古学的诞生。自1928年始发掘至今，殷墟的发掘培养了一批批的考古学者，殷墟也成了名副其实的"中国考古学摇篮"。

作为一个普通人，如果不是对殷墟有意做细心的收集和梳理，谁又能如此全面如此细致地去了解殷墟的价值呢？的确，殷墟的王气和霸气地位，是不容动摇的。只是，目前你目力所及的只是中华文明传承中的一种符号和标记而已，无论如何历史就是这样一步步走过来的。

到底该如何评价殷墟呢？以局外人或局内人的身份都不够恰切，那就让我作为一个普通旅游者，借用文化名人余秋雨的《莫高窟》来感悟殷墟吧——

比之于埃及的金字塔、印度的山奇大塔、古罗马的斗兽场遗迹，中国的许多文化遗迹常常带有历史的层累性。别国的遗迹一般修建于一时，兴盛于一时，以后就以纯粹遗迹的方式保存着，让人瞻仰。中国的长城就不是如此，而是代代修建、代代拓伸。长城，作为一种空间的蜿蜒，竟与时间的蜿蜒紧紧对应。中国历史太长、战乱太多、苦难太深，没有哪一种纯粹的遗迹能够长久地保存，除非躲在地下，躲进坟里，躲在不为常人注意的秘处。

可否这样理解：殷墟就是"躲在不为常人注意的秘处"的一件瑰宝，殷墟可以傲视异邦古迹的地方到底在哪里呢？就在于它有三千多年的层层累聚。看殷墟，不是看死了三千年的标本，而是要看活了三千年的生命。三千年，始终活着，血脉相通，呼吸匀停，这是一种何等壮阔的生命！

观别处的风景，你可以浏览到一座山、一处水或者是一个古代的建筑，而看殷墟，你必须亲自俯下身来，抓一把细细的泥土闻一闻，走一走平直的基址或方方正正的墓坑，再不然，抓起一把细碎的石头，在手里玩一玩，闻一闻远古时代的那种味道，品一品商王朝的硝烟，这样，也只有这样，你才能品出殷墟的王气和霸气来。

魂牵梦绕的安阳老城

齐瑞申 | 文

　　安阳老城已有数百年的历史，蕴含着丰富的人文景观。"九府十八巷七十二胡同"曾一度激起老安阳人心底的柔情，人们渴望在老城的街街道道里找回一些失落在流年中的记忆。然而，随着城区改造，能带给人们回忆的街道已经越来越少了。

　　为此，《安阳晚报》编辑中心特别策划并组建了"老城·老街"写作小组，希望借助文字留住关于老城的历史记忆和文化沉淀。

　　我在安阳老城出生，老城长大。六十多年了，我曾无数次地走进老城的每一条街巷，却总感觉永远也走不完。九府十八巷七十二胡同，我走了多少遍，却总感觉永远也走不到头。老城文化的博大精深，老城氛围的温馨厚重，像一块巨大的磁铁，紧紧地吸引着我。正如著名作家二月河曾在国家"两会"上说的"河南每一铲土、每一口水都饱含动人的故事"一样，安阳老城的每一条古老的街巷几乎都有一个美丽的传说、一个动人的故事。这些传说和故事流传了一代又一代，但我每次听起来，仍感觉是那么熟悉、那么亲切。

　　退休了，我离开了老城，但我的心却留在了老城。我会风尘仆仆回到老城，规整一下浮躁的心，深吸一口老城清新的空气，独自默默地徘徊。老街巷的每一口井、每一棵树、每一处建筑，都会引起我对过往岁月的美好回忆，因为我的根在老城。

老城风云激荡的历史画面

　　有时候，脑海里会蓦然闪出老城风云激荡的历史画面：北宋至和二年（公元1055年），安阳籍人韩琦以武康军节度使身份治理相州（今安阳），为了与民同乐，他在城中修建了南北两个花园，北园为城内

【作者简介】

　　齐瑞申，河南安阳人。河南省民间文艺家协会会员，安阳市地方史志协会理事。

居民服务，名为"康乐园"。又在州廨花园东南（今高阁寺东）修建昼锦堂，西有求己亭，东有狎鸥亭，亭前有观鱼轩，殿后有忘机堂。韩琦闲暇时，常与同僚、文人骚客徜徉于园林之中，观鸥鸟飞翔、鱼翔浅底；议论道德文章于厅堂之上，观飞檐斗拱、绿树红花。年过50岁的他仿佛又回到了那激扬文字、意气风发的年轻时代。

历史的风云很快翻到了靖康元年（公元1126年），康王赵构奉命出使金国，从京城开封一路北上来到相州，不久就任天下兵马大元帅。23岁的汤阴人岳飞第三次来相州投军，从此走上漫漫的南征路，一直到被害，再也没有回到生他养他的故乡。

康王走了，相州再一次陷入金军的重围之中。相州知州赵不试孤军拼死守城三个月，城池眼看不保，他登城与金军相约，愿以全家一死保全城百姓。最后，赵不试率全家投入井中，上演了一场铁血皇族的惨烈悲剧。原来，宋室皇族中也有血性的男儿！

一生命运大起大落的要数明代赵简王朱高燧了。他的王府占据了彰德府署，彰德府署只好乖乖地搬到了东大街西头。朱高燧的"银安殿"就是后来的高阁寺。可惜的是来到安阳的朱高燧已是虎落平川，一向桀骜不驯的他像一只折断了翅膀的苍鹰，从此一蹶不振，老死安阳。

四合院储存儿时美好记忆

四合院储存了我儿时最美好的记忆。上世纪50年代初，我家住在三道街中段。东屋上房的房东是林州人，他的岳父是位五六十岁的盲人，因为外甥淘气，常在街上疯跑，所以老见他站在街口用苍老的声音喊："相

州！相州！"临街住户是位姓贺的泥瓦匠，四十多岁。他给主家干活尽心尽力，他老婆常说他："你垒的砖头，在厕所里解手用还得拿绳儿拴着。"南屋有个9岁的姑娘叫"杏花"，院里人称她母亲"杏花娘"。她也是林州的，来安阳时间短，听母亲说，杏花娘第一次去浴池洗澡，羞得始终不脱衣服。我家住两间北屋，冬天天冷，父母把一块卵石烤热后放入我的被窝。我坐在被窝里，听母亲唱那脍炙人口的小曲。母亲连说带唱，这是她劳累一天之后最轻松惬意的时刻。等我实在支持不住，钻进被窝时，才发现被子被卵石烤了个洞。

小小的四合院，容纳了各家的酸甜苦辣，但更多的是体现了团结和谐。贺师傅是山西人，吃什么饭菜都要加醋，甚至吃米饭也要放两勺醋。所以每到吃饭时，院子里总

是弥漫着一股醋的酸味。我看着他们吃着飘着酸味的米饭，肚子里直往外冒酸水。那时候，谁家改善生活，都忘不了邻居。房东经济条件好，每次包饺子，总要趁热先给邻居盛一碗。我母亲烙饼在院里是一绝，她总是把烙好的头两张饼送给邻居。夏天，大家也会围着小桌在院子里，你吃我的麻豆腐，我吃你的辣白菜，边吃边聊。贺师傅粗喉咙大嗓门儿，连说带比画，他爱人时常说他："你小声点儿吧，快把房子都震翻了。"天热，谁家买了西瓜，就会在院子里喊一声："吃西瓜啦！"大人们还客气一声，孩子们上去就吃。瓜吃完了，瓜子不能扔，洗洗晾干，攒多了以后炒瓜子吃。

秋风送爽的时候，逮蛐蛐（又名"蟋蟀"）是我们的拿手好戏。"棺材头"叫声"吱吱吱"，"虎头"叫声"嘀嘀嘀"。雄

性蛐蛐尾巴两股叉，雌性三股叉。一到黄昏，东南墙角瓦砾堆里就会听见蛐蛐"吱吱嗡、吱吱嗡"的打嗡声。我们拿着手电筒，悄悄搬开砖石，逮住一只赶紧放在预先叠好的纸筒里，封好口，到屋里把蛐蛐倒入一个大罐头瓶里。第二天早上，到坑边寻一棵星星草，从上到下一撕两半，到中间往上一捋，草茎一头呈须毛状，悄悄伸到罐中，轻触蛐蛐额上的长须，蛐蛐顿时钳牙大张，振翅高叫。小伙伴放入另一只，两只蛐蛐鸣叫咬斗。我们看得聚精会神，连饭都顾不上吃。母亲催促几次，不由嗔怒："看你们这样，还不如自己跳到里面去斗。"

老城像一个万花筒

老城像一个万花筒，折射出千年的风云变幻；也更像一壶陈年醇厚的老酒，有苦涩，但更多的是醇香。你只有慢慢静下心来，浅饮细酌，才能品出它的古老悠远和独特的乡土韵味。

走到东南营，我还会清晰地回忆起当年移建的昼锦堂。来到高阁寺，也就会想象到宋代的飞仙台、明代的赵简王。

古城涌现出了许多能工巧匠，代表了古代劳动人民的智慧。文峰塔巧夺天工，结构精巧别致，历千年而岿然不动。清代乾隆年间的知府黄邦宁在塔门额题"文峰耸秀"。每年端午，日出东方，塔影尖端西跌西营坑石桥栏杆上，犹如一支秀笔放在笔架上，风光绝妙。文峰塔上大下小，引起了文人的无限遐想，于是就有了祖师爷鲁班与太上老君打赌的奇妙传说。双方约定，黎明鸡叫之前，鲁班在林州东岗建一座九层塔，太上老君把安阳老城街道打扫干净，输者罚三壶琼浆玉液。太上老君多了个心眼儿，他发现鲁班果然在鸡叫之前，已经建了九层，只待塑塔刹。于是装鸡叫要赢鲁班，鲁班一气之下，一巴掌打在塔半腰，那塔五至九层连体竟晃晃悠悠向东方飞去，轰隆一声头朝下扎进安阳老城的天宁寺，并笔直地竖起来，才造成文峰塔上大下小的形状。

静谧的老城街巷

古人的丰功伟绩留在了历史的深处，平常百姓的生活轨迹却永远留在了老城的每一条街巷、每一处院落。

古城街巷极少有带时代特征的名称，却不缺"仁义巷""唐子巷""洛阳府""娘娘府"这样一些具有浓厚传奇色彩、给人以教化启迪的名称。提到仁义巷，就会不由自

主地想起那宽宏大量、仁义忠厚的郭阁老郭朴。说到唐子巷，一个孝子的形象顿时鲜活起来。而娘娘府更是寄托了人们对善良姑娘的美好祝愿和新生活的追求。

老城街巷通常是静谧的，只有在挎篮、挑担、推车的生意人手艺人经过，吆喝声响起时，幽静的街道才开始热闹一阵子。尤其是那个卖粉浆的五十多岁中年人浑厚沧桑的吆喝"绿豆喔——粉浆哦"，更是老城人公认的经典。"三天不喝没滋味，尝一口甭提多得劲儿。"生动表达了古城人对粉浆饭的喜爱。许多家庭妇女端锅提桶围上来问："粉浆酸不酸？""有香菜没有？"成为古城一道独特的风景。

每到黄昏，总有一个卖豆沫的中年人，把桶打开，扑鼻的香味散发出来，那乳白色的稠稠的泛着芝麻的豆沫，馋得我直咽口水。父亲看我可怜，十次中有一两次给买一碗，我就感觉那是世上最美味的饭食了。

老城街巷历经千年，那砖石砌的门台越磨越鲜亮。那房屋的式样也很有年头，青砖灰瓦，在风风雨雨后依然安详。那狭长幽深的小院，随高就低的青石台阶熟悉了每一位住户脚步的轻重缓急，甚至瓦垄中间那叫不出名的野草和瓦松，也都有着悠远的历史。

徘徊在老街巷，街两旁的店铺如同水墨似的写在宣纸上。精致的木栏雕窗，可拆卸的板门，幽长的小巷，你若一不小心推开一扇门进去，仔细观看，就能观察到老街老屋的百年历史。

秋风斜阳觅殷墟

王建峰｜文

由豫西边陲的一个小县城乘汽车，再改乘火车，行程一千余里，我们终于来到了此行的目的地——安阳。

透过火车车窗，只见窗外平原沃野，一望无际。时值深秋，田里的秋庄稼已经收割殆尽，辽阔的黄土地上间或有大块大块透着新绿的冬小麦，或者叶子已经落尽的高大的乔木林点缀其间。辽阔苍茫间，让你感到一种大手笔、大气魄，心胸为之骤然开阔。踏上这片曾发生过"大禹治水""妇好请缨""文王演易""武王伐纣""苏秦拜相""西门豹治邺""岳母刺字"等历史故事的土地，来到这仅商代就在此传了"八代十二王"的名城古都，望着车窗外，像是谁不经意间按错了电影胶片的倒带键一样闪过的一幕幕景物，你嘴里会不由得蹦出郭沫若的著名诗句："洹水安阳名不虚，三千年前是帝都。"

然而，不到殷墟何以能说到了安阳？郭沫若还说："中原文化殷创始，观此胜于读古书。"

下午3点多，我与同伴们终于来到了安阳殷墟博物苑的大门前。博物苑的大门是依甲骨文的"门"字的写法而建。门框上雕刻着凤、虎、饕餮和蝉的花纹。门额上题写着"殷墟博物苑"几个金色大字。门两侧墙上浮雕殷代龙形玉玦，仿佛昭示着我们都是龙的传人。整个苑门，朱墨雕彩，古风古韵，庄严大方。

走进大门，即见苑内草坪碧绿整齐，树木苍翠婆娑，宫殿建筑群规模宏大。这些宫殿是在原宫殿遗址上复原的仿殷大殿。"茅茨土阶，四阿重屋"，整个大殿肃穆庄严，巍峨壮观。我们首先沿着建造者设计的"时空隧道"一步跨百年，由"近代"步入"殷代"，来到地下博物馆的展览大厅内。大厅里展出了一件件殷墟出土的造型精美、典雅质朴

【作者简介】

王建峰，河南卢氏人。现从事教育事业。崇尚"用儒心做事，用佛心做人，用道心处世"。好自然、读书、音乐、跑步。曾在市级以上报刊杂志上发表作品多篇。

的石器、玉器、青铜器等，当然更少不了甲骨文。青铜器包括鼎、瓯、爵等礼器，铙、铃、钲等乐器，锛、凿、斧、铲等工具，戈、矛、钺、镞等兵器，以及各种装饰品、艺术品等，形制丰富多样，纹饰繁缛神秘、庄严凝重。其夸张而神秘的风格，蕴含着深厚粗犷的原始张力和艺术魅力。举世闻名的司母戊大方鼎就出土于殷墟，它是迄今为止世界上发现的最大的青铜器鼎。

"一片甲骨惊世界"，殷墟甲骨文是中国汉字的鼻祖，是目前已知的中国最早的成熟文字。其内容丰富，涉及政治、文化、社会习俗、天文、历法、医药、科学技术等诸多方面，被称为中国古代乃至人类最早的"档案库"，它是文明的火种，照亮了华夏民族不断前进的道路。

这里出土了十五万多片甲骨文、上万件青铜器。当世界上许多地方的人类还处在石器时代时，这儿已经进入青铜器时代。展厅内的青铜器展品彰显着我国古代劳动人民的聪明才智，同时也是当时统治阶级穷奢极欲、生活奢靡豪华的见证。约公元前1300年商王盘庚迁都于殷，自此殷成为商朝的政治、经济和文化中心。在这片土地上，商王朝共传八代十二王，历时254年。最后一位商王即是历史上有名的暴君商纣王。《史记》中记载："帝纣资辨捷疾，闻见甚敏；材力过人，手格猛兽。知足以距谏，言足以饰非。"这样的既聪敏过人，行动迅速，接受能力强，智慧足以拒绝臣下的谏劝，话语足以掩饰自己的过错，又力大无比，能徒手与猛兽格斗，且又生在帝王之家，先天优越条件几乎占尽的商纣王，却骄奢淫逸，酒池肉林，暴虐无道，远贤亲佞，残害忠良，致使众叛亲离，身败名裂，国破家亡，成了历史上最有名的暴君，不能不让人沉思！是纣王圣贤书读得不够，所受的教化不够？是其性格使然？是缺乏监督、制约的体制使然？在缺乏监督、制约的体制下，当权者的才智越高，能力越强，于国于己也许并不一定是好事吧。翻开历史，在这片曾是《封神演义》发源地的土地上演绎了多少出帝王更替、历史兴衰的悲喜剧。如今，昔日的天朝雄风、煌煌国都都已不复存在；昔日的君主人臣、忠烈奸邪、政治风云都已谢幕；昔日的奢靡繁华、酒池肉林也都已羞涩地退入时光的幕后。那著名的牧野一战曾使这片土地上尸横遍野、血流成河，如今也早已硝烟散尽，响彻云霄的战鼓号角声、惊天动地的呐喊厮杀声也早已远去……随着岁月的变迁，这片土地后来逐渐荒芜，变成废墟，史学家称其为"殷墟"。如今，几千年的风霜雪雨过后，一切都已被岁月尘封在黄土之下。注视了这片土地几千年的星辰日月可曾留下叹息的目光？如今，在这个秋风萧瑟、残阳如血的黄昏里，我踏上了这片土地，一任思绪穿越历史烟云，触摸岁月的沧桑。我弯腰捡起一片落叶，发现叶脉中尽是岁月的秘密……

接着，我们又参观了殷墟车马坑、祭祀坑等。据悉，车马坑展厅的展品是华夏考古发现的蓄力车最早的实物标本。研究证明，殷代的马车造型美观，结构牢固，车体轻巧，运转迅速，重心平稳，乘坐舒坦，达到了相当高的文明程度。坑内随车葬有马匹，也有殉人。殉人中多为成年男性，另外也有少数少年。

参观中，我不禁遐思联翩。在那曾经的一座座巍峨豪华的宫殿之下，在那车马坑、祭祀坑、王陵内有多少被无辜杀殉而死不瞑目的奴隶亡灵！当那冰冷的利刃刺破热血沸腾的喉管之时，那些可怜的奴隶该会发出怎样凄惨的哀号，流露出怎样无奈的眼神？他们可曾发问：凭什么人为刀俎，我为鱼肉？凭什么不稼不穑者穷奢极欲，自己终日辛劳却饥寒困顿？凭什么自己的自由与生死掌握在他人手里？太多的凭什么，最终汇聚成几百年后陈胜、吴广"王侯将相，宁有种乎？"的呐喊。这一声呐喊，刺破天空，响彻云霄，于是应者云集，揭竿而起！对生而为人的权利的追求，对人人平等的追求永远是人类社会的终极梦想！

看过了碑林、车马坑，走过了甲骨文长廊，我们来到了妇好墓前。妇好墓位于宫殿区的西边，这位中国历史上第一个有文字记载的女将军，是商王武丁的妻子。她能文能武，经常率兵出征，为武丁的江山社稷立下了汗马功劳。后因操劳过度，中年病故。商王破例将其葬在宫殿区，可见对这位妻子的宠爱与思念之情。妇好墓上建有妇好享堂，享堂前立有一座汉白玉妇好雕像。只见她披坚执锐，目光炯炯，不怒而威，英姿飒爽，彰显着华夏一族最早的巾帼女将的风采。

我们多数人只知道有个巾帼英雄叫花木兰，却鲜少有人知道在早花木兰一千多年之前，尚有一位叫妇好的女英雄。女性中有智慧、有才情者比比皆是，作为支撑人类社会半边天的女性，并不比男性弱，而只是几千年来的奴隶、封建制度一直将女性作为男性的附庸，致使无数巾帼英才被埋没，无数冰清玉洁、钟灵毓秀的女子被残害。有社会学家说："女性在社会中的地位在一定程度上标志着一个社会的文明程度。"此言不虚。

天色渐晚，我们不得不离开。车渐渐前行，车后暮色四合，如有一块巨大的幕布将过往的历史遮掩在了我们的身后。然而，殷墟这片浸润了文明与残暴、繁华与鲜血的黄土地，这片记录了王朝兴衰、历史风云的厚土，永远不会停止无言的诉说。无论我们来或者去，它永远都在这里！

安阳，给中国文字一个家

周艳丽｜文

世界上任何一种东西，包括有生命和无生命的物种，都有自己的家。论理，文字也应该有自己的家。中国文字博物馆，算是给了中国文字一个家。

2009年严冬，几千年来从未相互谋面的文字，在庄重威严、金碧辉煌的中国文字博物馆里相会了。从此，这些来自不同时代，孤独穿梭在历史长河中的文字再也不会寂寞了。

运用象形、指事、会意、假借等方式造出来的历经几千年岁月磨炼的文字们全来了，篆、隶、楷、草、行，运用不同书写形式来展示着自己，张扬着自己的个性。就连刻在龟甲兽骨、器皿、陶罐、玉石、竹简、锦帛、古玺和古币上的文字也来了。甲骨文、金文、陶文、玉石文字、简牍、帛书、古玺、古币文，以及藏文、维吾尔文、蒙古文，甚至如今已经消失了的粟特文、龟兹文也来了。这些在历史的长河中匆忙穿梭了几千年的文字，全在同一时间同一地点，在中华文明的发祥地、八大古都之一、甲骨文的故乡——河南安阳聚首了。

从此，为传承中华文明辛勤劳作了数千年的中国文字终于有了一个自己的家——中国文字博物馆。

如果说"结绳记事"还是荒蛮的时代，那么有文字记事的时代，则是文明的开始。试想，假若没有文字，我们的历史该如何延续？我们的思想该如何交流？人们的劳动成果又该如何巩固？我们的社会又该如何进步？难怪仓颉造字后，历史会对他做出如此评价："天雨粟，鬼夜哭，龙为之潜藏。"可见汉文字的出现，对于中国来说是一个多么大的进步。仓颉造字震惊的何止是天地？泣动的何止是鬼神？它大大地推动了世界历史向前迈进了一大步。

【作者简介】
　　周艳丽，河南省作协会员，安阳市作协会员，安阳市散文学会、报告文学学会会员，安阳市青年社科专家。出版有散文集《牵着手走》《印象安阳》等。

仓颉，原本只是上古时代的一个史官，做了一些将人们刻在刀柄上的一点图，绘在门户上的一些画，人们心心相印、口口相传的一些符号收集整理出来的工作，但就是因为他纳集文字的作用和意义过于伟大，人们才把他给神化了。"颉有四目，仰观天象，因俪鸟龟之迹，遂定书字之形。造化不能藏其秘，故天雨粟；灵怪不能遁其形，故鬼夜哭。是时也，书画同体而未分，象制肇创而犹略。无以传其意故有书，无以见其形故有画，天地圣人之意也。"

该如何让人们永远记住这些曾经推动人类历史进步和发展的文字呢？21世纪，建于河南安阳的中国文字博物馆功不可没。"中国文字博物馆不仅填补了我国语言文字类博物馆建设的空白，也将对我国文字、文化、文明的传承、保护、研究产生重大而深远的影响。"

占地143亩、总建筑面积34500平方米的中国文字博物馆是个大气恢宏的建筑。整个主体馆的造型定位采用殷商甲骨文、金文所概括的最富有哲理、最经典、最神圣的建筑形象——象形文字"塘"字进行设计，整体建筑布局充分体现了中国传统的建筑风格。不仅表现了中国文字的文化内涵，也显示了文字在中国文明发展史中举足轻重的地位。高32.5米的主体馆，蕴含了殷商时期的高级宫殿建筑形象的基本要素，采用殷商时期的饕餮纹、蟠螭纹图案浮雕金顶，气势磅礴，很有殷商宫殿"四阿重屋"的气度。采用红黑图案的雕墙和雕柱，颇具殷商文化辉煌的装饰艺术。

高18.8米，宽10米，取甲骨文、金文中"字"之形的文字坊，是文字博物馆一个标志性的建筑，是人们有关文字的第一印象。其实，它何止是文字博物馆的一个建筑呢？分明是一种文化、一种力量，文字的博古和伟大全在这个矗矗直立的"字"之中体现了。紧随文字坊之后的是由28片极具代表性的青铜甲骨片组成的碑林，隐含了殷商时期最具代表性的两种元素——甲骨文和青铜器。这批甲骨文最大尺寸高达1.4米、宽0.9米，总重量3吨。青铜甲骨片的正面是向天卜问吉凶祸福的东方青龙七宿、北方玄武七宿、西方白虎七宿和南方朱雀七宿共二十八星宿，背面则是这些甲骨卜辞的释文。二十八星宿，象征人与自然密切相连、"天人合一"的中国古典哲学理念。

当夜幕降临，整个中原大地都在沉睡的时候，当四周全是漆黑一片时，你若在距此不远的京港澳高速公路上穿行，途经安阳，唯有一处金碧辉煌、熠熠生辉的亮光，那就是中国文字博物馆。

汉字年庚几何？又是如何历经篆、隶、楷、草、行一步一步演变的？谁将中国文字统一的？承载文字的工具都有哪些？金文和甲骨文有何区别？甚至文字在数千年的发展历史中，曾经遭遇过怎样的坎坷等等，如果你是个细心的参观者，慢慢地在中国文字博物馆里徜徉，肯定能找到答案。

从发明活字印刷术的毕昇，到开发出了汉字激光照排系统的王选，再到发明五笔字型输入法的王永民……这些中国文字印刷和信息处理技术开拓者们的贡献和伟绩，在中国文字博物馆里也同样记载着。

"敬惜字纸"是中国绵延千年的传统。的确，甲骨、青铜器、竹简、锦帛等曾经做过文字的载体，而在文字的传承中，付出最多、功劳最大的当属纸张。别小看那薄如蝉翼的纸片，那可是耗尽蔡伦八年的心血才发明创造出来的。它不仅是蔡伦送给中国的礼物，同时也是中国送给世界的沉甸甸的礼物。从此，汉字有了纸张这个传播载体，在历史的长河中穿梭得更加游刃有余了。

与大多数博物馆的古板、肃穆、庄严不同的是，中国文字博物馆还融入了更多的现代技术和科技，当声、光、电等现代技术被充分运用，高科技与人性化因素融汇一体时，这部有关文字的"百科全书"就变得妙趣横生了。"一点一横长，口字当大梁"，让你猜猜我是谁？这是有关猜字谜的游戏，字谜不算复杂，却让你驻足片刻，若能猜出来，也会是一份小小的惊喜。不用动手，仅凭挥手这一简单的动作，你就能打开那本厚厚的有关文字发展史的"大书"。触摸这个在手机屏幕上很流行的动作，一旦假借到了博物馆这种呆板的空间里，就显得活泛多了、有趣多了。你不由得挥一下、再挥一下，就在这一挥再挥之间，有关文字发展的历史，有关"甲骨文""金文""小篆"的历史，你也了解得差不多了。还有那些仿古书桌、木制小座墩、毛笔、描红等，仿佛一瞬间，你回到了两千多年前，坐在孔子的"私塾"中在聆听有关"不学礼，无以立""己所不欲，勿施于人""己欲立而立人，己欲达而达人"的解读。运用现代声、光、电技术，温习古人的"仁义礼智信"，这是一种历史与现代的交融。在轻松愉悦的游赏中，把枯燥的历史知识全掌握了，中国文字博大精深、深邃神奇的魅力全在这里体现出来了。

作为一座全面反映、专题研究中国各民族文字、文字历史、文字文明的专题博物馆，中国文字博物馆荟萃历代文字样本精华，讲解中国文字的构形特征和演化历程，反映中华文明与中国语言文字的研究成果，展示了中华民族灿烂的文化和辉煌的文明。

游完中国文字博物馆，重新回到那个既有甲骨文又有文字坊的广场，再回首看那个金碧辉煌的主体馆，作为一名中国人、一个中华儿女的那种自豪感会油然而升。数千年来，中国文字始终以其强大的民族凝聚力和绵延不断的历史，印证着中华民族前进的足迹。我们每一位中华儿女都应该成为中国文字起源、发展、演进的领悟者和传播者。这是历史赋予我们的责任，也是我们每一位中华儿女应有的担当。特别是作为一位安阳公民，这种承担感应该更强烈些。

洹水安阳名不虚

何向阳 | 文

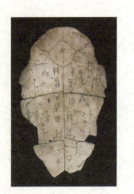

【作者简介】
何向阳，作家，评论家，河南省社科院文学所所长、研究员。现居郑州，2008年北京奥运火炬手。出版有《自巴颜喀拉》《思远道》《梦与马》等。获鲁迅文学奖、冯牧文学奖、庄重文文学奖等。

1976年夏，我随家人到安阳，只记得招待所前后院种满了含羞草、痒痒树——那时不知道它的学名叫"紫薇"，少年的暑假，放下书本便跑去给树挠痒痒，看一树花发出的微微震颤——那时不知此后这灌木开出的淡粉的花会成为安阳的市花。呵，那时对于安阳的印象没有标题这么宏大，即便走在林州峻拔奇伟的太行山里被称为"世界第八大奇迹"的红旗渠上，大雨滂沱中，记住的也只是前面引路的作家华山的瘦弱背影和从对面披着厚重雨披渐行渐近的开山英雄任羊成。记忆里的安阳细小、片断、节制，等待着岁月补充。

标题一句，出自郭沫若1956年的诗，紧跟其后的是"三千年前是帝都"。上句地理，下句年代，一横一纵，道出了中国最老的都城。如果不算国内学界对于郑州"古都身份"的新近研究，只跟从国际考古界普遍承认、最无争议的中国最早文明的商代论点，那么安阳凿实恭列包括西安、洛阳、开封、南京、杭州、北京在内的"七大古都"之首，洛阳、开封同属河南，暂且不表，其余四城，一为首都，三为省会，安阳仍能当其"头领"，单此一点，便知60年前郭语不虚。2006年7月，安阳殷墟入选《世界文化遗产名录》，已然是那诗写就50年后的事。

晋、冀、豫三省交会，西依太行山与山西接壤，北隔漳水与河北相望，山区平原，成就了安阳对矿石与粮棉的左右逢源；加之气候温和、四季分明、日照充足、雨量适中的优胜，成全了它"豫北粮仓"的美名。这样一个顺风顺水的地方，想是古人也是生活在仓廪实而知礼仪的环境。中华炎黄的始祖"三皇五帝"之颛顼、帝喾的故乡在此；中华民族迄今发现最早的文字甲骨文发掘在此；中华文明之源"五经之首"《周易》完成在此；中国迄今为止发现的最大的青铜器司母戊大方鼎

年前，先民在兹，生息繁衍，从另一个侧面印证了这个地方深厚的地气。

地气势必作用于人。大幕拉开，英雄登台，场场剧目，荡气回肠。大禹治水，文王演易，妇好请缨，苏秦拜相，西门豹治邺，岳母刺字，直到开出"人工天河"红旗渠的儿女。这里里女人刚柔相济，无论国王的妻子，还是将军的母亲，或是不到半世纪前组成"铁姑娘队"的农村女孩子，她们对于大义的承担，叫人心仪。洹上从来负盛名，钟灵毓秀萃精英。这样的地气，绵延经年，绵延数里。市南十里，有地汤阴，《史记》中"文王拘而演《周易》"，周文王被拘七年写成《周易》之地在此，此后数学、哲学、医学、天文学从《周易》中得到的启发不计其数。还是汤阴，南宋名将岳飞生长于此，三十功名尘与土，八千里路云和月。明代景泰元年（公元1450年）建成后又重修的庙宇仍在此地，叫人过目不忘的碑刻是"文官不爱钱，武官不惜死，不患天下不太平"，可做当地人文缩影。而汤阴之地，只是安阳所属的一个县而已。

发掘在此；"中国20世纪100项考古大发现"中，安阳殷墟商代晚期都城遗址的发现与发掘位列榜首。从人到文字到经书到宗教礼仪到城市建构，中国人的早期文明缩影在此。诸多相叠，还能找到一个与之相匹敌的地方吗？三千年前的都城，从这个意义上讲，"观此胜于读古书"一句，已非安阳莫属。

宏大叙事自然只是安阳的一面，另一面的人间烟火可以从道口烧鸡、老庙牛肉、安阳三熏中透露一二。就说道口烧鸡吧，多种名贵中药，辅之陈年老汤，色泽鲜艳，状如元宝，曾列"中国十大名吃"之首。安阳滑县道口镇"义兴张"烧鸡创业于清顺治十八年（公元1661年），近四百年里，从清宫御膳房的御厨秘方到与北京烤鸭、金华火腿齐名，得益于它的食疗功能。安阳名吃，多为肉食，从中我们也可品出帝城味道，"肉食者谋之"这句古语，在此不无道理。自然，这也是"仓廪实"的表现。河南历史上多有天灾水祸，印象中安阳一直平安，地理优势之外，不知是不是得益于战国末期便起用的这个"安"字，商王盘庚迁都于此，其后八代十二王，后更名"相州""彰德"，到了20世纪初复称"安阳"。安阳历史似不复杂，但1960年、1978年安阳县小南海原始人洞穴遗址的发现，又将这一历史提前到2.5万

20世纪90年代，安阳市政府出台《历史文化名城保护计划》，讲保护殷墟遗址，具体到搞好洹河青石护坡，叫人肃然起敬。因为许多宏大之事，起始都在细小之中。比如，"一片甲骨惊世界"的发现，就得益于清光绪进士、翰林、金石学家王懿荣的一场疟疾，要不是他派人到宣武门外菜市口的达仁堂中药店买回一剂中药，要没有他对一味叫"龙骨"的药品上面刻画着的一些符号的好奇，要不是他对古代金石文字素有研究，要没有他以每片二两银子的高价收购累计

1500多片的甲骨并从中辨识出"日""月"等字；或者再往后说，要不是他去世之后还有刘鹗、罗振玉、王国维等一批"知识分子"，要没有那么多的考古学者的前赴后继，那么今天建在安阳的中国文字博物馆将会另选其址。文字是一个民族文明的载体，甲骨文的发现，为中国文明史已逾五千年的事实，提供了佐证。世界四大古文字中，其他三种的发展皆已中断，唯严整庄重又参差错综的甲骨文留存并发展了下来，直至演变成了今天我用以写下此文的汉字。

当然，走在现在的安阳街头，已难找到王国的影子，它没有西安那般的城墙、北京那般的城楼，它平实、低调，从百姓的脸上，也看不出王气，但厚德载物、自强不息却沉入了地气。正如那年我去殷墟，听完讲解，问那解说人，为什么要在遗址上种牡丹花，而不将那城池挖出来呢？解说人一脸肃穆，他答，现在世人还没有更好的保护办法，不如让它们仍在地下。

走在安阳，走在一个巨大的宫殿之上，日日踩着文明的积土前行，没有理由不深深爱它。

洹水南殷墟上

王剑冰｜文

一

我是最先看到了一道水，河水是淡蓝色的。或许是天气的原因，有时还会是墨绿色的。无论是什么颜色，都是那种让人一看就神迷心醉的水。水边植有柳树，刚绿了芽，垂丝绦绦，随风斜向水面。有人垂钓，构成一幅完美的画。

初始不知道水的名字，怎么有这么漂亮的一道水。有人回答了，第一次听到，洹水。"水"字边加一个"亘"。亘，空间和时间上延续不断的意思，加了"水"字边，叫成现在的名字，或许仍有原来的意思。

洹，是独特的，只为一道水造的字。殷墟出土的甲骨文中，"洹"字的左边是一条水，右边却是盘盘绕绕刻着的，像一条龙。这兴许就是古人对这条河的直接印象。

古人是善于依河而居的，这条发源于太行山深处的水，流出不远猛然钻入了地下，后又变成多股泉眼喷涌而出，像在地下酿造了一番，水凛冽而清澈，兴奋而激昂。

盘庚从山东迁都而来，必是先看中了这道水，于是中国最早最大的一个都市兴盛起来。洹水不仅提供了生活保障，还提供了冶炼以及制陶等工业用水。那都是当时最大的生产作坊。水与火的淬炼，使我们今天看到那些器物仍感到惊异。

二

1939年的一个夜晚，武官村农民吴培文带领着42人的挖掘队正紧张地劳作。这是因为前一天他用探杆探到九米多深时，捣住了一件十分坚硬而巨大的物体。经过不断增加人数的挖掘，仍然不顺利，打成井，

【作者简介】

王剑冰，河北唐山人。毕业于河南大学，专业作家，国务院政府特殊津贴专家。河南省作协副主席，河南省文艺评论家协会副主席，河南省散文学会会长，中外散文诗协会副主席。

架起辘轳，边往上拉边在下边垫土，弄断了几根绳子，费了三个夜晚，才把这个重近一千八百斤的大鼎弄上来。

吴培文兴奋之余还有了某种担忧，先是埋在粪坑里，后又埋在草棚底下。日本人搜了几回都没搜到。日本人投降后，来了一个叫陈子明的古董商，出手二十万大洋，想把大鼎碎成八块带到北京。大锤一抡，金石之声响彻云霄。那是一种天怨地怒的声响，从此谁也不敢再有打碎它的主意。直到1949年因为个儿大不好装机而被遗落在南京机场。

一件件青铜器在辉耀着一个朝代、一个民族的文明。而这个文明竟然出现在三千多年以前，这是多么不可想象的事情。铜器上的花纹是那么精细，设计是那么讲究，让你至今都不好猜想是如何做上去的。

在宫殿附近的铸铜、制玉、制骨、烧陶等作坊里，聚集着多少工匠啊，那既是一个热火朝天的场面，又是一个精加工的表演。绝对是融合着物理、化学、数学、美术、文学等多学科的技艺展现。

"司母戊"三个甲骨文字即是在大方鼎内里发现的。要么它会有一个很土的名字——"马槽鼎"，那是武官村农民刚把它挖出时的叫法。这三个字不仅改变了大鼎的名字，更是为它的出身提供了研究依据。

表面虽已看不出什么，可资料告诉我，这里发掘出的宫殿基址就有数十座，在王陵区，还发掘出了十几座大墓、一千多座小墓以及大批祭祀坑。

放开脚步，我竟不知该去往哪里，视线所及，一片辽阔。殷墟所包含的面积，竟然有30平方公里。

三

"洹水南殷墟上"，最早出自司马迁的《史记》，《史记》里还有"闻古五帝三王发动举事必先决蓍龟"的话。司马迁真的是了不起。后人多少研究都从《史记》中找答案。当然也有依赖于更早期的《诗经》

《论语》的。可孔子一定没有见过甲骨文，孔子错过了一个机会。东汉的许慎也没有遇到这个机会，甲骨文比他所处的时期要早一千五百多年，他如遇到了，会使《说文解字》丰富许多。当然其后很多的大师级人物也都无缘于甲骨文。直到了清代末期，一个叫王懿荣的遇上了。

王懿荣是京城的文字学家和金石专家。这天他病了，派人拿着药方去菜市口达仁堂药店取药。其中一味药是"龙骨"，细心的金石专家看到小片的"龙骨"上竟然有符号，他怀疑这些符号是一种古老的文字。随即派人购买了达仁堂以及其他药店的全部"龙骨"，共计有一千五百余块。

这之后又经刘鹗、罗振玉的搜集，已经达到一万多块，并且由此研究确立了安阳的小屯区域就是商代晚期的都城遗址。后来又出现了王国维，出现了董作宾，竟有了四万多块甲骨的研究留存。在那个非常的年代里，这些精英为中国的文明进程付出了十分昂贵的代价，有些竟是生命的代价。

洹水南殷墟上，在这里徜徉，会听到许多让我为之感叹的事情。其中一个传说，1936年，在盗掘了几十年的废墟里，考古队竟然发现了一个后来标为YH127号的甲骨窖穴，这是一个皇家档案库，甲骨成堆，大致

有一万多片。考古人员决定整体挖掘装箱搬迁，必然是费尽周折，巨大的箱体下用木棍当滚轴，一点点前行，两公里的路程拉了四天，终于拉到了安阳火车站。正准备装车，天气骤然变化，洹河陡然涌起波涛，翻卷成团团云气，云气快速涌向车站上方，变成乌云蔽日，顿时电闪雷鸣，大雨如注。这种景象让现场的人惊呆了，后来有人说，洹水与它们相伴了那么久，或许是一种难以割舍的表现吧。

甲骨在地下沉睡了三千多年，是一种什么力量让它们必得在19世纪末期那个动乱的年代走出来的呢？初始没有人知道它们的价值，在田地里翻挖出甲骨的农民，随手将其扔在地头上，很多是刨碎或故意打碎了。一个叫李成的小屯人，开始靠剃头为生，因为身上长了疥疮，奇痒难忍。就坐在地头随手捡起村人扔的骨片。他把骨片用刀子刮下些粉末撒在挠破的创面上，感到痒痛减轻了，于是就多捡了些去药店卖，说是可以治创伤。药店则将有刻画符号的拒之门外。李成为了换钱，就将那些符号用小刀一点点刮掉。刀与骨的刻划有些刺耳，随着李成的每一刀刻划，我感到了阵阵心疼。后来这个叫李成的人干脆做起了骨药生意，经他手砸碎或研成粉末的甲骨不知有多少。

2009年的一期《华豫之门》鉴宝节目，一个安阳人拿出了一块兽骨，上面尚有一段较为完整的甲骨文字，立时就亮了现场专家的眼，最后这位藏于民间的甲骨成为当期最为珍贵的宝物。

我不知道确切的数字如何得来，那就是现在大陆收藏的甲骨有9万多片，台湾有3万多片，香港竟精确为89片，总计我们共收藏12万多片，日本、加拿大、英、美等国家共收藏了两万多片。郭沫若就是在日本先看到甲骨的资料而产生兴趣，回国后又进行了细

致的研究。

一个资料记载，在殷墟发现的15万片甲骨上，有150万个文字，除去重复的，尚有5000左右的单字，而我们能认识的大致在2000上下。掌握2000个汉字便可以读书看报了。那3000个今人没有弄明白的文字又是什么呢？可想当时人们的聪敏与智慧。

我仔细地观察那些甲骨，多是十分罕见的龟壳，讲解员说那些是来自遥远的南洋海域。这是一个多么难以想象的运输以及储备的过程。还有那些精美的用于装饰的玉器，多是来自新疆，用作钱币的贝壳是来自台湾、海南和南洋一带。由此也说明商代后期疆域的辽阔和交往的广远。

这是一个时期繁荣的象征。

四

武王伐纣灭商，使这里变成了一片废墟，不知是不是好的事举。名士箕子经过殷商都城遗址，见原来的宫室已然残破不堪，有些地方长出了狂草和庄稼。箕子亡国之痛涌上心头，以诗当哭，作有《麦秀歌》。

洹水南殷墟上，那是一片至上宝地。清末，袁世凯择居在安阳洹上村，他对策划清王朝灭亡起过重要作用，后由于复帝，使这段史实逊色。我曾经见过一张照片，袁世凯坐在一条小船上，身披蓑衣头戴草帽在静静地垂钓，他钓的是什么呢？我只是相信他看中了这片风水，死后哪儿也不去，就睡在了这洹水之滨。

时间到了1952年，毛泽东顺着洹水踏上了殷墟，他望着漫漫荒野感慨道：“来到这个地方，也看不到多少古啊。”但他话音一转又说，“不，来到这个地方，连土地都是古的！”

近几天看到一则消息，台湾五百余人专程包机到郑州，然后直接去安阳，就是为了看看殷墟。殷墟在游子们的心里沉啊。这都是些什么人呢？河南人，安阳人，还是那些自认为殷商的后人？

正是3月，洹水边的旷野里有人在放风筝，大大小小的风筝自由地在天上翱翔，细细的线，牵引了那么多的目光。我看到，有些风筝竟然是甲骨形的，上面还有象形的甲骨文字。

洹水人对这块地方有着独特的理解和感情。

五

洹水南殷墟上，这块地域的影响力和说服力，使得安阳成为了“中国八大古都”之一。没有这块地方，安阳成不了如此大名。

洹水南殷墟上，独特的甲骨文让朦胧的商代变成了有依凭的史实。文字的演化有了强有力的依据。人们惊异地发现，甲骨文已具备了象形、会意、形声、指事、转注、假借的造字方法，展现出中国文字的独特魅力。为此，安阳建起了国家级的中国文字博物馆，此意一倡，无有与之争者。

洹水南殷墟上，中国迄今最大青铜器的发掘，为研究三千多年前的历史文化提供了坚实依据。这也成为中华民族的骄傲，许多场合，司母戊青铜鼎都是一种代表与象征。

洹水南殷墟上，一个地方出现一种奇物都是不得了的事情，而这里竟然出现了两种：中国最早的甲骨文字和中国最大的青铜器。骨质的与铜质的构成，使得这块土地产生特异的色彩。何况还有一个洹水呢，三者共同浇铸了中国文明史。

洹水南殷墟上，到处都是绿的草和鲜的花，张扬着一派盎然生机。其下面不知道还有多少未知数，但有一点是肯定的，随着时间的推移，这里将更加散发出迷人的魅力。

　　如果不详读历史的话，总感觉郑州名列"中国八大古都"之一有些牵强。但是，如果真的到郑州的老城区里转一转，在老城墙上走一走，相信你会触摸到郑州那沧桑的灵魂，你会感知到正是因为有这古老商城的沧桑沉淀，郑州才在新的时代里焕发出了最年轻的脉动之力……

商城遗址访古

杨仲伦 | 文

初冬时节的树木、野草虽然略显枯黄，但并不稀疏萧瑟，在金色的阳光映照下，用斑驳陆离的色彩，将宽阔厚重的古城墙装点得更加雄浑壮伟。

这就是郑州商城遗址，一座在公元前1600年已经雄踞世界东方的古老都城。它沉睡地下，默默无闻，饱经风雨，终于再显雄姿。

在20世纪40年代末，一位伟人在北京天安门城楼上庄严宣布中华人民共和国成立了的时刻，整个华夏大地都沸腾了。也许这座沉睡了几千年的古城，也难以抑制激动的心情，不再甘于地下的寂寞吧！它也要向世人展示中华民族的古老文明。

于是，在1950年的一天，当一位年轻的小学教师在郑州东南郊二里岗乱草丛生的高地上发现并采集了陶片和石器残片，经文物专家鉴定为商代文物后，随之，中央和省、市的文物考古人员、科研人员根据这一线索立即进行抢救挖掘，经过多年的考古挖掘，不仅发现了大量的釉陶、白陶、刻字骨片、青铜器等商代文物，还在这宽广的遗址上，又发现了一座略呈长方形的商代城址，而且在古城遗址内还发现了规模宏大宫殿建筑遗存。

这可不是一座普通的古城，而是一座气势宏伟的商代都城，城墙的周长有7公里，残存的墙底宽20至30米，高度1至5米，这是我国发现最早的、在当时也是保存得最好的一座商城。城墙复原后，底宽20米，顶宽5米，高10米，夯土前挖土量174万立方米，夯土量87万立方米。这是多么浩大的工程啊！没有雄厚的人力和物力基础，要想修复这样一座城墙，那简直是无法想象的。

随着后来都城内外大量甑、罍、甗、罐、豆、簋、盆等陶器和几处

【作者简介】

杨仲伦，甘肃人。中学教师。中国散文家协会会员，河南省作协会员。已发表作品一百多万字，出版有散文集《大地情韵》《我心中的红豆》《踏歌秋野》《乡思回韵》《吟啸行旅》《五彩风情》等。

窖藏中鼎、爵、樽、斝、觚、盘等青铜器，以及刀、戈、镞等兵器的出土，特别是那高达1米，重172斤，造型浑厚，气势磅礴，代表王室的重器——杜岭方鼎的出土，还有大量印有"亳"和"亳丘"等字的陶片出土，更加清楚地证明了这里就是商代先祖成汤曾经建造的亳都王城了。

郑州商城遗址有着悠久的历史，根据科研人员用"碳-14"测定，商城的年龄已经有3600年。在那个时候，世界上许多地方的人类还过着茹毛饮血的蒙昧生活，而商城遗址的先民已经发明并且使用了陶器、骨器、玉器和青铜器，建造了规模宏大的城墙宫殿，创造了灿烂辉煌的古代文化，他们是多么的了不起啊！

也许你惊叹古埃及金字塔的雄伟，也许你赞美古罗马斗兽场的宽阔，也许你艳羡古希腊神庙雕刻的精美，然而，当你面对郑州商城遗址这已经有三千多年历史的悠久古都

时，你不能不从内心对我们中华民族的祖先的赫赫伟绩发出衷心的赞叹！

1959年7月，当时任人大副委员长和中国科学院院长的郭沫若来郑州视察，参观了商代遗址，并亲笔题诗给予称赞：

郑州又是一殷墟，疑本仲丁之所都。
地下古城深且厚，墓中遗物富有殊。
佳肴仍有黄河鲤，贞骨今看商代书。
最爱市西新建地，工场林立接天衢。

在中原这块肥沃的土地上生活的商代人本来就是一个勤劳智慧的族群。商的先祖阏伯，是传说中"三皇五帝"之一的帝喾高辛氏的儿子，又名契。他被帝尧封于商丘，担任"火正"之职，专门管理观察和祭祀火星（商星），并按其行迹制定历法，发授农时，对当时农业的发展很有贡献。

阏伯的孙子相土发明了马车，阏伯的

六世孙王亥发明了牛车，商族部落的人开始驾着马车或牛车，风尘仆仆，辘辘远行，把自己的剩余产品与外部落人进行贸易，因为他们是商部落的人，所到之处自然被人称为"商人"，他们所从事的贸易行业就被称为"商业"。在古老文明的中华大地上，农业得到发展，商业得到发展，中华民族也得到了发展和进步。

到了商汤的时代，商的部落已经十分强大，再也不甘于屈居一隅，再加上夏桀的荒淫残暴，引起了全国人民的憎恶和反对，商汤看到取而代之的时机已经成熟，于是，就在距离夏的都城斟鄩（今河南偃师市）最近的地方建都，做好进攻的准备。再加上郑州北临黄河，西依嵩山，有两个大片的沼泽地，是天然的军事屏障；东边的大平原，成为粮食基地；南边是广阔的黄淮平原，物产丰富，是可靠的后勤保障。优越的自然环境给当时的商王成汤推翻夏王朝，建立自己的政权，奠定了坚实的基础。因此，郑州自然而然成为商汤建都的首选之地。

商汤建都商城，推翻了夏桀的残暴统治，建立商王朝，并将商部落的先进文化向中华大地上更广阔的地域传播推广，后来盘庚又迁都到殷地，留下了更多文化遗产。

一个民族的发展和进步，除了文化科学技术之外，最重要的就是物质基础，农业和商业，是物质基础中最根本的。我们的先祖早就认识到"无农不稳"的真理，同时也认识到"无商不活""无商不富"的真理。在商贸活动异常活跃、商品经济高度发展的今天，人们对于"商业"一词已经习以为常，然而，在远古时代，从农业发展到商业，这不仅需要智慧和勇气，更是一项重大的发明和创造啊！契、汤和他的子孙们，以他们的实际行动，为我们留下了促进社会发展的宝贵经验，也为我们留下了宝贵的精神和物质财富。

如今的郑州已成为中国的"八大古都"之一，同时，郑州也被人们习惯性地称为"商城"，这里应该有两层含义：一是它曾是商朝的国都；另一层意思是它现在不仅是河南省的省会，而且交通便利，商业繁荣，成为我国中部地区经济崛起的龙头，也成为真正意义上的商业都会。商代的先民在中原大地上发展了农业，开创了商业，建立了古都，给后人留下了无比珍贵的物质和精神财富，相信他的后人一定会发扬光大，创造更加辉煌的业绩。3600年前的古都，一定会焕发出灿烂的青春！

郑州，一部大写的书

尹希东｜文

在中华民族的母亲河——黄河中下游的分界处，有一座古老而又年轻的城市，这就是河南省省会郑州。

金秋十月，因参加中国石化报社在郑州召开的两年一度的副刊作品研讨会，我也有幸初识了这座美丽的城市。

我初次踏上这座历史名城的土地，从山东的黄河口到郑州的花园口，虽说是千里迢迢，但我觉得没有一点陌生感、距离感，之所以如此，皆是山东与河南唇齿相依，一衣带水，土地相连，一脉黄河千里相牵。从地图上眺望，就像母亲肩上的一根扁担，一头挑着入海口，一头挑着花园口；就像兄弟俩，喝着同样的黄河水，享受着母亲摇篮的温暖和幸福。

郑州地处中华腹地，九州之中，犹如人体之神阙，集物华之天宝，凝八方之灵气，有人很形象地形容道：抓一把郑州的土，就能闻到浓浓的历史味道。

读史得知，郑州历史悠久，是中华民族的发祥地之一，中华民族伟大始祖黄帝的出生地轩辕之丘，就位于郑州市境内的新郑；郑州是中国"八大古都"之一，有"商城古都"之美誉。早在3600年前，这里就是商王朝的重要都邑，曾有夏、商、管、郑、韩在此设都，隋、唐、五代、宋、金、元、明、清八代设州，历朝历代把这里作为兴盛发祥之地，由此看来这里乃藏风纳水之源。

郑州更有着辉煌灿烂的历史文化，辖区内不但发掘出了距今五千多年的大河村、秦王寨等仰韶文化和龙山文化遗址，还发现了轰动国内外的距今八千多年的裴李岗文化，这些文化无不闪烁着中华文化画卷的璀璨之韵。

【作者简介】

尹希东，笔名"尹熙东""尹玲"，山东寿光人。山东省作协会员，中国石化作协会员，中国石化报社优秀兼职记者，胜利日报社优秀特约记者。

时值深秋寒露的一个下午，虽然秋风略有些寒意，但伫立在郑州街头，目睹着熙来攘往的车水马龙，我忘却了寒意，心中升腾着暖暖的秋阳，漫无目的地随便逛了一圈，就有了些许印象。

印象之一：郑州的树

郑州被称为"绿城""树城"，名副其实，恰如其分。路与树，楼与绿，形影不离，相伴相依，有路就有树，有楼就有绿。

映入眼帘的除了各种花草树木外，就是别具特色的梧桐树了，梧桐树生长得又高又大，粗的已有合抱，更粗的能与高架桥的桥墩相媲美，单从树的主干凸出的一个个大大小小的树球，标志着树龄已经不短了，问一老者，说这些树已有近二十年了。这些树从一定程度上见证着这座城市的发展和变迁。常言道，栽下梧桐树，召来金凤凰。树，是城市的绿色魅力名片。听一位当地的朋友说，有一位外国著名投资家，当初就是冲着郑州的树来的。一行行、一排排的大树，就像一个个风姿绰约的青春少女，展现着郑州的靓美，它们像天然氧吧一样，每天发挥着

净化器的作用，吃下城市的灰尘，吐出清新的空气，夏天消除城市的燥热，冬天带来春的消息。很难想象，没有树的高楼大厦，城市会是什么样子。

倘若没有这些树，在人流、车流如梭的大都市，直接威胁人类健康的浮尘污染问题如何能得以化解？不要小看这些树，它是城市里最不可或缺的清洁工，它擦蓝了郑州的天空，它调节着人的情绪，愉悦着人的心情，它代表着城市的未来，是这个城市不断成长的希望。时值深秋，树叶依然绿意盎然，绿色，没有让我在熙熙攘攘中产生烦躁之感。

郑州的美、郑州的未来，就蕴藏在蓬蓬勃勃的树中。

印象之二：郑州的楼

不愧为省会城市，郑州的楼格外亮眼。车子还没有驶入郑州市区，远远地就看见那一幢幢摩天大楼如发射塔一样直入云霄。

进入市内，楼群鳞次栉比，错落有致。高楼高到什么程度呢？正值下午3点，天空的太阳就被楼层挡住了，已感到黄昏提前到来

了。东营的楼无法与这里相比。

因为我恐高，我一向是讨厌高楼的，但郑州的高楼与别处不一样，它有着高大和谐之美，高高的楼与高高的树那么和谐地成为一体。高树衬高楼，楼就显得不那么冷若冰霜了，就显得有气度、有韵味了。

楼，犹如人的骨架，支撑着一个城市发展的实力与繁荣程度。楼有多高，城市的热度就有多高。透过那些著名的国际大厦，我闻到了这个城市醇厚的商业气息，体会到了与国际联结的高度，看到了全球有眼光者对这个城市的追捧程度。

一位老者说，郑州作为大都市，20世纪80年代初期，很少有高楼大厦，绝大部分是90年代后陆续盖起来的。伴随着一幢幢高楼的拔地而起，郑州的发展进入了一个伟大的跨越时代。

郑州，因楼高而膨胀，但不臃肿，它像少女一样更加美丽、端庄、秀雅。

印象之三：郑州的桥

郑州多桥，除了十分壮观的新郑黄河大桥外，莫过于横穿市内的四座高架桥了。四座桥把偌大的城市串成了一曲流畅的音乐。

四座桥，如一根根输液管，打通了城市堵塞的血管。因了桥，桥上"流水"如注、桥下"流水"通畅。因了桥，市内的大路、小路，变得不再拥挤。坐车转了一圈，虽然车辆云集，但行走起来并没有拥挤之感，显得秩序井然。这种通畅有序的秩序，首先取决于中心桥的修建，其次是交警的辛勤劳动，再者就是市民文明素质的提升。作为人口密集的省会，能做到这一点确实不容易。同样是人口密集，北京、上海、济南等城市的血管就结了难以根治的血管瘤。

夜晚，行驶在高架桥上，远远近近是一串串灯的海洋，形成了一条条快速奔腾的红线，长长的桥，变幻成了多彩多姿的银河，从桥上看郑州的夜景，更是一种美的享受。

桥，是郑州的链条，连接着古老与未来，弹奏着和美的乐章。笔者设想，倘若桥的周边再有几处清澈的黄河水相伴，那景色就更加靓美了。

还给我留下印象的是郑州的风味小吃、市民文明礼貌的形象。

虽然是走马观花，但郑州的色彩、味道是品不够的。郑州是一部大写的书，是一部永远画不完的美丽画卷。

哭 泣 郑 州

齐岸青｜文

在一座城市里生活久了，周围的一切之于你都过于熟悉，你就很少去体察它的细节，因此也就丧失鲜活的批判态度，没有批判也就无法进行理性的辨析和归纳，所以，我们对城市人文特征的描述只能是感性的。

我始终相信郑州是中国城市最难描述性情色彩的城市之一。其地域居中，气候南北相较居中，经济发展名次居中，人口密度教育素质居中……不偏不倚，无过不及则为中。"中"字蔓延开来，整个城市里的人们的生活节奏、处世态度、言语频率、着衣习俗，甚至城市里的建筑风格，都显得中庸中和、不温不火、不雅不俗、不卑不亢。郑州人对事物表示可否态度，喜讲"中"字，我不大善用，故对起源无考，但仅是一个"中"字，因语气、语调、语速，包括眼神、动作辅之各异，则变幻无常，大相径庭，其间奥妙，非身临其境，心揣彼思是无法体味的。

郑州永远是一个令人沉思、矛盾并呈的城市。

模糊与灿烂

郑州人在很多时间找不到自己的依附，就连与古老土地最为血肉相连的建筑也很少顾及城市的个性、特色。郑州最古老的街道——东西大街在改造时，曾挖掘到郑州老城门，可谁也无法把它和自己生活的城市联系，只好就地掩埋。东西大街的建筑也去仿效改良的西方抑或上海的风格。丧失自己就只好含糊其辞。郑州地产商的广告意识和投入应该居于全国城市的前列，开始大家都在争先恐后地用"威尼斯""夏威夷""悉尼""罗马""香榭丽舍""纽约金融街"等来形容自家楼盘，后到者实在加不上欧美的塞，便羞答答地号称自己是"伊斯坦布

【作者简介】
齐岸青，湖北襄阳人。一级作家。曾任河南省文学院副院长。现为河南省文化产业投资有限责任公司总经理。中国作协会员，河南省文联作家，河南省中原国际文化公司总经理，专业作家。

尔"。当广告把郑州人搞得一头雾水之时，市政府却悄然地收起前些年要把郑州变成"东方芝加哥"的口号，他们已意识到我们最终依赖生存的还是中原文化，是自己的根性。

郑州人的模糊其实也缘于谦恭。郑州人看起来是永远低调而谦和的，他们似乎永远在倾听你的意见，可事实上则有自己的行为主张，"言中法，则辩之；行中法，则高之；事中法，则为之"。

可郑州人又不因其模糊而抹杀自己的灿烂，在这块农民随便耕作就能犁出商陶汉瓦的土地，你不可能不在自己身上镌铭文化的烙印。在某种意义上，郑州人是生活在记忆中的惰者。他们喜欢怀旧，用缓慢的生活态度对待变迁，又无限憧憬惊奇，轮廓可以是模糊的，内容却永远是实际而鲜明的。很多时候他们会在"中"字前面加个"不"字斩钉截铁地告诉你"不中"。他们永远会珍惜自己的鲜明的灿烂。

黄帝擒杀蚩尤于涿鹿，制文字、阵法、历象、医书、舟车、货币、律吕，划野分州，立井制亩，教桑蚕，做衣裳已成遥远故事，郑州人依然会在轩辕故里，修复庙宇，重塑神像，每年祭礼。商汤建都的背影距今已经远去三千六百多年，但它留给郑州伟大而庄严的遗产至今还盘桓在郑州人的视觉之内。这是一个奇迹，郑州市区绵延数公里的商城遗址是世界已知的尚存最为古老的都城，因为有商代遗址，有关中国城市发展的任何典籍，都会在第一章谈到郑州。

遗址区域至今还居住着郑州最老的居民，孩子们从小就能在这里听到有关城墙代代口传的故事。郑州土壤疏松多沙，城墙的泥土取自荥阳，那时候没有工具，是由站列绵延几十公里的人排用簸箕一把把传过来的，然后再去一层层夯实起城市的墙基。故事可以存疑，但岁月沧桑，中原逐鹿，古城奇迹般遗留下来，区域内尚存的还有城隍庙和文庙部分建筑。它们的存在使遥远的历史烟雾中的郑州依然有明晰的可读性。伟岸的城墙，雕栋飞檐的庙宇，宁静的街巷，清澈的金水河、熊耳河穿流其间，商城是郑州的根脉、魂魄，只有它的存在，我们对这座城市的触摸才是连续绵延的，才是具有时间生命搏动的。婴父先生曾形象譬喻商城遗址是郑州城市的胎盘，弃之无用，用之大用。我以为它其实仍是城市的子宫，一个孕育城市生命的寓所。其精血所在，疏漏不得。

郑州也许永远不会去总结自己的个性，却愿永远生活在历史灿烂的釉色之中。

兼容与狭隘

严格说，郑州的历史就是兼容的历史。黄帝就是在此容纳孕育各部落文化，造就华夏文明的，郑州这块以土为德的息壤，具有巨大的兼容、消融、同化能力。黄帝伐蚩尤，征九黎，融东夷，一统华夏，融会各族居住中原。最早的中原人，应该是蛮、夷、戎、狄各族的混血，而后中原战乱频繁，又先后有鲜卑、匈奴、羯、氐、羌、契丹、党项、女真、满人融入中原，仅明洪武年间移入河南的就有286万人。另一景象是中原望族大举"衣冠南渡"，如今海外，东南亚闽粤台的大姓和客家人多是源自中原，一些人走了，又有一些人来了，这似乎是郑州永远的

歌唱。饶有意味的是，这块土地似乎吸吮了所有的神奇，踏进这块土地，他们很快地成为中原人，就连全世界最能保持自己种族纯粹的犹太人，走进中原也被消融。

近代的郑州又是京汉铁路修建、冯玉祥北定中原设立商埠的集成，延至今日，郑州辖区也具有古都洛阳、开封的色彩，由于辖制的变化，北宋皇陵、唐三彩原产地、洛神传说、潘安都成为今天的郑州的人文名片。

所以郑州似乎永远是兼容、吸纳的城市，任何舶来的事物，你只要愿意驻足，几乎都可以在这里生长。郑州人可以拥抱一切，任何外地人来到郑州工作学习，你不会感到城市的拒绝，人际交往中作为外地人的你甚至可能更会受到多一些的尊重，郑州被称为"商贸城"，商业的批发商、零售商外地人几乎占70%，这就足以说明它的胸襟。

但郑州又是个拒绝的城市，它的容纳始终是有原则和限度的，和郑州人打交道、交朋友，形式很重要，有时候，你带来几百万美元可能还没有你带来金门高粱和他开怀畅饮重要，他感觉你不爽时，会拒绝你的所

有。粤菜、潮州菜、西餐都可以接受，但不能高声喧哗，吃饭时要把口布放在胸前和腿上的方式他不能接受。优雅时尚美丽的时装郑州人很快就会欣赏，但要他着身招摇于市时，他总会放缓节奏，或者是掂量后拒绝。他和你交谈时可能折服于你的观点，但你的口吻、语音、举手投足让他反感，他可能会先去费力说服自己，然后又用毋庸置疑的论点反驳你。

迂绕与纯粹

商汤伐桀是中国人家喻户晓的故事，商汤对夏的进攻是经历无数迂绕智慧之后才开宗明义的。他先是救济夏的邻国，笼络盟友；用美女和珠宝助长夏桀的荒淫；派伊尹去做眼线，离间夏朝君臣；用佯攻试探于夏，见其势强，又予谦恭求得原谅；巧立名目剪除桀的羽翼；最后瓜熟蒂落，才以上天的旨意伐桀。灭夏之后，汤本是朝帝王去的，却先让位于卞随，卞随自投稠水而死，又让位瞀光，又使得瞀光自沉于庐水。这样汤就成为中国真正具有史载的第一代君王。

我用这样口吻来讲述汤的故事，绝不妨碍我们承认商汤伟大的智慧，而是稍牵强地想说明今天的郑州人也许沿袭了某种智慧。遇到某种事情，郑州人不太明确地告诉你他的赞同或反对意见，会引经据典，旁征博引很多无关的故事，逼迫你自己放弃立场或赞同他的观念，达到和你友好共处的目的。有时甚至要怪罪处罚你，也要讲出许多让你理解的、不得已的原因，很有点像让乌龟一次次爬过滚沸水锅上独木筷的典故。

郑州这座城市饶有意味，它在迂绕，却没有整个城市人际之间的格局、习俗的纯粹。人们喜欢遵守简单明了的定论。距今2558年，一个叫子产的人，担任郑国的卿职，12年后任正卿，辅佐国君主持郑国的政务。子产勤勉廉正，对当时的国政、立法、经济、文化做了一系列顺应民意时势的改革，他将郑建成规矩分明的城市，人人安居乐业，把刑法铭文铸鼎置于堁上，公示天下，与郑国百姓达成一份依法治国的青铜契约。这样的举措在两千五百多年之后，一些省市的法规颁布程序才开始回应。

子产中规中矩的法度似乎造就了今天郑州某些简单而分明的城市格局和特征。郑州是一个移民城市，它的膨胀也只是在1953年河南省会由开封迁郑后，来自太行山、晋察冀，加之大军南下急促扩容的干部，形成管理郑州队伍的基本形态。他们和他们的子女成为郑州的新居民，居住的区域规格整齐划一，以经纬数字命名街道，形成俗称的"行政区"。20世纪50年代开始的苏联援建下的工业建设，郑州的纺织、机械等行业又移来大批南方来的技术工人，他们工作、居住的区域在郑州西部，区域之内除却现代化工业之外，是市委、市政府所在，但不知为何俗称"西郊"，道路多以山河命名。老城区的居民区域也很简略，叫"市里"，保留郑州旧有风貌。三个区域有各自鲜明的生活习惯，20世纪的50年代至80年代中期，郑州人的居住身份，你从口音、衣着、做派就能分辨出来，只是近年来这种边缘才得以模糊。

在郑州人群中你很容易找到数十年间依旧生活在同一街区、从事同一职业的人，你能在同一街道观察到一个蹦跳着上学的女孩子，成为骑着自行车上班的姑娘，然后骄傲地挺着大肚子散步，再逐渐地成为腹臀松弛的妇女。她始终走在几乎相同的街道上，销蚀着自己的岁月，她也同样看着周围熟悉的人衰老、亡故以及新的生命出生。时间和空间在郑州容易凝滞，人们不屈不挠地朝着自己的目标走去，不太渴求生活的变化。他们把城市当作村落，他们的生活如同晴日里的炊烟，透明又袅绕。

坚韧与叛逆

列子的故里就在今天郑州市新区的圃田，列子留下的文物遗迹难觅，这和列子御风而行、神采飘逸的姿态很接近。崇尚虚无缥缈给我们留下了沉甸甸的《愚公移山》《杞人忧天》《纪昌学射》等，其中《愚公移山》经过毛泽东同志的重述，成为中国人耳熟能详的寓言。

郑州人做事很有些子子孙孙挖山不止的坚韧，喜欢坚守自己的文化传承，简单点，就是习惯自己习惯的。今天郑州的构建其实并没有远离商城的余脉，他们以商城为辐射

状布局城市，渐次发展，只是遇到乡村就会产生妥协。都市村庄里的居民又几十年来在城市里保持着生产队的建制和村庄的习俗。

因为东区，或许几年后我们就能看到一个因水而美丽的现代化郑州。可变化的郑州，依旧关注自己历史的延续性、文化的承袭性，在这点上郑州是个保守主义者，固守、稳定，甚至"贞女守节"般珍惜传统。

郑州人的坚韧令人尊敬，今天在中国职业足球史上，唯一没有更换投资老板的就是河南建业，胡葆森始终孤独低调地站在这个行列里，近乎悲壮。可河南的球迷也一样执着，无论建业浮沉数度，只要建业出场，他们总是扯起嗓子去喊"得劲"。只要认准的东西，郑州人习于坚持。郑州城市历任的管理者，都有传统的亲民姿态，他们会骑着自行车或徒步走过自己规划着的城区，亲力亲为，因为他们知道郑州人注重实际，不看重语言。如今这座城市最初的管理者，已大多长眠在城市西南的烈士陵园里，其他区域亡故的郑州人多是静卧在黄河临岸的北邙岭上，他们依旧在守望着这座城市。

郑州人同时又是叛逆的，中国第一个揭竿而起的郑州农民，诱导了中国第一个封建王朝的覆灭。这个人就是"陈胜字涉，阳城人"（阳城即是今日登封）。陈胜是以往历史教科书中浓墨重彩的人物，他佣耕时"苟富贵，无相忘"之诺和"燕雀安知鸿鹄之志"的叹息为世人皆知。他此后的烽火烟尘、尚武之习也在这黄土漫漫的土地上绵延不绝。陈胜之后三年，楚汉在广武鸿沟整整厮杀三年，这一仗成为千古绝叹，影响深远，至今中国象棋还以楚河汉界为准，反复杀伐。再后四百余年，奠立曹魏之基的官渡之战重演刀光剑影。又后七百余年，登封少林寺修建，少林"武以寺名，寺以武显"将郑州人尚武的精神推向极致。

时光进入20世纪90年代后期，郑州人开始逐渐多些反思自己生长的土地，延续骨血的叛逆精神，他们将目光移向郑州以外的地方，开始是一批文化或技术的精英纷纷寻觅到沿海城市谋职，随后众多的中产阶层把钱财转移到北京、上海、深圳等他们认为牢靠的地方，迁居那里置业创业。因诸多原因难以迁徙的，又千方百计将自己的子女送到海外就学。数字没有考据，但从郑州近年间留学中介机构一夜之间暴富可见端倪。近年来几乎所有带有梦幻色彩的"小资"，尤其是女孩子都把自己就业的第一选择放在沿海或外省，即使谋生的日子过得并不舒畅，但他们还是会带回些精彩的神话，劝说厮守在家乡的朋友远走。

但同时，郑州近年来的飞速发展，又成为海外游子、高层精英的眷恋之地，郑州破格引进数百名博士充任"技术官僚"，成为中国城市管理者学习的榜样。作为中原的中心城市，周边城镇和乡村的人们也纷纷拥进这座城市，给这座城市带来喧嚣，也带来活力。或许历史又会出现往复，走进来的人成为新的郑州人，走出去的人去创造辉煌，然后荣归故里。

这种文化的交融产生了郑州人文化的叛逆与更新，其实多少年来，我也一直以为这座城市需要文化的叛逆者，十几年来执意做的是总希望用外来的文化来撞出自己这方水土的色彩，着力引进芭蕾、现代舞、桑巴、交响乐、弗拉明戈、室内乐、音乐剧、爵士、摇滚、先锋话剧、西方的影视剧，以及中国一切美丽而时尚的……借此来使得城市具有优雅。

终于有一天，这座城市有了身着西装、敬携鲜花的音乐会，有了咖啡，有了迪厅、摇吧，才发现自己的叛逆其实也是一种固守，现在从事的职业似乎又是缀补，拼命寻觅这座城市正在消失或已经消失的遗迹，去在蓝图上描画或在土壤上构建商城遗址、大河村、古荥、清真寺，修复重建文庙，整修城隍庙，修葺纪信墓，新建纪将军祠，寻觅已经消亡的夕阳楼、开元寺塔、子产祠……

缀补与构建

由于生性没有方向感，生活中如果没有熟悉的标志物，即使在自己生活已久的郑州，我也会产生东西南北的错误判断。儿时记忆中的郑州是宁静有序、绿意盎然的城市。那时行政区林木成荫，一般的小雨多被树叶遮蔽，很难打湿路面。省委大院里三分之二是树木，还有成片的苹果、桃、杏、梨树，五区的苹果树多，且比二区的挂果多，所以还叫苹果园；一区的杏树多些，只是酸。隔邻军区司令院的水蜜桃果大汁甜，若去偷时要经得起"惊险"，当兵的腿子快，也不像省委保卫处的人懒。紫荆山、河南饭店、博物馆都是树林，蝉儿出得多。行政机关大门、院落和市民也具有亲和力，林荫道上，你时常能看到散步的省委书记们，同时也有着深情依偎的恋人。

当有一天，郑州人发现，城市林荫已是童年的记忆，我们对城市的感知就缺少具象的附着物，缺少了故事。当记忆的情感越来越现实地被冷漠消耗时，记忆就不再是一种生活的遗存，而成为人存在着的一种特质，一种有意识地对现实的文化抵抗。他们开始变得焦躁，这种焦躁逐渐成为城市管理者的忧虑。郑州于是开始寻找绿色，郑州人又开始寻找消遁了的水，疏浚污染的河道，去大气魄大手笔地整治城市基础设施。终于，郑州又有了保护改造中心城区，建设发展郑东新区的战略。规划是一个叫黑川纪章的日本人做的，请他做规划设计时，郑州花了几千万元。规划展示时，郑州人看到一个比现在还要大的新东区时，显得兴奋不已。

郑州需要城市的灵动。

郑州人需要梦想。

郑州人需要寻回自己的深厚和大气。

也许，郑州的构建有着自己的血脉，还值得一提的郑州人是李诚。李诚的名气似乎只局限于建筑学界，如今的郑州人肯定有99%以上的人没有听说过他。北宋崇宁二年（公元1103年），李诫的《营造法式》全书

34卷，体系严谨，内容丰富，分为名例、制度、功得、料例、室样五部分。其中多是关于建筑样式制度，有壕寨制度、石作制度、大木作制度、小木作制度、瓦作制度、彩画作制度，此外还有估工算料的放大，并附有制度图样，可谓中国建筑学最早的全书。尽管宋史对李诫没有只言片语，但李诫的《营造法式》至今仍是建筑学者的必修科目。1921年，梁思成先生等成立中国营造学社，并出版《营造法式注释》，业内多是尊崇李诫为建筑学鼻祖。

郑州此度的建设是理性的，它对城市未来的勾勒是坚定的，郑州的长足发展已使郑州独具的魅力伸延。郑州人敢于在今天和传统中的大武汉提出中部龙头的竞争也源于这种城市的构建。或许有一天像我们评价前人一样评价今天规划的得失和建设的疏漏，但你会永远赞叹磅礴的勇气、坚韧的意志和因之而给予城市的活力，在这点上郑州会公允评价它的决策者和身体力行的执行者，会因此而感谢他们。

沉重与浪漫

郑州的文化色彩仿佛永远像是郑州著名文人杜甫的沉重长吟，杜甫成就了郑州永远的文化气度，他清瘦佝偻的背影永远遗留给了郑州，杜甫对人文、时势忧患的关注今天还凝结在郑州人愁愁的眉头。郑州似乎永远缺乏美丽而浪漫的故事，约定俗成，有时郑州人也会收敛自己的优雅情结。在这个城市，诚实、憨厚以至粗率都易于得到褒奖，公开彰显的楷模几乎都会是完整的形象。日常生活中，有时候粗俗也会作为率性，所以害得许多郑州人不得不去掩饰自己对美丽的幻想。郑州人愿意永远和农民保持千丝万缕的情感联系。这种线索我们永远可以从杜甫

的诗句理出思缕。

其实郑州也应该是有着久远浪漫历史的城市，《诗经•郑风》中对溱、洧河边男女踏青欢悦的场面是郑州人性情的最早历史写照："子惠思我，褰裳涉溱。子不我思，岂无他人？狂童之狂也且！""野有蔓草，零露溥兮。有美一人，清扬婉兮。邂逅相遇，适我愿兮。"

今天，郑州人男女求爱的方式尽管缺乏先人的率性浪漫，却也并没太多拘谨、羞涩。时尚的东西很容易在青年人中被仿效，只要不需要太多的消费，所有另类前卫的，他们都会欢迎。

郑州是一个有着美丽传统的城市，中国没有美神，若有，当属洛神。洛神就诞生在今日巩义的伊水洛河交汇之处。与美丽洛神传统能匹配的怕是现实生活里曾存在过的潘安，潘安故里在今之中牟。作为长于诗赋的潘安，并未曾留下多少文学绝叹，但其美容姿仪却成为一千七百多年的经典。晋书载："岳美姿仪……少时常挟弹出洛阳道，妇人遇之者，皆连手萦绕，投之以果，遂满车而归。"少年潘安携弹弓走在街巷上的飞扬神采，实在是这座城市曾有的靓丽风景，"出其东门，有女如云"，如云的女子环绕潘岳，掷之美果，给城市的街景陡然增添了无数浪漫。潘安将自己的浪漫凝固成永恒，"才比宋玉，貌比潘安"，至今人们还是习惯做此比喻。

郑州是一个古老沧桑与时尚新锐并存的城市，近些年有关美丽的比赛在郑州令人眼花缭乱，每年郑州都会有一两个俊男靓女在全国崭露头角，成为新星，历年来街舞的冠军都产生在郑州。

郑州人开始自信美丽情怀，你要耐心期待，郑州会是一个浪漫的城市。

走笔大郑州

李立峰 | 文

郑州在你的心目中，是何模样？我无法推测。你估计会问，郑州在你心目中是什么模样？我心中固然有千言万语，但猛然间我竟也语塞。是啊！这个我天天游走其间，熟悉得不能再熟悉的城市，在我心底原本是什么模样？

记忆中的郑州

高中以前，郑州作为河南的省会，留在我印象中的是这样口号式的宣传与标榜："得中原者得天下"；"中原之行哪里去？郑州亚细亚！"

第一次和郑州亲密接触是在我的大学。由于成绩一般，省外的学校没怎么考虑，感觉还是省内的保险，于是全都报了郑州的高校。感觉毕竟是省会，教学质量、发展机会会相对较好。后来如愿成行，开始了我的郑州生活。那时还转户口，记得在转农转非和粮食关系（当时说以后每月都有补贴）时，真有一种跳出农门的感觉，那种优越感是现在所无法体味的！

几年的大学生活，奔走在郑州的大街小巷。郑州给我留下这样的词汇：火车站、人民公园、二七塔、郑州大学、财专、老蔡记、合记烩面、麦当劳、金博大、黄河、少林寺。这些词汇代表了我的大学生活的很大一部分。我第一次到郑州不是坐的火车，虽然此前从未坐过。在长途汽车上颠簸了12个小时后，我第一次站在了郑州街头。汽车站就在火车站的对面，甚至能不时地听见火车的汽笛声。于是我就记下了这个既让我兴奋，又让我怨愤的火车站——因为每年的寒假都会赶上春运，人很多，相信很多人都领教过其中的甘苦。

【作者简介】
李立峰，河南商城人。律师。

108

记得宿舍的六个兄弟来自河南的四面八方。我们第一次体验郑州，去人民公园还收费呢。然后在二七塔照了几张照片，给家里寄去。那时心里挺优越的，还没品味就业的艰辛。周末总会去找老同学，老家同学特多，刚到郑州也特亲切，所以聚得特别多。大家的聚点也多是以上列举的那些地方喽。

也许一开始越幸福，后来就会越伤感。我和朋友在这里相聚，后来又一个接一个离别，其中的伤感和感伤自不待言。先是我去了开封的河南大学继续学业，之后一年北上的、南下的，等我数年后重新来到郑州，已是人去音稀了。

而我要继续生活，我的工作在这儿，我的爱情在这儿，我的将来的家也会在这儿。

现在的郑州

生活在郑州有一种狭隘的优越感。

因为是省会，想留在这儿找份体面高薪的工作十分不易。曾经，郑州的就业难全国第二，仅次于上海。如今也好不到哪儿去。尤其是学法律的，对就业的艰辛和磨难比其他专业的体会更深也更真切。所以很多同学羡慕我，祝贺我。

但为什么说这种优越感很狭隘呢？因为与我的其他老家同学相比，他们天南海北，分布到一些耳熟能详的大城市，其中差距不言而喻。还有一个原因：都市里有优越就会有压力，每天为了生计都紧张兮兮的。省会估计压力要更大一些，因为周围都是优秀的人，所以你得不断地努力。

于是，我又回到了一个普通人的状态，曾经的优越感灰飞烟灭。现在的词汇是：上班、公交、开会、下班。

好久没有旅游了，大学时的负笈远游，在如今都会成为一种奢侈。

有时突然觉得，前几年的郑州生活是那么陌生。

109

有时感觉郑州离我很近，有时又感觉离我很远，好像自己永远是一个异乡人。

天天的《大河报》，街头大大小小的地名、出租车身，感觉郑州是如此之近。有时又感觉很渺茫，很渺小。车流不断的马路、林立的小区高层、繁华的超市大卖场，何处是我栖息的角落？哪里是我灵魂的家园？

至今记得一位出租司机，他在郑州开了十几年的出租。他说："城市有什么好啊？唯一的好处就是花钱方便！"

一语惊醒梦中人！原来我一直生活在梦中的郑州，或者在梦中的郑州生活。我不是不食人间烟火的仙子！我需要生存，需要自己的房，需要自己的家。

人会在突然间成熟。

成熟的唯一标志是学会承担责任！

我开始了理性的生活。

郑州的个性

刚去开封时，有人说了一句话：好像进了旧社会。话夸张了些，但说明了二者的差距和我们心理的落差。一开始觉得开封是个古都，且由于地理位置受限，发展是慢了点儿，但还是有历史的。毕竟那里有古城墙、鼓楼夜市的小吃、清明上河园的古装，还有美丽的古色古香的河南大学。开封也挺好的，有自己的个性。到了毕业，还真有些舍不得呢！

于是我就认为郑州唯一的缺憾就是历史太短，没有历史积淀，缺少厚重感。结果这种意识持续了没多久，郑州竟被评为中国的第八大古都，真是让我大跌眼镜，原来自己这么无知！

生活在其中，也许不觉得有什么，但一旦失去，你就会深有体会。

于是我继续爱郑州，继续偶尔恨一下。

我开始喜欢上这个"商城"！一开始感

觉郑州和我特有缘啊，什么商城大厦、商城公园、商城路，还以为是说我老家呢！因为我老家就是信阳商城——一个美丽淳朴、偏远原始的县城。后来才知道不是那么一回事儿！郑州是一个商业城市，一个靠着火车中转着整个华中甚至全国商品的城市！郑州与"商"结缘甚久：商朝的都城、著名的"商战"、驰名华中的二七商圈！

郑州雄踞中原，郑州位于河南之中（河南也位于全国之中），郑州人爱说一个"中"字，我觉得"中"也恰是郑州的性格。全国的大城市中，郑州位居中游，各种比值也大致如此。但郑州迅猛的发展势头、日益扩张的市区商圈、不断涌入的商业巨头，正预示着郑州靓丽的未来！

郑州街头寻古问踪

小酉Eric｜文

从打算写这篇文字，到真正下笔，中间隔了很长时间。不是没有时间，而是一直觉得无从下笔。作为一个非专家、学者，甚至连正儿八经的"土著"郑州市民都算不上的"门外汉"，尽管在这座城里已经生活了整整20年，却始终对它的历史知之甚少。甚至，当2004年，郑州被宣布为"中国第八大古都"的时候，我内心其实是"深表震惊"的。

即便也查了不少的资料，但对于郑州的"古都"身份，依然是无从精确地表达。对此，所谓的史学界貌似也有两种不同的说法。

一说郑州建都是在商朝建立之初，由商朝的建立者汤，在此建都，那时的郑州称为"亳"。对此，在现今的郑州紫荆山公园西，人民路与金水路交叉口的西南角，有一处现代人命名的"商代亳都都城内城北城墙遗址"为证。

一说郑州建都是在商朝的第十一代君王中丁，因宫帏内乱以及东伐蓝夷，而迁都于此，那时的郑州称为"隞"。对此，在现今的郑州城东路与城北路交叉口的西北角，有一处名为"隞墟"的仿古院落为证。

又是"亳"，又是"隞"，我是否可以认为，其实，连郑州自己都不能够确认自己被称之为"古都"的身份，到底是在具体什么历史时期呈现的？既如此，想必我这样一个"外人"，凭着一股子热爱历史的私人小情感，在毕竟是自己生活了20个年头的城市里，走走看看，访访古，说点或许太过私人化的小心绪，倒也不是什么值得拿科技手段测量的事儿了吧。

其实，20年前初来郑州的时候，如今已是郑州地标性场所的科技市场，才刚刚开始筹建；白庙水厂还在；东风渠也只不过是一道弯弯的、

【作者简介】

　　小酉Eric，河南扶沟人。编辑，好文字。出版有散文集《红楼梦中少年事》等。

积满着水草与垃圾的寂寞河沟，两岸皆是齐腰深的荒草，荒草间掩着不知何时已经废弃了的铁轨；如今的农科院北边，那时还是一片偌大的田地，种着各样的庄稼。

那时候，郑州还能够理直气壮地自称"绿城"，满大街都是遮天蔽日的法国梧桐，从文化路上走过，跟现在从纬五路上走过一样，像钻过一条绿色的山洞。

那时候，公园只有两个，人民公园和碧沙岗公园。如果非要再加一个，那就是荒园一般的西流湖公园了。

那时候，现在牛得不得了的郑东新区还连影子都没有呢，西开发区却已在"烂尾"中，化工路上一溜儿的各国风情的微缩建筑杵在那里，皆空着，内里充斥着刺鼻的尿骚味儿。

那时候，"百年德化"步行街还不存在，火车站那叫一个"兵荒马乱"，每次去附近的小商品批发城，转一圈儿出来，就分不清东南西北了。

那时候，"亚细亚"还在，"亚细亚"往西南下去的那块区域，还带着郑州老城的旧时模样，民居零乱而矮小，北下街还是二手自行车的集散地。

那时候，挺爱逛，在北下街买了一辆二手车，郑州大街小巷地逛过去，印象中，却没有如今那高大齐整得像刀切豆腐块儿似的"老城墙"。

那时候……

之所以回忆这么多的"那时候"，只是觉得仅仅20年的时光，郑州就能够有如此翻天覆地的变化，何况那公元前到公元后，传说三四千年前的漫长历史呢？

郑州，这座"年轻"的古都，能够有所古都遗存，真真是万幸中的万幸。

郑重其事的郑州访古之旅，是在去年。

大概是去年的这个时节，也有漫天的绿。因为女儿的社会实践课，要求对自己所居的这座城的历史有所了解，我便就我已知的关于"古都郑州"的知识，对女儿大侃特侃起了郑州的辉煌"古都史"。女儿听了，嘴一撇，撂了一句："郑州也是古都？谁信啊。西安和洛阳，连开封都有城墙，郑州有啥啊？"

我支吾了半天，答说："你不是去过紫荆山吗？紫荆山的那个上面建有亭子的大土堆，就是原来的城墙啊。"理不直，气不壮，毕竟，我也只是听说"那就是城墙"而已。

女儿听完，甩了一句"老爸又骗人家小孩子"，便去给自己的芭比娃娃梳洗打扮了。我愣坐在那里，内心其实是相当受挫的。得了，为了使父亲的伟岸形象不至于因这个问题而瞬间崩塌，索性，让我们来一次正式的"郑州古都之旅"吧，能够真正地看到、触摸到，总比口头上喋喋不休地说个没完，文字上洋洋洒洒、颠来倒去地自说自话个没完，要实惠得多吧。

电动车，载着女儿，捎带着把5岁的儿子也带上，出发。

首先，就往紫荆山奔去。顺金水路行至快到与人民路的交叉口时，金水路右侧赫然入目了"商代亳都都城内城北城墙遗址"。说是城墙，其实，也只是一个长方形的土堆，东西长有几十米，南北宽不过十来米，上下高不过两三米，砌得整整齐齐。停车驻足，沿阶梯上到土堆上方，竟是一块块玻璃覆盖，阳光刺眼，俯身下望。只见下面的坑里，是一片沟壑样的存在。

据专家说，商城遗址城墙有外城和内城，内城城墙是东起现在的城东路，西至杜岭街；南起城南路，北至金水路。如今，可

见的也只有内城城墙。所谓的外城城墙，也只是传说了。大致位置就在东起现在的凤凰台，西至人民公园；南起二里岗，北至河南饭店。

"商代亳都都城内城北城墙遗址"，便是传说中的商代亳都都城内城城墙的北城墙了。内城北城墙和西城墙被破坏严重，如今尚存的，只能在地下找了。印象中，这眼前的北城墙遗址处，在不足20年前，还耸立着的，好像是郑州市博物馆。那时候，从这博物馆门前晃过去，抬眼不无崇拜地看着馆前小广场上的毛主席塑像，怎么也想不到，那博物馆下面埋着的可是几千年前的老城墙啊。想想这所谓的"破坏严重"，竟好像也不是无名小民的所为了。

继续向前，过紫荆山。紫荆山去过许多次，那土坡也爬上过无数次。其实，先前并不知晓这土堆竟然是老城墙一部分，还曾妄自揣度过，冷不丁儿地怎么这儿冒出来这么高一个土岗呢？难道是挖湖的土堆积而成？可看眼前的那处小水坑，也不至于挖出这么多土来啊。如今想来，倒成了笑话，没文化，的确可怕。

从金水路与城东路交叉口，转城东路向南。过金水河，过城北路，便能看到城墙遗址了。

城东路与城北路交叉口西北角处，有一处名为"隞墟"的仿古建筑。大门紧锁，神秘得紧。传说是什么"郑州商代遗址陈列室"。或许因为职业是编辑的缘故，有职业病吧，总觉得这名字蹊跷。"商代遗址"何其大，"陈列室"何其小，一个"遗址"能够放在一个"陈列室"，倒也真是醉了。传说也只是传说吧，印象中，这"隞墟"永远是大门紧闭、谢绝参观的模样。既"亳都"又"隞墟"，不随便让人进去一探究竟，倒也好，倒也无须再听那番自圆其说的说辞。

过城北路，便开始有城墙遗址。商代都城内城墙遗址，如今能直观看到、巍然耸立于地面之上的，都在沿城东路与城南路一线。因是土城墙，上面自然是荒草杂树覆盖，倒也显得生机盎然。

顺城东路，沿"皇城根儿"一路南行，至商城路，拐上商城路向西，不远便有城墙的入口。商城路两侧的城墙，皆可上去一看。北侧的城墙，基本上没什么修缮。东侧墙根下，原本好像是盆景园，如今基本上是荒废了，倒余下些石道小径、绿树环绕，让附近的市民可在此散步溜达。西侧墙根下，原本有许多的老房旧居，如今为保护城墙皆已拆去。城墙之上，散布着各样的野树，多为柿树；树下，野草蔓生，恣意无拘。因少有修缮，墙侧处不时有雨水冲刷或是顽皮孩子做滑道上下的大小沟壑。其实，与南城墙那被现代人修饰得整整齐齐的模样相比，我倒更喜欢这段野生着的北城墙，喜欢它的野趣，喜欢它的自由自在，喜欢它沟壑纵横的沧桑的脸。

从这段城墙上下来，如果沿商城路再往西200米左右，便是郑州的城隍庙了。

很多城市都有城隍庙，郑州的这座城隍庙是明清建筑，同样经历过大灾小难，也被修缮过无数次，基本上算是郑州市区内保存得最为完好的古建筑了。该庙坐北面南，山门、前殿、戏楼、大殿、寝宫、东西廊庑等沿中轴线依次排列，层次分明。但凡春节不回老家过年，留在郑州这座春节没有太多年味的城市里，这城隍庙是必去的。以前去，还要钱；现在好了，政府也不缺那几个钱，免费开放，竟使得来的人更是拥挤不堪了。每年春节，逛城隍庙时，山门外的商城路两侧都是兜售各色各样传统小吃与玩意儿的临时摊点儿，当然也不少于各色各样的乞丐。

从商城路回到城东路上，继续南行，至东大街。东大街与城东路交叉口西北角处，有一处名为"商韵园"的所在。其实，也就是一处小广场，鲜少绿植。商韵园内有一座汉白玉雕刻的仿古式立门，坐落在广场北部的高台上，它坐北朝南，上面有四个金色的大字——"李诫故里"。李诫是郑州管城县（今河南新郑）人，北宋时期的土木建筑家。他著的《营造法式》，是中国流传下来的最详尽、最全面的一部古代建筑大典，也是世界上中古时期以来最完备的建筑专著之一。只是颇为奇怪的是，既然是李诫故里，

从这扇半启的仿古门里走出的却为何是一位风姿绰约的仕女，而不是大建筑学家李诫？是别有寓意还是有什么动人的传说？可惜，在碑记里也看不到，只能凭人遐想了。这位女子是谁？你猜你猜，大家一起猜猜猜！

过商韵园，顺东大街往西，竟有一处我是第一次拜访的，文庙。据查，郑州文庙创建于东汉明帝永平年间，到元代初期时，还占地有37亩，棂星门、泮池、戟门、大成殿、明伦堂、敬亭、尊经阁、土地祠、启圣祠、乡贤祠、居仁门、由仁门、祭器库、乐器库、神厨、育德仓、义仓、射圃厅、宰杀厅、进德斋、修业斋、存诚斋等，应有尽有。只可惜，一场大火烧了个差不多。明清时代，多次重建，结果清光绪年间又遭大火，基本烧光。如今，虽经重建，也只余下大成殿和戟门两座古建筑及几间小厢房了。真是遗憾。倒恨起那两场大火来，如若没有火灾，北城隍，南文庙，这郑州倒也能多出几分古趣来。

东大街两侧的商代城墙，已经是相当"高大上"了。经重修、垫土、加固等"完美加工"，这里的城墙显得膀大腰圆，真真是"土豪"得紧。路南的城墙下，还有游园，倒也雅致。在这里上城墙，无须像登商城路两侧的城墙那样爬沟上坎的了，而是带扶手的木制楼梯。城墙之上，也铺了木制步行道。只是，树少了许多，寥寥几棵寂寞地长着，野草更无，露着城墙惨白的黄土面。从此处一路向南，是可以一直到城南路沿线的城墙的。

城南路，小小的街，略显秀气，路北侧便是东西走向的城墙。路与城墙之间，是绿植遍布的游园，游园与行车道中间竖了刷着暗红漆色的木质栅栏。车不多，行人不多，游园里散布着一两处仿古建筑，实为墨轩、

画廊，一切都那么安安静静，倒使我不觉喜欢上了这条头一次拜访的小街。

沿城南路向西，到与紫荆山路的交叉口。此处城墙内侧、书院街入口南侧有一古院落——郭家大院。这里也是郑州最后的四合院老民居了。站在大院门口向里望，庭院深深，却破败难掩。里面依旧住有人家，临街房里依旧有做着小生意的租户。最后的四合院，西墙处是紫荆山路，北门处是书院街，右首与身后皆是一处名为"书院游园"的小公园。大院就那么孤零零地兀自立在那里，像被遗弃了一般。郑重地祈祷，千万不要在某一天突然被强拆，那样，郑州又少了几分古韵；真诚地希望，能够修缮维护，仅此一处的遗存，为什么不当成宝贝，而是依旧任由俗世的烟火与生活垃圾去打扰它？

可观的商代城墙到城南路与南顺城街交叉口附近便结束了。这一片，俨然已是郑州的老城区，街道的名字都透着古韵。偶尔，还会与一两处老建筑撞个满怀，可惜，也已只是近现代的了。

出顺城街，再折管城街，目的明确，只为拜访另一处古迹遗存，那就是清真寺。地址很偏，几乎都是小街，众里寻她千百度，闻到浓浓的羊肉膻味，便能靠近。清真寺因地处北大街，故又名"北大街清真寺""北大清真寺"或"北大寺"，是伊斯兰教在郑州建造最早、规模最大的清真寺。始建于元末明初，现寺内尚有明代宣德炉两只，为稀世之物。驻足清真寺大门外，抬头看建筑宏伟，不时有头戴白帽的人默然进寺，不觉心内生出许多的庄重来。很羡慕，那些个有着自己深深的、真诚的信仰的民族与人群。

最后便是商城路与人民路交叉口、郑州市体育馆西侧的那处小游园了。绿植遍处，独有一商鼎巍然矗立，无言地告诉来者：这里是古代"商城"，这里是古都郑州。

一圈儿转下来，除了古城墙，关于郑州古都身份的"风景"，只能去各样的文字记载与传说当中去赏看了。或许，某一天，走进河南省博物馆，甚至国家博物馆，冷不丁儿地撞见一处"神器"，听讲解员说，这是出土于郑州商代遗址的，或许，那时候依然会惊叹：原来，郑州真是古都啊；原来，郑州也能出土这样古老的、有价值的文物啊！

郑 韩 故 城

曹 磊 | 文

茫茫神州，悠悠故国，怎能追寻中原大地两千多年前的漠漠风尘如酒春色……

白云苍狗，慷慨悲歌，怎能诉尽郑州上下多少年来的滚滚狼烟悲欢离合……

列国诸侯，争霸称雄，一座土城怎能承载这金戈铁马千种传奇万般风情……

雄踞轩辕之丘、溱洧之滨两千七百余年、绵延四十余里的郑韩故国都城，是我国现存比较完整的东周城垣，1961年被国务院公布为第一批全国重点文物保护单位，2001年被评为"中国20世纪百项考古大发现之一"。城内，郑公陵墓群、韩王陵墓群、望母台、武公台、梳妆台、宣圣台等古迹星罗棋布；郑国宫殿、韩国宗庙、铸铁、铸铜、制骨、制玉、制陶等遗址规模宏大，令人叹为观止；郑、郭、段、京、经、侯、尉、冯、游、韩、何、荥、索等姓氏名族，皆源于郑韩故国，子孙后裔血脉相连。这就是郑韩故国留给后人的深厚历史积淀。

春秋战争之多者莫如郑，战国战争之多者莫如韩，古人如是说。

历史上最早的郑国在陕西棫林（今陕西华县一带），开国君主是周宣王之弟郑桓公姬友。犬戎之乱中，郑桓公死于国难，郑武公等人辅佐周平王东迁洛邑。后来郑武公用计相继灭掉了郐、东虢、胡等国，于公元前769年前后，在溱水和洧水之间（今新郑市）建立新都，国号仍称为"郑"。为区别西周王都镐京附近的旧郑，这里称做"新郑"，一直沿袭至今，这就是新郑的来历。公元前375年，韩哀侯灭郑，将国都从阳翟（今河南禹州）迁到新郑，直到公元前230年秦始皇灭韩，两国在此立都达539年之久，因此得名"郑韩故城"。

【作者简介】
曹磊，河南郑州人。杂志社编辑。曾为《郑州晚报》记者。

郑国揭开了春秋诸侯争霸的帷幕，韩国傲立于"战国七雄"之列，两国地处中原咽喉之地，四周强国环立，诸侯交相攻伐，有时甚至是13个诸侯国的联军兵临城下。由于战乱频仍，郑韩两国历代君主都很注重城墙的修建，故此郑韩故城规模宏大，巍巍壮观，在春秋战国时期仅有楚国郢都和秦都咸阳可与之比肩。

现存的郑韩故城面积约16平方公里，周长20公里，墙基宽40—60米，顶宽3—5米，高6—19米，平面呈牛角状，俗称"四十五里牛角城"。它是世界上同时期保存最完好的一座土城。

郑韩故城能够存在到今天，与它有超强的实用价值密不可分。首先就它的选址而言，夹河而筑，环水而就，现存高度一般在6米到19米之间，直上直下，再加上河水的深度，自成天险，易守难攻。时至今日，郑韩故城的防御功能依然能够显现，若是把守住南关大桥、西关大桥、北城口、人民路大

桥、黄水河大桥，你的人车休想逃出城去。由此，我们不能不佩服前人在选址上的超常眼力，后人有诗单咏新郑地势曰：

南对一山夸虎峙，西来三水美龙环。

郑韩分茅控此间，龙争虎霸五百年！

风雨沧桑中，郑韩故城多了几分凝重和浑厚。这座雄伟壮观的古城，其中有两次几乎是遭到了灭顶之灾。

一次是因为秦始皇，秦始皇统一六国之后，为了防止六国旧贵族东山再起，于秦始皇三十二年（公元前215年）毁城郭，决通堤防。郑韩故城的部分城门、城阙和城垣，可能就是在那个时候被破坏的。另一次则是在日寇侵华期间。

尽管遭临一次次劫难，然郑韩故城依然坚强地耸立着，笑看两千七百多年的风云变幻，溱洧之水从它身边滚滚流过……

20世纪90年代，通往郑州的郑新路要扩

路了，经济发展和文物保护产生矛盾，要在以往，这段城墙将很有可能被拆掉。这次，新郑市没有鲁莽行事，而是请示上报到国务院，国家文物局不同意拆除，于是路的另一侧就从1958年修筑新密铁路时留下的缺口修了，中间的这段城墙被幸运地保存了下来，修上亭子，竖上"郑韩故城"的牌子，一段几近被拆的城墙却成了一座城市的标志。

几座古城池，本是同根生，令郑韩故城没有想到的是，位于新郑溱洧之滨、历经两千七百多年风雨的它，却要为本已成定论、今又多出诸番争议而犯愁。

如今，与郑国稍有关系的古城池，哪怕是郑国的某个君主或许曾在那里停留过几天，都在力争能够戴上郑国都城的桂冠，最不济也希望鱼目混珠，把水搅浑。

揭开历史的迷雾，真正与郑国国都能沾上边的，只有以下几座城池：陕西棫林，是郑国开国君主郑桓公的始封之地，这个没有异议；郑韩故城是全国重点文物保护单位，且有出土文物与文献佐证，这个争议也不大；现在，关键是郑武公东迁之后，至何时在新郑定都为止，中间的落脚点在何处，争议颇大。实际上，稍有历史常识之人就会明白，一个国君暂时落脚的地方如果都能算得上是国都的话，谈定都还有什么意义？而且郑国是提前在虢、郐之地借城十座，先安置了一部分部族。来到中原地区后，很快就灭掉东虢、郐、胡等国，在溱洧水之间立都，称为"新郑"，史有记载，确凿无疑。即使郑武公东迁在新郑定都之前，有落脚之处，也应该在京襄城。京襄城址位于今荥阳市东南约十公里的京襄城村四周。《括地志》载："京县城在郑州荥阳县东南二十里，郑之京邑也。"周襄王十六年（公元前636年），周有"叔带之乱"，郑文公迎周襄王居于京，故亦称京为"襄城"，后世又合称

为"京襄城"。1986年11月21日河南省人民政府公布其为河南省文物保护单位。郑庄公曾封其弟共叔段于此，称"京城太叔"，这也是公认的。

《左传·隐公十一年》记载：郑庄公在灭掉许国时说："吾先君新邑于此。"指的就是今日郑韩故城。城内有武公台，又称"授印台"，位于新郑市东关郑韩饭店院内，高约5米，底边周长约30米，以黏土夯筑而成。明代孙元贞有诗咏武公台：

> 武公昔筑台，拜授天王恩。
> 东迁树勋业，殊锡延后昆。
> 国祚逐运化，遗迹今犹存。
> 悠悠百世下，不忘周室尊。

新郑市内今存梳妆台，相传是郑武公嫁女于胡时，郑姬出嫁时筑台梳洗打扮之处。位于城北郊阁老坟村西南，现存台高5米，南北长135米，东西宽80米，地表建筑已荡然无存。新中国成立后，经文物部门调查发掘，发现台上有水井和地下排水管道，四周有围墙基址。

近来，又有人提出"文公徙郑"一说，其目的还是拉长郑国东迁后至定都新郑的时空。其实，此说与新密的古城寨没有关系，而倒是与栎邑有关，栎邑在今河南省禹州市一带，是郑厉公在争位失败后的暂时落脚之地。在此他与郑君子婴对峙了17年，杀死郑君子婴后，与栎邑的联系依然还十分紧密，相当于陪都的地位。而郑文公是郑厉公的儿子，他对栎邑的感情当然没有郑厉公深，他从栎邑迁到新郑，倒也合乎情理。

另外，在犬戎之乱中，一部分郑国臣民南逃，到了褒国附近，安定下来，也就是今天陕西省西南部汉江上游的南郑县。

细考历史，郑国都城的所在即明矣！

　　商丘，作为商祖之庭，在历史上曾经叱咤风云过。只是，在近现代却沉默着，像退隐而去的高人，在那一方土地上，不急不躁、不声不响地"修养"着自己的身、"修炼"着自己的心。如果你真正地走进商丘的大街小巷，大气的城墙、秀气的侯方域故居、神秘的火神台，依然会让你触摸到它厚重的历史与蓬勃的生命力……

商丘赋

李书伟｜文

余友在京，未识商丘。问余如何，余告之曰——

夫商丘者，地处中原，豫之最东。苏、鲁、豫、皖，四省接通。东临徐州，西接开封，北倚齐鲁，南毗金陵；交通发达，道路纵横。黄金十字架，京九陇海，集散八方之物产；欧亚大陆桥，连霍高速，汇通天下之贸易。

厚亦哉，我商丘！

混沌初开兮云天茫茫，古之生民兮聚居此方；黄河滔滔兮淮水汤汤，天命玄鸟兮降而生商。邦畿兮千里，肇域兮四疆。人文灿烂，历史辉煌。华夏文明，此多发祥。燧人钻木，迸出人间第一火，作别茹毛饮血，人类文明始迈步；王亥训牛，初创牛车第一乘，始得以物易物，世间商人由此生。伏羲始祖，狩猎睢水造弓箭；炎帝先宗，躬身此处兴农耕。伊尹创药汤，佑尽天下生命；仓颉造文字，遂作万世文宗。孔子祖籍，半部《论语》治天下，儒道兹始；老庄故里，一篇《逍遥》诵千秋，道教遂生。葛天一曲，五洲始有乐声起；杜康三杯，四海初闻黍酒香。帝喾陵，至今尚留高辛氏；阏伯台，世界第一观星处。襄公会盟，指杖春秋争五霸；高祖斩蛇，挥剑芒砀奠汉基。张巡守睢阳，一腔豪气贯日月，独挡半壁河山；太祖起归德，自此商丘号南京，始建大宋帝国。应天书院，范仲淹坐馆，先忧后乐从兹起，遗响岳阳楼畔；花木兰祠，巾帼亦豪杰，披坚执锐驰疆场，流芳后土高天。四忆堂中，文采斑斓留诗句；桃花扇上，爱情悲歌动千秋。千古人物俱往矣，一代风流看今朝。淮海大决战，此处设作总前委，刘邓指挥若定；英雄彭雪枫，赤胆忠心报祖国，红叶永不凋零。

韵亦哉，我商丘！

【作者简介】

李书伟，商丘市作协副主席，睢阳区作协主席，睢阳区政协书画院院长，商丘南湖诗社社长。

汉筑梁园兮三百里，奇花异石兮尽瑰丽。梁园好兮最宜家，天下文士兮归依。邹枚兮倾情，司马兮忘归。文君抚琴兮秋波老，惠连愁云兮雪纷飞。江淹一别兮春苔生，来复去兮长河湄。李白十载兮梁园客，杜甫登高兮发浩歌，高适垂钓兮雁池畔，昌龄独悲兮暮天阔。司马光，南湖临水咏佳句；苏东坡，把酒折梅上小楼。文天祥，张巡祠畔多感慨，一阕沁园芳千古；侯方域，壮悔堂中思故国。明清古文鼎三家。人杰地灵，江山代有才人出；华章流彩，文坛星宿布星罗。

美亦哉，我商丘！

辽阔平原，物阜粮丰。沟渠纵横，良田万顷。绿树红花连阡陌，四时风光如画；碧水蓝天起白云，处处景色宜人。登高四望，姹紫嫣红，满城高楼花如海；循街一游，璀璨满目，琳琅商品列四衢。商丘古城，已沐千年风雨，依然古风古韵；明清四合院，更历百年沧桑，仍是古色古香。最是城外环水，四围绿波，波映古城，古城照波，一幅绝美图画，可叫游人尽忘返；难得天赐南湖，风光独绝，芳草绕堤，杨柳婆娑，几人画舫载酒，乘暇吹笛赏明月？百里芒砀山，平芜绿尽见突兀，紫气氤氲，千年王气今萦绕；几处汉墓群，气势恢宏多胜迹，人文灿烂，无数游人竞唏嘘。黄河故道，碧波万顷烟渺渺；沿岸大堤，杨柳堆烟鸟依依。接天莲叶，映日芙蕖；翠色匝地，百鸟翔集。但进商丘，四时浏览皆如画，不叫游人枉来；只入古城，

一路俯仰尽为诗，更须观者品味。佳酿林河，千年泥池，一口香韵真绵远；好酒张弓，百代古窖，三杯清洌总无穷。商丘特产，沿街可细细挑选；地方小吃，闲坐去慢慢品尝。

壮亦哉，我商丘！

八百万人民，勤劳勇敢，描绘出多彩大地；一万里河山，钟灵毓秀，翻卷起滚滚春潮。千年人文积淀，灵气氤氲；万家民风淳厚，达理知书。讲素质，商丘人敢跷大拇指；论品德，豫东客可称属一流。任长霞，赤胆为民，以身殉职，嵩岳长麓共下泪；李学生，义薄云天，舍身救人，温州大地皆动情。大发展，已具备多方基础；绘宏图，更定出大政方针。四处客商云集，共识风水宝地；八方宾客浪涌，同谱盛世华章。同心同德构建和谐社会，群策群力唱响进步诗篇；云蒸霞蔚，但行处艳阳高照；天朗气清，瞻前程丽日行天。何妨闲暇一游，细品热情洋溢之感觉；更须投资兴商，倍感周到服务之舒畅。

伟乎哉，我商丘！愿一游乎？

友曰："如此佳处，吾竟未识，憾矣！近将一游。"

余曰："吾将待子于南湖之畔！"

泱 泱 大 商

李广瑞 | 文

　　甲午年仲春，田启礼同志将他所著《泱泱大商》的书稿清样送给我，请我为之作序。尽管我年事已高，并且正在集中精力整理《商宋春秋》一书的文稿，空余时间不多，但启礼同志对家乡商丘热爱的激情和这本专写商丘历史的文化散文集，使我为之所动，还是欣然答应了。

　　我对启礼同志是比较了解的。他生在商丘，长在商丘，工作一直在商丘，退休后又安居在商丘，是地地道道的商丘人。他对商丘有一种特殊的神驰和迷恋的感情。我感觉，这种情感，并非是他生于斯长于斯，更重要的是，商丘有着悠久的历史、灿烂的文化，在这块神奇而美丽的土地上，产生过载入中华民族皇皇史册的伟大人物，演绎过中国历史上最光彩夺目的绚丽画卷，使得启礼同志把文学的笔锋触及了历史深处。

　　商丘是中华民族的发祥地之一。遥望历史时空，早在一万多年前，这里气候温和，河流纵横，湖泊沼泽连片，丘岗起伏连绵，土地肥沃，水源丰富，草木茂盛，野生动物成群结队，为远古的氏族部落提供了理想的生息繁衍之地。燧人氏在这里发明了人工钻木取火，使人类结束了茹毛饮血的历史，告别了蛮荒时代，开创了人类文明历史的新纪元。燧人氏被称为"中国的普罗米修斯"，商丘被授予"中国火文化之乡"。神农氏曾在这里发明原始农具，教民种植五谷。"五帝"中的颛顼、帝喾均在这个区域活动，并建都于此。黄帝的史臣仓颉在这里创造了中华最早的文字，使人们开始挣脱愚昧的桎梏。"天命玄鸟，降而生商"，这里是商部落的起源和聚居地，商人、商业、商文化的发源地，商朝开国之初的建都地。西周时的宋国定都于此，秦时的砀郡、西汉时的梁国治所在此。到了北宋时，因开国皇帝赵匡胤发迹于商丘，把商丘改为"应天府"和"南京"，作为陪都。赵构在商丘登基，建立起南宋王

【作者简介】
　　李广瑞，著名学者，商丘日报社原党委书记、社长，商丘市炎黄文化研究会副会长。

朝。其他朝代也都有在这里设郡置州，把商丘作为神州重镇。一部商丘史，记录着商丘的进化史，记载着各个朝代的兴衰史，折射着整个中华民族的文明史。

商丘物华天宝，地灵人杰，在漫长的人类历史长河中，这里不仅孕育了许许多多声震寰宇、改变世界的先祖先宗，出现了大批帝王将相，而且孕育出许许多多的圣哲先贤，涌现出众多的政治家、思想家、军事家、文学艺术家、科学家等。这里是孔子的祖籍，老子的近邻，庄子、墨子的故里，是司马相如、枚乘、邹阳、李白、杜甫、高适、韩愈、欧阳修、苏辙等文学大家的宦游之地。孔子曾在这里讲学，孟子曾在这里客居，汉高祖在这里斩蛇起义，颜真卿在这里留下墨宝，范仲淹在这里苦读和执教，苏东坡在这里题榜，苏三在这里吟唱，巾帼英雄花木兰在这里替父从军……他们都与商丘有着不解之缘。当代党和国家领导人也在商丘留下了光辉的足迹。

万年之积淀，万年之守望，商丘这片古老而美丽的土地上，历史遗存众多，古迹名胜星罗棋布。这里有燧人氏墓、炎帝朱襄氏陵、帝喾陵、仓颉墓，有世界上最早的天文台——阏伯台、被国务院列为全国历史文化名城的归德古城、被称为"汉十三陵"的永城芒砀山汉墓群、梁孝王与司马相如吟诗作赋的行宫清凉寺，以及伊尹林、微子祠、宋襄公望母台、陈胜墓、孔子还乡祠、汉高祖斩蛇处、木兰祠、我国古代著名四大书院之首的应天书院、壮悔堂等，共同构成了丰富的文史景观，更加丰厚了商丘的文化内涵。

在商丘这片土地上奋斗过的先人们留下了这些地上地下的遗存，留下了智慧，留下了文化积淀，引领着商丘人创造了辉煌的商宋文化。商丘古朴沧桑的历史文化博大精深，异彩纷呈。

时光流逝，风雨侵蚀，泱泱之大商，余韵仍绕梁。启礼同志把搜集、整理商丘古老的历史文化，当作自己不可推卸的历史责任。尤其是在日新月异的现代化时期，遗存数千年的文化符号，正在一点一点地被吞没和消失，传承与弘扬优秀传统文化，更是有着特别的意义。

《泱泱大商》基本上囊括了商丘现有的主要历史遗存、旅游景区及圣贤名人，时间跨度万年之长，涉及政治、经济、军事、科技、文化等诸多方面。内容之丰富，涵盖面之广，可说是史无前例。可以说，一册《泱泱大商》在手，让人阅尽商丘万年风云，算得上是一本历史文化散文之佳作，更是让人了解商丘历史风物的普及读本。

启礼同志以散文笔法去写商丘历史文化，颇费一番工夫。文章的题目、结构、开头、结尾及内容叙述等，都有独到之处。文中不仅有遗址的交代，还有对现实景致的描写；不仅有典籍史料记载、历史典故与民间故事，并且还有自己的思想认知，文章别开生面，生动而鲜活，具有较强的文学性、史料性和可读性。当读者捧读这本集子的时候，能够感受到，既了解了商丘的古老厚重的文化，又有一种赏心悦目的精神享受，从中受到启迪，获得思想和情感的收成，使人有一种别开生面的新鲜感、厚重感。

商丘古城的文化密码

蒋　庄｜文

一座城市的成长历程，无不蕴含着丰富的文化生存状态。

当它经过一次次风吹雨打，挟着遍体沧桑走到我们面前时，那周身烙着的斑斑点点的历史遗迹，给我们带来了无限的人文气息，强烈地震撼着我们的心灵，使我们清晰地看到了它艰难而顽强的行走轨迹。它行进中的每一个辉煌时刻，也都深深地留在了人们的记忆深处。这种以实体的形态而承载意识的形态、以物质的要约而闪烁精神的要约，是每一座值得人们尊敬的城市所共有的特点，也形成了各自富有地域性特征的文化环境。

商丘古城作为衔扼江淮、锁钥东西的历史重镇，曾先后称亳、丘商、宋国、梁国、梁郡、睢阳、宋州、应天府、南京、归德府、商邱等。这里平原一派，沃野千里，四季分明，是中华民族的发源地之一。它以显赫的地理位置、优越的自然条件、灿烂的人文成果，长久以来都在中华文明史上占据着重要地位。

远古时期，这里水草丰美，气候湿润，是人们繁衍生息、创造史前文明的地方。约公元前22世纪，黄帝的后裔颛顼迁居商丘，后来帝喾高辛氏、阏伯等分别在这里封土。舜帝时期，契因功封于商。公元前1600年，契的十四世孙成汤在这里建立大商一朝。西周时期，成王封微子启于宋，始建宋国，商丘真正成为一代封国的都城，商丘古城的历史也从那个时代开始了。

春秋战国时期，诸子论道，百家争鸣，以商丘为地域轴心，先后产生了以孔子为代表的儒家思想、以庄子为代表的道家思想、以墨子为代表的墨家思想、以惠施为代表的名家思想，长时期影响着中华民族思想发展的走向。

【作者简介】

蒋庄，本名蒋友亮，河南商丘人。河南省作协会员，著名作家、文化学者。出版有长篇文化随笔《商丘古城的文化密码》，此文即为该书引言。

秦汉时期，刘邦在商丘一隅的芒砀山斩蛇起义，开大汉王朝数百年基业，商丘也成为刘汉王朝的龙兴之地，形成了绚烂多姿的汉梁文化。

隋朝时期，大运河从商丘穿境而过，商丘的城市定位迅速从军事战略重镇向经济战略重镇转轨。唐朝时期，以张巡、许远为代表的满城忠烈，在这里与"安史之乱"的叛军展开了气壮山河的睢阳保卫战，挽救了大唐王朝的命运。

两宋时期，赵匡胤兵驻商丘，一杆棍棒打天下，结束了五代十国的动荡局面。他遂以商丘的旧称为号，始建宋朝，史称"北宋"。北宋灭亡后，赵构又在商丘登基称帝，史称"南宋"。以一地而兴一朝、以一城而扶两代，这种现象在中国历史上是绝无仅有的。

明清时期，这里既产生了以侯方域为代表的著名文学团体雪苑社，又涌现了以宋荦、汤斌为代表的清官能吏群体，形成了文明风清的大好局面。

解放战争时期，商丘曾作为淮海战役总前委所在地，邓小平、陈毅等老一辈无产阶级革命家在这里一个叫张菜园的村子里运筹帷幄，指挥了决定中国前途命运的大战。

从中可以看出，商丘古城自建成以来，一代代聪明智慧的商丘人，用勤劳的双手为它的成长精心地打扮着、梳妆着，使它在一颦一笑、举手投足之间，都流露出商丘独特的地域特征。那么，在它的一砖一石之上，所保留的绝不仅仅是风霜的斑驳、岁月的遗痕，更是那些历经长期沉淀、凝聚、升华而成的文化理念，那些已经渗透到商丘人生命基因中的人文精神。

商丘，用自己的方式为我们搭建着一座文化城堡，为我们开启着广阔的记忆之门。这里的每一块城砖都能让我们深切地感受到代代传承的文化脉络，体验到那抚慰心灵的文化温暖。

我试图从文化生存、文明成长的角度，寻找商丘在各个朝代、各个时期历史坐标上的位置，系统梳理和全方位解读大商丘意义上的人文历史，深入探究商丘古城在物质层面、精神层面上的形成和发展进程，以及它对中华文化、中华文明所产生的点点滴滴的影响。同时，力求通过翔实的史料和精到的思考，厘清一些关于商丘的文化之谜。比如，"商"字到底是怎么来的？"玄鸟生商"中的"玄鸟"到底是一只什么样的鸟？"商丘"为什么曾经称"商邱"？商丘人的性格是怎样形成的？商丘的方言土语对传统文化产生过怎样的影响？

现在，就让我们打开引擎，搜索记忆，沿着商丘古城的前世今生，去回味它成长过程中的一个个经典时刻，去寻找构筑它实体生命和精神生态的文化密码……

商丘古城里吹吹风

宋 璨 | 文

　　游商丘古城是我很长时间的心愿了，虽在眼皮子底下，可每一次到商丘办事总是匆匆而过。曾给孩子许诺暑假带他们出去玩玩，但总是诸事缠身，一拖再拖，前几天，我抽个周末终于带他们到古城一游，也算了却了一桩心愿。

　　商丘古城始建于明朝正德六年（公元1511年），距今已有五百多年的历史。全城外圆内方，形如古铜钱。虽历尽沧桑，但整体风貌保存完好，城墙耸立，颇为壮观；四面环水，碧波潋滟；"城在水中，水在园中"，宛如建在图画中一般，堪称中国古城池的典范之作。城内文物古迹精彩纷呈，如著名的张巡祠、应天书院、侯方域故居、八关斋、文雅台、明清一条街等，都仿佛在向人们诉说着它悠久辉煌的历史。

　　我们先游侯方域故居。这是个四合院，砖木结构的建筑，墙装青砖，顶盖垄瓦。屋脊有青兽压顶，屋内有木屏相隔。门窗镂花剔线，圆柱浮雕龙凤，就连床和桌椅都有极工细的雕花，充分显示了清代匠人的精湛技艺。主楼叫"壮悔堂"，里面置有侯方域和李香君的全身蜡像。李香君身着红衣，正颔首深情地抚琴，英俊洒脱的侯方域一袭白袍，一手执扇站立一旁，似在静静聆听。西楼名曰"翡翠楼"，是李香君居住的地方。东楼"雪苑社"，是侯方域与诸文友吟诗作赋之处。细细观看他们曾经生活的场所，想象着几百年前他们在这里演绎的人间的悲欢离合，让人唏嘘不已。

　　曾读过孔尚任的《桃花扇》，这出戏描写了侯方域与李香君刻骨铭心的爱情故事，结尾有些浪漫，让他们双双出家，远离红尘。但现实生活中却注定是一出缠绵悱恻的悲剧。据说李香君几经磨难随侯方域来到商丘，虽然"有情人终成眷属"，但婚后生活并不幸福，曾经身为青楼

【作者简介】
　　宋璨，河南民权人。中国散文家协会会员，河南省作协会员，河南省书法家协会会员。

女子的李香君，固然很难为当时的世俗所接受，何况当时侯家是商丘的显贵名门。在巨大的舆论压力下，李香君只好移居侯府南园，不久便抑郁而死。侯方域在《李姬传》中记述了香君对他的深情厚意："姬置酒桃叶渡，歌琵琶词以送之，曰：'公子才名文藻雅不减中郎。中郎学不补行，今琵琶所传词固妄，然尝昵董卓，不可掩也。公子豪迈不羁，又失意，此去相见未可期，愿终自爱，无忘妾所歌琵琶词也！妾亦不复歌矣！'"钟子期已没，何人再听高山流水之音？李香君虽然是沦落风尘之人，但实在是世间少有的刚烈忠贞的女子，侯方域遇到这样一位红颜知已应该值得庆幸。然而最让侯方域一生追悔的恐怕正是人生这最难忘的一幕。侯方域随后将自己的居所命名为"壮悔堂"，整理文集，追思痛悔，37岁时就郁郁而终。

古城正南巍巍矗立着高大的张巡祠。张巡、许远是"安史之乱"中血战睢阳而壮烈殉国的民族英雄，他们在内无粮草外无援兵的条件下誓与叛军血战到底，用生命写下了历史上最英勇最壮烈的篇章。记得韩愈在《张中丞传后叙》中盛赞张巡、许远、南霁云等视死如归、为国尽忠的爱国精神："守一城，捍天下，以千百就尽之卒，战百万日滋之师，蔽遮江淮，沮遏其势，天下之不亡，其谁之功也！"参观张巡祠，千年前的英雄人物如在眼前，我深为他们忠义英烈的事迹而感动。

随后我们参观了著名的应天书院。应天书院与江西庐山的白鹿洞书院、湖南长沙的岳麓书院、河南嵩山的嵩阳书院在我国北宋时并称"四大书院"。翻开应天书院的历史，著名的政治家、文学家范仲淹与应天书院有着不解之缘，范仲淹曾两度在此，成就了书院的辉煌。范仲淹从1011年到此读书，至1015年考中进士入朝为官，这五年间都在这里发愤求学。他在《南京书院题名记》中说："聚学为

海，则九河我吞，百谷我尊；淬词为锋，则浮云我决、良玉我切"，"博涉百家九流之说""有忧天下之心"，可见其雄心壮志。十年后他为母亲守丧，受留守晏殊的聘请又与戚舜宾一起主持应天书院，让应天书院达到了学术的顶峰。

南湖的风景真美。湖水一片碧绿，不时有鱼儿跳出水面，引得游人驻足观赏。湖边植有草坪绿树。木制的走廊船一样环湖而泊。天气微阴，从湖面吹来阵阵清风，使人神清气爽。空气这样新鲜，景色这样迷人，四周这样安静。偶有声响，那是情人卿卿我我的耳语；再不然，是鸟儿在湖边树上驻足停留的声息。

古城的风，古朴的风，典雅的风，它从商周吹来，从唐宋吹来。古城的风，自由的风，凉爽的风，它从岸边吹来，它从湖面吹来。古城的风，轻松的风，快乐的风，它轻轻拂在脸上，拂在心里，极熨帖，极舒适，极惬意。我和孩子们躺在湖边吹着风，那感觉真是太美了，我真的感觉自己就要沉沉地睡去，好像睡了一千年。耳边仿佛响起那首伤感而又动听的歌："想起你爱恨早已不再萦绕／那情分还有些味道／喜怒哀乐依然围绕／能分享的人哪里去寻找／很想和你再去吹吹风／去吹吹风……"

时近中午，我们在湖边吃了点小吃，然后去湖东的游乐场玩。在那里，孩子们一个个玩得满头大汗，十分尽兴。看着他们玩，大人也高兴。我坐在那儿看看书，吹吹风，打打瞌睡，不知不觉过了两个多小时。这种生活多么有情趣啊，还有什么不顺心的事呢？看看风景，吹吹清风，陪孩子玩一玩，就什么也不想了。唉，人活着，总感到忙，没时间放松，没时间陪孩子，可见那一切都是借口。

什么时候你感到生活疲惫了厌倦了，就让我陪你到古城去吹吹风。

礼拜商祖

黄家煜｜文

作为一个河南人，很久之前便有了去商丘一游的打算。只是每每都被去过商丘的朋友以各样的理由劝阻："很破的一座小城""除了老城墙有些看头儿之外，其他的真没啥"……"听人劝，吃饱饭"，到底也不是什么紧要的事儿，便一推再推，竟是匆促间数年已过。

今年暑假，女儿的暑假作业竟然是考察省内几座曾经做过都城的古城，看一些它们的古往今来。盘点河南的古都，开封、洛阳不必多说，郑州也勉强算一个。竟不想，商丘也赫然在列。除了商丘，那些个"古都"皆已去过，这趟商丘之旅终于成行。

"归德府"，这是商丘的旧称，是比"商丘"二字不知要好听上多少倍的名字。归德府老城墙巍峨高耸，侯方域故居因了李香君的出现多了些香艳无比的色泽来，便是那火神台、阏伯台，也不经意间终能让人窥见商丘那曾经挥斥方遒的雍容气度来。却不想，竟然还有一个所在，竟是我这等对商丘历史孤陋寡闻之人在此之前闻所未闻的，那便是——商丘更是商人之祖庭，这就像淮阳是人祖之庭、新郑是万姓之庭一般，在每年的某些个日子里，海内外的中华商业之子到此聚集，共同祭拜商祖王亥，共谋商业之粲然未来。

王亥姓子，名亥，又名振，因首尊为王，所以称王亥。它是阏伯的六世孙，商汤的七世祖。他驯牛造车，以物易物，肇始经商，故被后人誉为"华商始祖"，遂建庙祀之。商丘，也因此亦被誉为"华商之都"。

商祖祠位于商丘古城西南华商文化广场内，是为纪念华商始祖王亥所建。该景区主要由三商之门、富商大道、万商广场、商祖殿、三商大道、花戏楼、阏伯台等几个部分组成。商祖庙的山门是由三个变形的甲

【作者简介】
黄家煜，河南潢川人。现供职于郑州某教育培训机构。

骨文"商"字组成的，也叫"商祖门"。大三商即：玄鸟生商、王亥经商、成汤都商。小三商即：商人、商品、商业。三商之门象征商丘是商部落肇兴地、商业的发源地、商朝的建都地；门上三只腾空的玄鸟，寓意商人、商业、商丘都在腾飞。

进山门是一条笔直的富商大道。富商大道上有各个历史时代的货币图案。按朝代先后顺序，把每个时期使用的货币，雕刻在大道上。远古的贝币、商周的刀币、汉代的五铢钱，以及满清的银元、铜板，应有尽有。大道宽九米，由进三商之门开始，穿过万商广场，一直延伸到王亥塑像前。富商大道的寓意是富商丘、富商人。

再向里走有商旺门、商德门。商旺门由两根石柱组成，高7.2米，直径0.8米，柱身上有古币、金蟾、貔貅和中国印图案。柱头是火炬形，寓意商人事业红红火火、生意兴隆。柱头下伸展的两翼，翼下洪流，寓意经商有道、财源滚滚。

过商旺门就是商德门。商德门柱头为玄鸟生商图案，柱头阴阳两侧有"仁""义"二字，寓意商人要有商德。柱身上有王亥功绩图和中国印图案，人物形象逼真，动物栩栩如生。

富商大道尽头是华商始祖王亥像。像高9.5米，重达5吨。王亥魁梧高大，既有王者风度，又有商祖风范。

因王亥是中华商业始祖，也是举办国际华商文化节的核心理由，所以，王亥塑像的设计和制作就显得异常重要。由于王亥本身是夏代中期诸侯国商国的国君、商部落的首领，不是一般意义上的商人，他带领商部落人到其他部落以物易物，除了一般意义上的物质交换，以满足生活、生产需要等经商行为之外，还具有增强国力、开拓疆域等政治目的。王亥的这一身份和地位及其活动性质

和目的决定了他是一个"亦王亦商"的人。这尊塑像既表现了王者气概、大家风范，又表现了商人的睿智精明，人物造型动感逼真，面部表情慈祥亲和，准确反映了中原人特有的气质、体质特征。

大道两侧的广场地面上全是不同写法的"商"字图案，广场南侧东面有一外圆内方的古钱雕塑，西面为战国古币雕塑。大道两旁有两个水池，池中有两条带帆的金船。池边护栏处还有金蟾，金蟾嘴里还叼着金钱。大道两旁还有牛拉四轮车、石磨、石碾、碓窑等物。

王亥塑像背后便是商祖王亥庙。庙东边是武财神庙，里面祭祀的是关羽；西边是文财神庙，里面祭祀的是比干。

整个商祖庙，其建筑、雕塑无不与金钱、经济有密切关系，这也与邓小平的改革开放、发展经济的理念如出一辙，只有国家、人民富裕了，社会才能进步，国家才能安定，才能达成和谐、和睦、和平。

刚开始学着做生意的妻在王亥面前倒身下拜，一个劲儿地说："祖师爷，多多关照，多多关照。"

厚重的文化之城：商丘

任 飞|文

公元1016年的一天，年轻的范仲淹告别了笼罩在淡淡晨曦中的应天府城，回望巍峨苍茫的应天书院，眼睛里是薄薄的一层泪光。像五年来每一个平常的日子一样，这个时候，他也许应该伴着风吹竹林的声音朗朗地读书了，街市的喧嚣经过这一池春水的过滤，远隔在红墙碧瓦的书院之外，消弭于安然平和的心境之中。而这天，弱冠负笈的身躯显得有些寥落和单薄，但掩饰不住深藏于眼底的自信与从容。他对着城门的方向深深地吸了一口清新的空气，虽然不舍，终于还是迈开了坚实的脚步，施施然地走出了古城，留下了一个"先天下之忧而忧，后天下之乐而乐"的背影，让人们在千年的岁月中一再追寻：究竟是怎样的一方水土，成就了这样一个伟大的灵魂呢？

成就他的，就是这座意蕴深厚的城市，就是这座宠辱不惊、安静祥和的古城。

名字是一个符号，也是一种精神的寄托与回归。但就这座城市来说，她的名字太多，历史的沿革似乎也太乱了些，但都不影响她传承千年的精髓。商丘上古帝王都，传说中三皇五帝中的两皇——黄帝和炎帝、两帝——颛顼和帝喾都曾在这片土地上繁衍生息。后来，帝喾封他的儿子阏伯于商，阏伯就是商部族的始祖，他们居住的这座土丘就被称为"商丘"。到了商汤、周宋、汉梁，以至元、明、清时期，商丘或为国都，或为郡治，或为州府，名字也走马灯似的换个不停：商丘、睢阳、宋国、砀郡、梁国、梁郡、宋州、应天府、南京、归德府，然后又是归德州、归德府，新中国成立后又改为"商丘"。历史在转了几千年的一个弯后，终于还是让她回归了本真：商丘。

不敢说历史常常从这里出发或是转折，但那条传承文明的大道

【作者简介】
任飞，供职于商丘市委党史研究室。

上，的确有她碾压过的深深辙印。也难怪，商丘北倚黄河，西望嵩岳，南临淮水，东接泰山，山水之间有这么一块浩浩渺渺、沃野千里的开阔平原，任谁看了都会心动的，所以商丘历史上才有了"兵家必争之地、商贾云集之所"的美誉。这一"争"一"集"之间，自可驻足于此谈笑天下，纵横九州通衢八方，至于丰衣足食、轻车暖裘更是再容易不过，所以几千年间，这方土地凝聚了太多的繁华与沧桑。

紧靠着黄河这条母亲河，对商丘而言不知道是幸还是不幸。奔腾不息的黄河既冲积出了这片富庶的平原，却又用数以千次的决堤、改道来考验她的忠诚，遥远而灿烂的文明一次次地被深埋在漫漫黄沙之下，只有这些凝重厚实的文字，散见于流传千年的诗书典籍之中，一遍遍地诉说着她曾经的磨难，一遍遍地讴歌着她曾经的辉煌。

20世纪90年代初，美国哈佛大学的华裔考古学家张光直先生从美国20世纪60年代的航拍照片上发现：位于商丘古城及其西南部的方向，地下隐约叠压着几座古城的遗址。于是他极力建议中美联合发掘商丘古城，并希望在此基础上找到这里的先商遗址。两年之后，中国社会科学院考古研究所与美国哈佛大学皮博迪博物馆联合组成考古队，在平坦的豫东大平原的一层层黄沙之下，找到了从上至下叠压着的宋代的应天府城、隋唐时代的宋州城、汉代的睢阳城和西周宋国都城的遗址。而最让这些专家们始料未及的，是西周宋国都城庞大的规模。

宋国都城遗址在今天古城沿东城墙向南，沿北城墙向西推进的位置，是现在古城面积的十倍，现今的商丘古城仅占原宋国都城的一个东北角。宋国都城面积约10.2平方公里，夯土筑成的城墙剖面为梯形，在城墙上探明有五处城墙缺口，这种规模在西周当时的诸侯国中是绝无仅有的。

这次的中美联合考古活动，还使商丘另一处国宝级的古代遗址浮出了水面，那就是在柘城县申桥乡李庄村发现了龙山文化、岳石文化的丰厚遗存。

李庄遗址出土了九头牛的祭祀坑，还有很多房屋的基址，对于探寻先商文明之幽，研究豫东地区新石器文化发展之序，了解龙山文化时期豫东地区人类农耕生产、日常生活、房屋建筑、祭祀行为、纺织和制陶技术之详情，提供了珍贵的实物资料，具有不可低估的文化考古学术价值。

古城在水一方

荡一叶扁舟犁开水面上古老城墙的倒影，水波荡漾间恍如走进了历史的深处。要想细说商丘的家底儿，恐怕还是得从这个贯穿着古城历史的"商"字说起。

"天命玄鸟，降而生商，宅殷土茫茫。"这是《诗经·商颂·玄鸟》中的句子，吟唱着一个美丽的传说。在远古的黄河之滨，中原的天空是那样的蔚蓝，阳光是那样的明媚，帝喾的第二个妃子简狄正在玄丘水中快乐地洗浴。一只黑色的燕子唱着歌儿从空中飞过，将一枚鸟蛋遗落在了她的身边。简狄吞服下这枚鸟卵，怀孕生下一个儿子叫契。契就是商之始祖阏伯。从此，玄鸟成了商部族崇拜的图腾，而这座立于古城西南的古老的高台，就成了这段传说最好的注释。

以神话传说来叙述本民族起源乃是一种寻常的现象，但商部落接下来的发展就不同寻常了。阏伯的六世孙王亥"立皂牢，服马牛"，后来又发明了牛车，把本部落剩余的物品拉到别的部落进行以物易物。因为他们是商部落的人，所以被人们称为"商人"，他们拉来的物品被称为"商品"，中国最古老的商业贸易就此发端。2004年，中国知名

的专家学者以翔实的考古研究充分论证：商人、商业源于商丘，而王亥就是中国最早的商人，被称为商人的始祖。再加上后来商朝在这片土地创造出的盛世辉煌，所以商丘既是商部族的起源和聚居地、商人商业的发源地，又是商朝开国帝王商汤灭夏后最早的建都地，因此，商丘才有了"三商之源、华商之都"当之无愧的独特称谓。

阏伯的十三世孙商汤，更是将商部族的辉煌推向了极致。商汤在宰相伊尹的扶持下，在这片土地上厉兵秣马、励精图治，十一战而无敌于天下。商汤灭夏后，建立了疆域广阔的商朝，就将自己最早的国都建在了南亳，也就是现在商丘虞城谷熟集以南的地方。后来都城虽然几经迁徙，最终将商朝最粲然的一页留在了安阳的殷墟，但商丘这片土地无疑承载了商朝更多创业的神话。

名相伊尹在辅佐了商代五任帝王之后以百岁高龄寿终正寝，被商王沃丁以天子之礼

葬于南亳。至今在虞城西南22公里处还存有伊尹的墓葬。这片古老森森的柏树林，据说谁也数不清树木的数量，有的虬曲盘旋遮天蔽日，有的年深日久腐而不朽，每一棵树上都有一段动人的传说，每一缕根须都探寻着历史深处的苍凉。这些自然的精灵锁住了历史的尘埃，也为那段远去的历史留存了一份鲜活的佐证。

天下兴亡是历史的必然，盛衰荣辱是人为的牵绊。商朝灭亡之后，西周天子将殷商的遗民封回了商部族的发源地，这里又成了宋国的都城。那位在历史上臭名昭著、断送了成汤六百余年基业的纣王，却有一位悲悯天下、勤政爱民的胞兄，他就是"殷之三仁"之一的微子启。微子启被封为宋国的第一任国君，后来被尊为"宋国始祖"。接下来是几百年纷纷扰扰的春秋争霸、战国称雄，宋国也曾雄踞霸主的地位，都城也得到了前所未有的繁荣，但终究没有逃脱温文尔

雅、大国自居心态的羁绊，没有再成大的气候，最终淹没于秦国一统天下的滚滚铁流之中。

秦朝时，商丘被设为砀郡，安稳了一段时间。到了秦末，仿佛再也压抑不住与生俱来的王气，商丘又迸发出了粲然的光彩。古城以东的芒砀群山，不仅收留了秦末农民起义领袖陈胜的灵魂，而且也成就了汉高祖刘邦的大汉基业。刘邦在芒砀山下斩蛇起义，诛秦灭项，横扫千里，一统天下。芒砀山下的一通石碑上，还幻化出了汉高祖刘邦金甲仗剑、淡定从容的身影，被人们称为"千古奇观"。从这个意义上说，众多的专家学者将商丘的芒砀山称为"汉兴之地"，的确是有据可查的。

汉代时，让商丘不同凡响的另一个人是刘武。刘武是刘邦的孙子，被封于梁国，都城就在睢阳。刘武凭借着"七国之乱"为朝廷立下的赫赫战功，成了大汉帝国一个特殊的人物。《汉书》上说：刘武"以窦太后少子故，有宠。王四十余城，居天下膏腴之地，赏赐不可胜道，府库金钱且百巨万，珠玉宝器多于京师"。

就是这个深得窦太后喜爱，可以与皇帝同车、同饮、同游猎的梁孝王，以雄厚的实力为商丘留下了一笔宝贵的财富。仿佛为了显示自己特殊的地位，他在睢阳大治宫室，建起了三百里梁园，园中亭台楼阁、离宫别馆、花鸟虫鱼、珍禽异兽，应有尽有，其规模和设施可以和皇家园林相媲美。偏偏梁孝王又是一个风雅的人，他网罗了一群文人墨客，当时颇具盛名的枚乘、邹阳、司马相如等都会聚在他的门下，整日填词作赋、把酒言欢，把睢阳城装点得辞藻华丽、文风鹊起。

这股华美耀眼的梁园文风也刮到了几百年之后的盛唐，吸引了王昌龄、李白、高适、杜甫、岑参等诗赋大家游历梁园，留下了许多传世佳作。大诗人李白更是对商丘情有独钟，他在商丘娶了一位宗氏夫人，十年间多次驻足在这个地方。"一朝去京国，十载客梁园"的经历，多少抚平了他仕途上的失意，也为商丘传承的文脉留下了许多可圈可点的精彩篇章。

汉梁之后，三国两晋南北朝，隋唐五代十国兴，除了"安史之乱"时唐朝名将张巡

在这里打了一场惨烈的睢阳保卫战，古城再没有更多惊心动魄的故事。对城市来说，有时候没有故事也是一种幸运，因为入得了史籍的，少不了兴衰交替的血腥和杀戮，倒不如隐忍地存活着，城市中的人们还可以有一份安然的逍遥。但"安史之乱"的战火烧掉了这份逍遥。公元757年，叛军兵临睢阳城下，张巡以6800名将士誓死抵抗13万叛军，在弹尽粮绝的时候，甚至不惜杀掉自己的爱妾为士兵充饥，但最终城破，叛军屠城三日，张巡被俘不屈，骂贼而死。然而张巡在睢阳十个月的坚守，为朝廷收复失地赢得了战机，也保住了江南的富庶与繁荣。但是付出的是古城十室九空的代价。于是重创下的商丘很是沉寂了一阵子，直到宋太祖赵匡胤发迹于此。

明清时代的归德府城就更加让人敬重了，她有着太多太多或凝重或温暖的故事，即使讲上个三天三夜怕也难免挂一漏万。就连现存的古城也是明正德六年（公元1511年）建的，距今已有五百多年的历史了。这些古老的城门、巍峨的城墙，还有古城内棋盘式的街道、精致古朴的四合院也大多保留了明代的建筑和格局。如果从空中俯瞰，这被一汪湖水环绕的古城是个"外圆内方"的阵势，极像一枚古老的铜钱。冥冥中这是否是昭示古城商业文明创始地位的一种历史的巧合呢？

站在城楼凭高下瞰，在阳光虹霓的映照之下，城内城外都是让人怦然心动的景致。城内龟背式的地形、八卦方位排列的街道，分割出了古城寻常的巷陌，一扇扇房门的背后，也许就住着让你听来目瞪口呆的人物。记不得哪个皇帝在位时，朝中有这样一种说法：满朝文武半江西，小小归德四尚书。当时归德府城内三品以上的官员有一二十家，当过侍郎、巡抚、御史、总兵职务的有十几

位，至于文采飞扬、风流倜傥的饱学之士更是呼之欲出，大有人在。在古城一隅的壮悔堂内，就住着那位妇孺皆知的多情才子侯方域，他和秦淮名妓李香君以一柄桃花折扇为信物，演绎了一段催人心折的爱情绝唱，为历经千年而显得有些庄严肃穆的古城增添了几许香艳的色彩。

远者若近，古者若今。在时间的长河里，古城已经成为一种永恒的存在。那些大大小小的历史遗存，仍然在源源不断地向我们提供着古城变迁的重要信息。它们就像一张张耀眼的历史名片，拓展着我们的视野，引领着我们在过往的岁月里渐次追寻……

叠压在历史积淀中的片片珠玑

和全国许许多多历史文化名城一样，商丘的史络文脉，的确不是抽象的夸张和虚拟的比拟，她不仅存留于那些层层叠压的历史积淀之中，更游走于地表之上丰富的人文景观和当地居民代代相传的记忆深处。古城天造地设，她那近乎完整的高墙城楼直到今天还倔强地挺立着，接受岁月的剥蚀，沐浴时间的洗礼，虽传承千年，丝毫没有历经磨难的抱怨，倒多了份淡然平和的姿态。流连于这些无声无息却又灵动鲜活的历史遗迹间，倾听那些不必开口就能让人了然于胸的肢体语言，谁又能说这不是古城厚重灵魂最清晰的表达呢？

一、燧皇陵

人类最早的文明火种应该是从这里开始点燃的。这座颇有气势的燧皇陵就伫立于古城的西南。燧皇陵是从什么时候建在这里的恐怕已经难以考证了，当地的人们只知道：在历经几千年的战火离乱之中，燧皇陵是建了再毁、毁了再建，反正这位人类历史上最早的智者一直没有退出过古城人的视线。

据记载，古时，商丘叫燧明国，不识四时昼夜。其人不死，厌世则升天。国有燧木，又叫火树，屈盘万顷，云雾出于其间。有鸟若鸮（鸮就是猫头鹰），用嘴去啄燧木，发出火光，圣人受到启发，于是就折下燧枝钻木取火，人们就把这位圣人称为燧人氏。

人类最初的生产活动，大多是以这种近乎于神话的形式传说开来，但不可否认它其中真实的成分。许多专家更愿意相信：人工取火是原始人群长期生产实践的结果，而不是某一个史前人类所为，但更多的人还是喜欢将群体的功绩个体化，这样人类就有了可以顶礼膜拜的对象，所以燧人氏的存在就显得入情入理了。

的确是这样。如果没有对燧人氏的这份崇敬，全国"十运会"上，那象征着华夏文明的一缕圣火不会在商丘点燃；北京奥运会上，那取自希腊雅典神庙的奥运圣火，也不会选择在这座城市驻足。所以，燧人氏就是商丘最古老的一张名片。

二、仓颉墓

和燧人氏钻木取火开创了人类最早的文明一样，创造了汉字的仓颉在中国的发展史上是又一个起着关键作用的人物。细数一下，全国各地的仓颉墓就有八处之多，足见人们对他的敬仰，真假墓地之争当然也从来没有停止过。但对商丘而言，因为可圈可点的文物古迹实在太多，所以本不需要凑这样的热闹，可是这座始建于汉代的古仓颉祠实实在在地存在着，不逊色于全国任何一座仓颉的陵园，所以终于还是占据了这场纷争的一席之地。

关于仓颉造字，当地流传着很多故事，但与别处的传说也大同小异，所以不说也罢。只是这古老的大殿、如卫兵一样挺立殿门两侧的古柏和这一通斑驳的石碑，不时勾起人们对这位"天下文章祖，古今翰墨师"的万世敬仰。

残存的那通石碑上，镌有"墓周生丛菊，清香可充茗"的碑文，引领着人们去寻觅这丛淡淡的金黄：这些菊花就叫仓颉菊，简称仓菊，是菊科中的珍品。花淡黄色，大如铜钱，可入茶入药，据说常年饮用仓菊茶，可以养目，耄耋之年眼不花。尤其令人奇怪的是，仓颉菊不可移植，移栽别处后，菊虽可活，其药性、茶性却会很快改变。就这一点来说，似乎和开封仓颉碑的字拓不走，有着极为相似之处，也许这仅仅是仓菊水土不服的一种表现，而人们更愿意把它想得玄妙些，似乎这样才配得上仓颉四目灵光的传奇的相貌，所谓仁者见仁智者见智，谁知道呢！

三、三陵台

为所崇敬的人建祠以顶礼膜拜，是一种纪念，更是一种情结。历经两千多年的风风雨雨，那处远近闻名的三陵台依旧掩映在古城西北、古宋河南岸一片郁郁葱葱的古柏中。春秋时期，这里是宋国的王陵，后来以戴、武、宣三公的陵台并峙而得名。陵台高数丈，周围古柏遮天蔽日、绿荫如盖。蔓草茂林中，俯拾皆是的绳纹瓦片星星点点，依稀辨得那是陵台的遗存。

陵台历代有诗文吟咏、故事传奇，两千多年的渲染烘托了一方小气候，使得这里风生水起，充满了灵气。海内外的戴氏子孙来了，宋氏子孙来了，牛氏子孙来了，还有许多由此分化出去的姓氏的子孙也来了，在巍峨的祖宗陵前燃一炷香，虔诚的眼里是艰难寻根后终归故土的欣喜和释然。这份朝圣般的隆重，又为古老的三陵台平添了几分鲜活的人文气息。

四、孔子还乡祠

《史记》载，孔子的祖先是宋国人。所以在商丘，可寻得他很多的踪迹。

《礼经》和《孔子家语》记载，孔子"少居鲁，长居宋"，年轻时多次回故里宋国考察殷礼，况且他的几位先祖都葬于栗，也就是现在商丘的夏邑县，所以仲尼先生经常乘一辆破旧的牛车，颠颠簸簸地回来祭祖和讲学。据说他五十多岁的时候还回来过一次，当年他在宋国都城大檀树下与弟子演习周礼的场所，现在还存留一座文雅台；他游宋时在芒砀山的一处崖洞避雨，崖前的这个村子就被人们称为"夫子崖"，虽然是一个再小不过的村庄，却是全国唯一的一个以夫子命名的地方。崖下有夫子像，崖上有晒书台，崖前有夫子庙，庙前有古老的柏树，庙内有碑刻，多少还能让人带走一些回忆。

至于孔子的老家夏邑县，人们对这个背井离乡的老乡更热情些，刻意地为他建造了一座规模很大的还乡祠，这当然是从唐宋时期开始的事情。殿内供奉着孔子的先祖和远祖，殿前伫立着一尊孔子的巨大铜像，在巍峨雄伟的大殿映衬之下，这位大成至圣先师穿朝越代地向我们走来，他双手抱拳，笑容可掬，霎时间让我们淡漠了时间和空间的距离，温暖于他所构建的"天下大同"的理想社会。

孔子言下的大同世界，是在性善利他的道德化基础上建立的和谐社会，即所谓"大道之行也，天下为公"。他所描绘的大同图景是："选贤与能，讲信修睦。故人不独亲其亲，不独子其子。使老有所终，壮有所用，幼有所长，鳏寡孤独废疾者皆有所养。"夫子所言的这种美好愿景，不正是我们现在正在建设中的和谐社会吗？

五、庄周陵园

走近庄子，似乎比接近孔子更容易些。这不仅仅因为他平民的身份，更是因为他的思想。

庄子是战国时期宋国蒙人，也就是现在的河南省民权县顺河乡的青莲寺村人。但为何他的墓地选在了离家十多里之外的颜集乡唐庄村？当地有一种颇符合庄子秉性的说法。这个在妻子死亡时击鼓而歌的庄子，对生和死自是大彻大悟的。他临死前告诫门生，把他的尸体抛到荒郊野外，曝尸黄土。门生不忍，但又不能拂了恩师的意愿，于是将他的尸体卷一领草席顺蒙河而下，草席停泊的地方就是他最后的居所。由此看来，这片庄周陵园竟然是物竞天择的结果，所以一直是香火不断。从上世纪八九十年代开始，更有来自世界各地的庄氏宗亲到这儿寻根问祖，这座偏僻的庄周陵园于是就热闹了起来。

史书记载，庄子生活的时代，是中国历史上最为混乱的一个时期——战国。奴隶制的西周绝迹于诸侯割据的滚滚烟尘，继之是"春秋五霸""战国七雄"的尔虞我诈、混战厮杀——大一统前的四分五裂使这方广阔而灵秀的土地经历着重生前最后的阵痛。

在这样一个社会里，庄子为人们设计了自处之道。在他所建构的价值世界中，没有任何的牵累，可以悠然自处，怡然自适。庄子重视养生，但更重视品行的培养，更重视精神境界的修养。他扬弃世人的拖累，强调生活的质朴，蔑视人身的偶像，夸示个性的张扬，否定神鬼的权威……总之，接近他时便会感到释然，在他所开创的世界中，心情永远是那么无忧无虑、自由自在。这才是庄子能走进更多人内心的根本原因。

六、木兰祠

毫不夸张地说，巾帼英雄花木兰在商丘是家喻户晓、妇孺皆知。又经过了豫剧大师常香玉的经典演绎，使得"木兰热"在商丘经久不衰。当然这还有更重要的一层原因，就是这个流传千古的巾帼英雄是地地道道的商丘人，这一点有伫立于祠前、迄今发现最早记录木兰事迹的元代石碑为证。纷纷扰扰的名人故里之争当然也没放过这个传奇的女子，不过这实在可以理解：这样一个忠孝双

全的传奇人物，谁不愿意把她当作自家的亲人呢？

木兰的故事，早已随着那篇脍炙人口的《木兰辞》和各种各样的文艺形式而走向了世界，所以是不需要多说的。只是那说到回归故乡后就戛然而止的情节多少让人有些放心不下：木兰后来究竟怎么样了？

在她的家乡虞城营廓镇，你可以听到这样的结局：木兰的事迹传开后，皇帝深以为奇，于是就下令木兰入宫。木兰坚辞不受，自缢身亡，死后就葬在了自己的家乡。直到唐朝时，木兰被皇帝追封为"孝烈将军"，并建有木兰祠，千百年来，木兰祠一直香火鼎盛，经久不衰。

木兰祠究竟有多大规模，许多上了年纪的村民还依稀记得。民国时候的木兰祠还占地万余平方米，有大门、大殿、献殿、后楼和配房等共百余间，方圆几百里的群众都来这儿烧香还愿。

如此大规模的古老的建筑虽然在上个世纪40年代毁于战火，但木兰生日那天的古庙会却一代代传承了下来。它和这些以木兰命名的各种工厂和学校一起，成了木兰故里一道独特的人文景观。

七、白云寺

年深日久，古城的历史就显得太纷扰了些，这种纷扰最消磨人的耐性，所以总需要一方净土来安抚浮躁的心灵。寻一处寺庙参禅、对一尊佛像膜拜无疑是一个最好的选择。古人一定也是这么想的，因为这座千年古刹从没有断过虔诚的香火，以至于每到夏秋季节，这里就会出现白云缭绕的自然奇观。"白云寺"大概也因此而得名。

白云寺有些来历，看那棵长在铁锅里的槐树就够神奇，再加上传说中曾经有两个皇帝到过这个地方，所以就更显得神秘。这

"当堂常赏"四个字就是康熙南巡时亲笔御书的，想来是说出家人不容易，应该让他们有田种、有屋居、有衣穿、有钱花。康熙后来又赐给白云寺銮驾一副、藏经八柜，白云寺的名气也就越来越大了。

许多人都相信，康熙并不是无缘无故地高看这座隐于乡野的寺庙。相传在佛定和尚主持扩修白云寺期间，曾有诗云："十八年来不自由，征南战北几时休。我本西方一衲子，为何生在帝王家。哪管千秋与万秋，脱去龙袍换袈裟。"

这诗中说的就是看破红尘、落发出家的清朝皇帝顺治曾云游至此，引出康熙三次亲临白云寺寻父的故事，这诸多的赏赐也就有了合适的理由。千年古刹白云寺因此留下了许多诸如康熙寻父、知府私访、鲁班打工、韦驮化缘等脍炙人口、千古不绝的故事，使白云寺更富传奇色彩。

八、黄河故道

看着这片宁静温顺、清澈见底的水面，你很难想象她就是那条奔腾浑浊的母亲河，但她的的确确就是黄河改道后遗留下的长长的故堤与河道。撑一叶扁舟顺流而下，沐和风阵阵，听渔歌互答，或者循一条小径走进密林的深处，看绿荫如盖，闻鸟语花香，不知不觉间就会放下灵魂的负重，和恬淡的古城站成同一片动人的风景。

上下五千年，弹指一挥间。如今，重拾这些古城旧事，就如我们跨越时空的距离把古城的大门再一次打开，沿着古老的文化坐标溯源而上，这层层叠叠不同时代的文化遗存，如同岁月深处写就的一部卷帙浩繁的历史大书，那是古代文明史的一个浓缩，它凝结着古城的追求与失落，交织着古城人的欢乐与痛苦，更连接着古城辉煌的过去与粲然的未来……

商 丘 之 源

邓丽颖｜文

每个人的一生，最终不是在故乡，就是在归向故乡的路上。两千多年前，西汉梁国的国君梁孝王刘武将他的陵墓选在商丘的芒砀山，这是他祖父刘邦的起家之地。在刘武心中，汉兴之地商丘是汉王朝的故乡。

明万历年间，官至礼部尚书的沈鲤，经过半生仕途沉浮，在57岁那年，辞官回到商丘古城，静享其生命最后14年的时光，在沈鲤心中，商丘是每一个从这里走出去的人都要回去的故乡。

2000年，印度尼西亚华侨宋良浩在商丘捐资重建微子祠，此后他经常回商丘祭拜宋氏祖先。在宋良浩心中，商丘是宋氏族人寻根谒祖的根祖之乡。

文化也需要故乡。

上古时期商族的首领王亥带领族人，载着物品驾着牛车奔驶于各部落时，并不曾知道暴土扬尘间即将翻开的是浩大的商业文明。几千年后，当商业已成为这个星球上最为广泛且重要的一项活动之一，人们称王亥为"商业鼻祖"，商丘为商业的发源地。

借眼"看"古城前世

一座城池的历史就像一个人。他的前世今生，他所经历的世事变幻、跌宕起伏、毁灭重生，就像一个漫长而隽永的故事。商丘古城五百多年的今生，在地面之上都能寻踪索迹；而若要往更久远的年代追溯它的前世，则要向土地之下，向更深处去追寻。

1992年，美国哈佛大学的华裔考古学家张光直先生从美国20世纪60年代的航拍照片上，发现商丘古城的地下有两段交叉叠压着的城，这一发现让他欣喜不已。1994年，他组织中美联合考古队在商丘进行考古发

【作者简介】
邓丽颖，《旅行家》杂志主任编辑。

掘，在一层层黄河淤积的泥沙之下，找到了从上至下叠压着的宋代的应天府城、隋唐时代的宋州城、汉代的睢阳城和西周宋国都城的遗址。通过进一步的挖掘探究，古城地下"城摞城"的奇态渐渐被世人所知：在商丘古城地下，堆叠着早自春秋、晚至明初的至少六座城池！

当我来到古城，想象着它漫长而璀璨的过往正在这一方土地之下，以各种形态堆叠成一座巨大而原始的立体时空博物馆，此时此刻，借张光直先生之眼所"看"到的古城前世，跳脱了尘落于故纸堆中的枯燥文字，开始变得无比鲜活而丰富。

1982年，国家公布了第一批24个历史文化名城。1986年，又公布了38个，商丘即为这第二批之中的一个。其他大多数古城，虽都有丰厚的历史，但鲜有如商丘这般的"城摞城"，是什么造就了这一独特的历史奇态？

一座城池的毁灭，首先最有可能源自战争。明末清初著名文人侯方域曾说："豫州乃天下之腹心，而归郡又豫省之腹心也。"归郡是归德府，即商丘古城明时的称谓。这里自古就是南北交通要塞，古城地理位置的重要性从今天城楼上悬挂的横匾就可窥见一斑：东城楼，"徐淮保障"；西城楼，"关陕襟喉"；南城楼，"南通古亳"；北城楼，"北门锁钥"。如此险要的地理位置，也使其成为一个战火纷飞之地，汤伐葛伯、楚侵睢城、刘秀战梁、黄巢围宋、太平军攻占归德府……

战争毁灭古城，而将古城深埋于地下的，最终是自然之力——具体到商丘古城，是泛滥的黄河之水。南宋时期，黄河从豫北改道豫东，此后流经商丘七百多年，常常决口成灾。洪水泛滥，水退后泥沙淤积。如今的商丘，西起民权县的坝窝，东至虞城县的小桥集，有全长144公里的黄河故道，它们正是将古城埋藏于深地之下的始作俑者。黄河故道风景区里的天沐湖，如今水面一片碧绿，我们泛舟于湖中，水草荡漾，白色的荷花在9月里已半开，偶尔几只水鸭子成双结对，往远处芦苇丛里游去。摇着桨的船夫告诉我们，到了冬天，这里还会有很多水鸟来此停留。然而时间若倒回至几百年前，眼下这片澄碧之地却是另一番景象，可以想象，水是浑黄的，挟裹着厚重的泥沙，无所顾忌地奔突于这片土地之上。当时的黄河与古城相距不过二十几里，每次出现决口改道的险情，泛滥的黄河水总可以轻而易举地将商丘古城掩埋在黄沙之下，侵吞一切繁华盛世。

慢工出良城

2012年7月，商丘市下了一场暴雨，一个小时内降雨量达140毫米，新区里一片汪洋，人们在微博上吆喝着亲朋好友"出去看海"，而古城内却是另一番景象。用古城居民的原话来说："积水最深处只到脚踝，雨一停，两分钟，完事儿。"

即使以现代先进的技术为参照对比，几百年前古人设计的排水设施留存至今，仍体现着优越性。中间高、四周低，略向南倾斜，形如龟背的形状使雨水能迅速流出。在距古城中轴南北大街东西各200米处，是两条水道街——它们比一般的街道要低，我们顺

着水道街往南径直走到城墙，只见两扇半圆形的大水门，每逢暴雨，全城汇集到水道街的雨水，正是通过这两扇水门，流进南城墙外的护城河中。据古城人介绍，后人重修过的路段现在反而会积水，新修之路和古人所修看似无甚区别，实际上古人过去设计好的排水的角度已被破坏了，哪怕只是微妙的差别，差之毫厘失之千里，足见五百多年前古人设计之精细和巧妙。

我在暮色四合的时候登上古城的南城楼，向南望去，夕阳将余晖洒在南湖浩渺的水面上。南湖是护城河中最宽阔的一片水域，水中尚有泛舟者，摇着独木舟，茕然于天地的样子。南湖再往南，是古城的外城郭，如今已成为环城公路。我转而向北看，视点沿着古城的中轴大道，一直到北大门。恰逢周日，古城里人来人往，市井繁华。各种样式的建筑中，一些明清时代的院落混于其中，让人可以想见旧时古城模样。

研究了几十年古城的商丘文史专家尚起兴先生告诉我："商丘古城最可贵之处，在于其至今还完整保存着外城郭、护城河、内城墙，三位一体。"

现在的商丘古城墙自明正德六年（公元1511年）开始修筑，其后增补修缮，至城墙城郭全部竣工，已到了嘉靖三十四年（公元1555年）。五百多年来，古城遭遇了多次兵祸和水灾。据古城里老一辈儿人回忆，1931年黄河发水，水势浩大，冲破外城郭，直逼城内。黄河水拍打着城墙止住了步。水势迅猛时，有胆大的年轻人坐在城墙上洗脚。过了六七天，洪水才逐渐退去。

就这样，外城郭、护城河、内城墙构成了三道防线，庇护着古城人躲过一次次劫难，古城自身也在这五百多年的风雨中岿然不动；虽经过岁月磨砺，免不了一部分有所缺损，但好在大的框架保存较好。听古城里的郭先生回忆，他学生时代放学后经常爬上古城墙，沿着城墙可以走好长一段，至今犹记黄昏落日时的天光云影之美。如今再看那城墙，除南北城楼翻修处尚可登临，大部分城墙的夯土墙和内墙砖都没了，百姓依外墙砖搭建房屋，相较而言，城墙的外墙砖保存较好，无损古城整体框架的完整。

尚起兴先生还告诉我："古人信风水，他们要建造的是一块风水宝地。外城郭为圆形，内城墙为方形，这布局象征天圆地方，讲究阴阳调和。东西南北四门、城内街道的布局，都根据五行相克相生的理论建造。"

我由此感叹于古人的智慧。过去人做一件事，盖因不讲究效率，所以才能倾尽身心，全盘考虑。慢工出细活，小到一件手工艺品的制作，大到一座城池的建立，无不如此。

古城探秘钩沉

每处古城几乎都能以静谧、闲淡的生活氛围吸引游客驻足。而除此之外，古城商丘还别有殊胜之处：这里尤其适合喜爱探秘发现的旅行者，可谓是绝佳的寻根溯源之地。

在商丘的这些天，我们但凡得空就去古城找郭平老师。郭平是土生土长的古城人，出自书香门第，其父是1951年商丘专署第一任文化科长。她研究本地的历史文化，熟稔古城的一切。如今商丘古城的收费景点大多为保存较完好或后代复建的建筑，比如始建于明嘉靖年间的归德府文庙、明末侯方域的壮悔堂、清代归德府城内富商穆氏家族的穆氏四合院等。逛完景点后在古城中信游，则

更多了些发现的乐趣。我跟着郭平在古城中走大街串背巷，听她说古城故事，原本一条乍看不起眼儿的小巷或宅院，由她道来，都能钩沉出一段有趣的历史掌故。

四牌楼西街，路边屋前门帘上一大大的"宋"字让我驻足。门帘边的竖匾上写着"中国宋氏文化研究商丘总会"。我们拉开门帘走入厅堂，几位老先生坐在厅堂一角喝茶聊天。正对大门的墙上挂着宋国开国国君宋微子的画像，其上写着"宋氏始祖"。环顾他四周，同样端坐在厅堂墙上的，是他的子孙，宋国历代的国君们。郭平告诉我们："宋这一姓皆起源于商丘，宋姓是不乱辈的，因而只有这一个出处。宋微子是商王帝乙的长子，商纣王庶出的哥哥。周武王灭商后，微子被恢复爵位，封宋以后便在商丘建起了宋国都城。宋国延续七百多年，到公元前286年，齐国联合楚、魏两国灭宋，宋国国君的后代们为了纪念国家，以国为姓，自此才有了宋姓。"2000年，印度尼西亚华侨宋良浩来商丘寻根谒祖时捐资重建了微子祠，此后他经常回到商丘，祭拜宋氏祖先。

屋内这三位老先生都姓宋，亦都为宋氏文化研究会的负责人。老会长宋孝祥，研究了几十年宋氏家谱。他告诉我们，从宋微子一直到现在，全国各地三千多年宋氏家谱的复印本都可以在这里找到。他随即从里屋内抱出一摞《商丘宋氏七编家乘》，摊开外封，抽出一本递给我。我一边翻看着这些精致的线装典籍，一边在脑海中搜索着姓宋的好友，思量着回头得向他们推荐这个宋家人认祖归宗之地。

一路走，一路都有新的发现。在古城大隅首西三街，我们看到了一座名为"六忠祠"的门楼。"六忠"是指唐宋时期睢阳城中闻名于世的六位忠烈之士。如今，过去的祠堂已不复存在，只留下这一道古门楼，令

人遥想往日的香火鼎盛。

中原地区，对"忠孝礼义信"的崇尚自古就扎根儿民间，即使到了现代，看似日渐式微，其内在根底仍在。商丘古城南城墙外的仿唐建筑张巡祠，即延续了现代人对忠义的信仰。唐朝"安史之乱"期间，张巡和许远等数千人，死守睢阳，杀伤敌军数万，阻遏了叛军南犯之势。但最终寡不敌众，壮烈殉国。张巡死后被追封为"通真三太子"，老百姓对他忠于唐室、力保社稷的事迹由衷感佩。唐之后，南方百姓多将张巡视为和关羽同等重要的忠义之士，建祠堂供奉他。清嘉庆年间，福建人还曾将对张巡的信仰带到了台湾。据说，现今全台湾的张巡庙有两千多座，我在台湾旅行时曾多次见到，而商丘的张巡祠就是它们的祖庭。郭平告诉我，现在每年的5月和10月，台湾、福建、浙江、广东等地的信徒们从南方来到张巡祠，举行各种仪式典礼，对他进行顶礼膜拜。

混搭古城的新魅力

溜达在古城，我们常常会路过满树繁花。树生长于民居院外的墙边，枝头开着的则是橘黄色喇叭形的凌霄花。走近细看，会发现这其实是两种植物的复合体。主体是一棵笔直青翠的高树，一株凌霄攀缘其上，一匝匝缠绕着它向上生长。

在商丘古城里，这样的混搭无处不在。

如今居住在蔡家四合院的已非蔡氏后代，这栋清朝富商人家的豪宅虽已成为普通民居，但好在其仍然保存着原始风貌。一个小伙子给我们开了门，听我们解释了采访的想法后，就引我们走进了这间四合院。虽是炎夏，屋内的气温却并不高，因为过去房子建得墙厚屋深，冬暖夏凉，比现代房屋反而更宜居。

年深日久，一座房子就可能留有几个时

代的印记。一些民居，墙还是民国时候的老墙，屋顶却已是现代新换。中西合璧在古城亦是寻常，比如淮海战役中共中央中原局扩大会议的大会秘书处遗址，最早为民国时期张岚风所建的公馆。张岚风毕业于日本早稻田大学，思想多少受西方文化的影响，因而这座整体为青砖、灰瓦、硬山顶式的建筑，房顶上的烟囱却有西式建筑的意味。

偶遇的惊喜在古城随时发生。一座古朴的歇山顶式建筑，孤零零地坐落在一片现代房屋之间。若不是郭平介绍，实在很难想象这是民国时期商丘中学里的钟楼。走进一看，钟还尚在。一些极富时代印痕的标记也时不时跳进视线中：这里是"深挖洞、广积粮、不称霸""保障供给，发展经济"之类的标语，那边又有旧式大楼顶部的红色五角星，让人印象颇深。

站在南北大街的一个十字路口边，环顾四面，郭平向我介绍："你看这是20世纪80年代初期的百货大楼，上面的灯还是那时候独有的。而这是20世纪60年代的建筑，两边是用来写毛主席语录的地方。还有这栋，也是20世纪60年代的，过去是一个旅馆，后来外观做了改造，窗户却还未动过。"

外人初来乍到，看到这些样式各异的建筑，可能会觉得有些纷乱，然而在专家们看来，这正是古城的可贵之处。郭平告诉我，很多古建保护、城市环境规划领域的权威学者来到古城，看到这些建筑样态，都难掩欣喜之情。《历史文化名城名镇名村保护条例》开篇就有"保持和延续其传统格局和历史风貌，维护历史文化遗产的真实性和完整性"的说法。古城现在保留的建筑，最大的特点在于它的延续性，虽然明清时期灰墙小瓦的建筑已不太多，但自明以降，清朝、民国、新中国成立初期、"文革"，一直到现在，大的传承始终都在；几百年间，每一个时期的建筑形态几乎都能在古城里找到。

曹操迎汉献帝都许，也迎来了许昌继"许昌人""许由牧耕""夏禹建都"之后的第四个辉煌时期。三国，在许昌这片热土上，留下了许多异彩纷呈的故事；三国，在许昌的历史篇章中，写下了浓墨重彩的一笔……

许昌"八台"

赵献东 | 文

这片丰饶的土地，曾激荡着跌宕起伏的历史风云：东汉末年，曹操迎汉献帝刘协迁都于许，"奉天子以令不臣，修耕植以蓄军资"，广揽人才、大兴屯田、逐鹿中原、征伐四方，完成了统一北方的大业，使许昌成为当时北方的政治、军事和文化中心。

如今，历史的回响依旧萦绕在一方平畴沃野上：漫步许昌境内，至今依然可见许多镌刻着历史印记的土丘。作为历史的见证，它们大小不一、形态各异，大的近百亩，小的仅数围之阔，更多的已被历史的车轮碾平，化为一抔黄土，其上数茎野草，似乎仍在追忆着当年的光彩。

历史是城市的记忆，文化是城市的灵魂。这些土丘在逝者如斯的辽阔岁月中，早已不复当年的盛世繁华，但如果用人文的目光重新审视，它们所浸润的文化芬芳，则早已走进人们的记忆，让人折服于其深邃和传奇中。

穿越时空，生生不息，正是文化最美丽的姿态。

毓秀台

毓秀台位于许昌县张潘镇东南部，是汉魏故城遗址在地面上的唯一实物遗存，是当时天子祭天的地方。

"毓秀"一词，至今依然为许昌市民所熟悉，如市区毓秀路、市毓秀路小学，依然是很多市民每天要打交道的地方。

不同于市井的平平淡淡，毓秀台，却是一个庄严肃穆的地方。东汉建安元年(公元196年)，曹操迎汉献帝自洛阳迁都于许，毓秀台正是汉献帝祭天之所。每年秋分时节，汉献帝都要率文武百官在此祭天，祈求风调雨顺、国泰民安。

【作者简介】

赵献东，中共许昌市委宣传部副部长。

昔日的毓秀台，掩映在林荫之中，绿意拥簇，高接云天。台下布列着数十处豪华的宫殿式建筑，是汉献帝祭祀前暂歇的地方。

据《汉魏故城图》载，毓秀台前有汉御殿，为汉献帝祭天时斋戒沐浴之所，还有神厨、家畜亭等。台上原有天爷殿、东西厢房、天王殿、山门等建筑，四周雕栏玉砌，正中耸立着一处高峻的坛庙——玉皇殿。从大殿逐级而下，是青砖铺就的广场，这里有象征四方的青龙、白虎、朱雀、玄武石像，正中矗立着一尊青铜巨鼎。广场两旁，还有月神台和雨神台。毓秀台下还有个宽八尺高丈余的地洞。穿过地洞门就是60级青石台阶的甬道，当年天子就是从这里登上台顶的。如今，这些均已不存在了，不禁让人想起毛泽东同窗好友周世钊《五律·过许昌》的诗句："野史闻曹操，秋风过许昌。荒城临旷野，断碣卧残阳……"

经过近两千年的风风雨雨，汉魏故城已化为瓦砾遍地的高坡，毓秀台也成了一座其貌不扬的土台子。毓秀台前面，一条小河自西向东蜿蜒而去，日夜不停的潺潺流水见证着历史的沧桑。毓秀台西面是一个曾经驻扎过御林军的地方，叫"营王村"；南面的村庄叫"城南董"；后面高坡上是古城村；古城村北面是城后董、城后徐两村；东北一个村叫"城角徐"。从这些村名上，还可依稀看到昔日魏都的气势与辉煌。

射 鹿 台

射鹿台位于城东北许昌县许田村西，相传为曹操、刘备、关羽等狩猎射鹿处。

现在的许昌人口稠密，几乎没有未被人为改造过的地方；但历史上的许昌却有一个野生动物"横行出没"的地方，这就是许昌县的射鹿台。射鹿台有名气，只因为三国时期曹操和汉献帝及文武大臣经常到这里围猎，这里獐鹿成群，是狩猎的理想场所。如果仅仅是这样倒也没什么，后来发生的一件事让射鹿台定格了历史。

当年汉献帝迁都许昌之后，虽然曹操是实际的掌权者，但是很多"汉室旧臣"对曹操颇有微词，加之汉献帝认刘备为皇叔，这让曹操心绪不安。为了探明群臣的政治态度，曹操听从谋士程昱的建议，于是一出好戏便在射鹿台上演了。汉献帝和曹操及众大臣又来射鹿台围猎，期间，曹操讨天子的金钑箭射中一只大鹿，群臣见到金钑箭以为是汉献帝所射，均欢呼"万岁"，此时曹操便策马遮挡在献帝面前，迎受群臣欢呼。在一旁的关羽看在眼里，极为恼火，提刀拍马便要斩曹操，被刘备极力拦了下去。这件事在《三国演义》里面被作为"曹阿瞒许田打围"的章节记录。如果没有这件事，射鹿台也许永远只是一个普通的黄土丘而已。

在20世纪90年代初，射鹿台上尚存两通石碑，一通为清康熙年间许州吏目滕之瑚楷书"射鹿台"。另一通系清乾隆十二年（公元1747年）立，碑文曰："许田射鹿其事，不见于经史，岂陈寿辈为曹讳也！然关侯尝语先主曰：许田猎下，若从某言，必无今日之厄，是则实其事矣！"

依碑文所述，关羽、刘备和曹操曾在许田一起围猎，关羽想借围猎之机杀掉曹操，却被刘备阻止。这和《三国演义》中所描述的如出一辙。另外，许田所属的陈曹乡这一名称，据说也是因为关羽在此向刘备痛陈曹操目无天子、欺君罔上而得来的。

刘备、关羽二人与曹操在许田围猎一事似乎可以认定，但围猎时汉献帝参加了没有？曹操是否真有"不臣之事"呢？

曹操是忠是奸，历朝历代的学者仁者见仁、智者见智，然而时光如梭，这些早已灰飞烟灭，只留下一抔黄土，让人无限遐思。

受禅台

受禅台位于许昌市西南17公里的繁城镇，是当年曹丕接受汉献帝禅让、登基称帝的地方。

延康元年（公元220年）冬，魏王曹丕在繁阳（今繁城）筑灵台，举行受禅大典，接受汉献帝的禅让，代汉立魏，改年号为"黄初"，谓"魏文帝"，从此结束了两汉王朝四百余年的历史，开始了我国历史上的魏、蜀、吴三国时代。

受禅台原来为青砖护坡，台两边砌着台阶，台顶四周有石雕栏杆，平台中心原有一座遮太阳用的凉亭，里面摆设着龙尊宝座。沧海桑田，现在这些建筑早无踪影。受禅台饱经千年的风雨侵蚀，至今仅留有二十余米高、三十余米长宽的双层凸状台基。据此亦可想见，当年曹丕受禅时的仪式是何等隆重壮观。

据说，公元220年10月上旬汉献帝禅让的这一天，繁阳城内张灯结彩，受禅台上，黄罗幔伞遮天盖日，五彩旌旗飘摆如林。台前台后簇拥着文臣武将、大小公卿四百多人。二十余万御林军持戈列阵排站四周，整齐威武。各路王侯受诏来贺，喜气洋洋。又有匈奴、单于、东夷、西戎、南蛮、北狄等的几百位使节前来参加。台下万头攒动，争睹汉魏换代这一"和平过渡"的历史时刻。受禅大典的时辰一到，金鼓齐鸣、礼炮隆隆，汉献帝在鼓磬声中捧着玉玺，即象征皇权的大印，奉献给曹丕，并且向台下的文武百官宣读了《禅让册》。然后，曹丕在山呼万岁的声浪中拜谢汉献帝，接受臣民大礼，祭天地、五岳、四渎，受禅即位，登上帝王宝座；改正朔，易服色，同律度量，大赦天下，国号"大魏"，改延康元年为黄初元年，封曹操为魏武帝，自称魏文帝，成为魏

国的第一位皇帝。

为表示他的皇家基业是应地名而繁荣"昌"盛的，也为了纪念当时"受禅"的历史事实，曹丕遂把繁阳改名叫"繁昌"，许县改称为"许昌"，并命令树碑立表，让这件富有道德色彩的史事流传百代。受禅台两边竖立的"公卿将军上尊号奏"和"受禅表"两块碑就是那时候留下的。

登台伫立，极目远眺，不由让人感念万千：咏曹魏功绩，叹汉朝覆亡；思今夕巨变，发思古之幽情。曹丕等人的创新之举，早已成为后来者效仿的模式，魏禅晋、晋禅宋、宋禅齐、齐禅梁、梁禅陈……禅让，成为中国古代政治生活中的奇特现象。

永始台

永始台原是曹丞相府建筑群的一部分，曹操曾安置曹丕在此修文习武。在这里，也曾产生了一个美妙的爱情故事。

说起永始台，知晓的人不多，但提起曹丞相府，在许昌那可是家喻户晓的。

曹丞相府，俗称"相府"，是三国时期曹操的府第，旧址位于今许昌市区衙前街丞相府。当年这里距许都18公里，是曹操的重要军事营地，曹操经常在这里处理军国大事。

昔日曹丞相府坐北朝南，大门前有牌楼，院内有殿、堂、亭、台，花木繁茂，环境幽雅，为世人所景仰。从南北朝东魏武定七年（公元549年）开始，曹丞相府旧址一向为郡、府、州治所。作为其中的一处著名建筑，永始台作为曹丕曾在此修文习武的院落，却因其所见证的爱情故事而流芳后世。

据《许昌县志》记载："永始台，魏文德皇后尝居之。"文德皇后即郭夫人。相传，郭夫人与曹丕情意相投，恩爱异常。某日，郭夫人叹道："妾出身寒微，自知不配

伴君，今虽乐，恐难长久。"曹丕听后感动不已："吾爱卿出自诚心，今生生死与共，永远如初，此台以为证。"遂将他们热恋的那个居处命名为"永始台"。

自此，永始台因爱情而显贵，遂成为整个院落的代称。曹丕称帝后，迁都洛阳，封郭夫人为贵嫔，旋又立为皇后。郭皇后对永始台有着特别的感情，每次和曹丕到许昌，她都住在永始台，以表达对曹丕的忠贞。

黄初五年（公元224年），曹丕率大军东征吴国，郭皇后留居许昌永始台。时值夏秋季节，天降大雨百余日，永始台的城楼多有坏损，大臣们奏请皇后另居安全之所。郭皇后说："昔日楚昭王出游，姜氏留居渐台，江水突然暴涨，使者来迎姜氏而没有楚昭王的符信，姜氏坚决不去，最后被江水吞没。如今，皇帝在远方，我还没有遇到危险便移居别处，怎么可以呢？"于是，大臣们再也不敢提及此事。

曹丕死后，明帝曹叡继位，尊郭后为皇太后。后来，郭后从洛阳移居许昌。青龙三年（公元235年）春，郭后病故于永始台；四月，合葬于曹丕首阳陵，谥号"文德皇后"。

望田台

望田台位于鄢陵县望田镇，因许下屯田而得名。相传曹操常站在台上，视察四周的田地。

公元196年，曹操迎汉献帝东迁于许，许下屯田，并筑望田台，望田由此得名，至今仍有靳屯、袁屯、杜春营等因曹操推行民屯和军屯政策而得名的村庄。

曹操生于乱世，长于乱世，又于乱世中崛起。由于他经历了诸侯割据、战火连年的混乱年代，对老百姓在战乱中饱受颠沛流离之苦、缺衣少食的生存状况是十分了解的，所以，尽管自己过着较为优裕的生活，但他对老百姓还是给予了关注和同情。从其所作的"铠甲生虮虱，百姓以死亡。白骨露于野，千里无鸡鸣。生民百遗一，念之断人肠"的诗句里，足以看出他的惜民情结。

汉献帝兴平元年（公元194年）春夏之交，天大旱，又遭蝗灾，当时，粮食奇缺，一斛粮食卖到五十万钱。怎样增加粮食收成，解决十分紧迫的军粮问题？这时，正是"修耕植以蓄军资"的发展战略，为曹操解决了这一现实难题。

据载，曹操迎汉献帝都许后不久，便宣布实行屯田，下达了屯田令。许下屯田第一年，获得了收谷百万斛的好收成。曹操十分高兴，下令推广屯田制度，在各郡、国中都设置了屯田官。建安九年（公元204年），曹操占领邺城后，又在邺下实行了大规模的屯田，为统一北方提供了粮食保证。以后，他还根据司马懿的建议，在建立民屯的基础上，又在一些军事驻地建立了军屯，组织士兵从事农业生产，实行"且耕守"，即一面戍守、一面务农的体制，使屯田事业进一步发展壮大。

随着屯田政策的推行成功，其在政治、经济和军事等方面显示出来的效果愈加突显。它使北方的农业经济在一个较短的时期内得到了较好、较快的恢复和发展，为曹操统一北方的雄图大业奠定了良好基础，这不能不说是一件利国利民的伟大创举。

另外，在望田台附近，还有一座观台，相传是当年曹操阅兵的地方。

议 事 台

议事台位于鄢陵县马栏镇议事台村，相传曹操常集群臣幕僚，在此商讨国家大事及屯田事宜。

议事台高五米，周长约三百米，呈椭圆形，西邻红淤沟，引沟由北向南，沟两沿绿树葱茏；南邻大路。

议事台当年为曹操所筑，据《嘉靖鄢陵志》和《鄢陵县志》（民国二十五年版）记载，是曹操与谋臣议事之处。此处先为中领军砚亭侯韩浩的屯田处，《魏书》载："时（建安元年）大议损益浩以为当急田，太祖（曹操）善于迁护军。"新中国成立前，台上筑有土寨，四角筑有炮楼，下挖深壕，上设吊桥，为当时地主老财避难之所。新中国成立后寨废，今为议台学校所在地。

又据当地群众传说，曹操到鄢陵后，带领部下，察看地形，设立兵营，开荒屯田。今议事台附近的几个村庄如前营、后营、郭营以及只乐乡的小营、大营都是曹操屯田的兵营。不仅屯田，还要养马，今马栏村就是曹操的圈马之处。离马栏村西南约五里处有一荒坡，水草茂盛，群众俗称"马荒"。离马荒不远有马停庄，也是曹操的牧马场所。

曹操议事台上有三个奇特之处：一是台上土质和周围土质截然不同，台上是莲花土，而周围三四公里内都是黑胶泥土；二是一到夏季台上极少有蚊子，据说是被曹操赶跑了；三是每逢夏季别处青蛙鸣叫，此起彼伏，而环绕台子的小河里却很少能听到蛙声。民间传说，曹操与群臣在此处商量事情，夏日河里总有青蛙叫，影响了曹操的思路，曹操生气地对青蛙说："别叫了！"奇怪的是，这里的青蛙从此真的不会叫了。

练 兵 台

练兵台位于襄城县范湖乡台王村西与榆林乡西南交界处，是当时曹操训练兵马的地方。

三国时期，襄城县为许都西南重镇，地势平坦，沃野无际，农人丰衣足食，且距京师（许都）不远，是屯田练兵的理想之地。曹操曾于此操练兵马，演习攻城略地之法，又屯田开荒，种粮植草，为统一北方打下良好的基础。

在曹操练兵台东北处城上村，有论城（魏武帝行宫）遗址，为曹操聚贤论事之所。建安元年，曹操欲雄霸中原、统一天下，便招贤纳士、广罗人才，郭嘉即在此时投奔曹操。在这里，曹操同郭嘉纵论天下大事，共商一统霸业。据记载，当年论城雄伟壮观，城门巍峨，箭楼高耸，城垣宛如盘龙，如今已为民房所覆盖。

练兵台遗址西南有运粮河，为曹操运送粮草的水上通道。这里的土浅层发黄、深层发黑，河道两岸土黄如铜，河底土黑如铁，故运粮河又名"铁底铜帮运粮河"。为了屯垦的便利，曹操广开河渠，大兴水利，开挖河流，运粮河便是此时开挖而成的。当年，运粮河上建有一长30米、宽15米、高5米的八磴九孔大石桥，桥下可通行船只，两侧立石柱为栏，两端各刻雌雄青蛙，称"金肚石蛙桥"。传说，曹冲称象的故事就发生在这里。

经对该遗址试发掘，商、周、秦、汉时期遗物均有发现。出土器物有兽牙、蚌刀、石斧、粗绳纹陶片、手制竖绳纹陶片、陶鬲、陶豆、陶罐、铁剑、彩绘陶壶、陶鼎、铜带钩等。这些发现表明，练兵台为晚期龙山文化遗址。

思 故 台

思故台位于许昌市区仓库路思故台市场西侧，原名"灌台"或"灌婴台"，是西汉灌婴的阅兵台，后为曹操带领将士抒发思乡情怀的地方。

据《许昌史话》记载：西汉名将颍阴侯灌婴屯兵颍阴时，为检阅兵马，炫耀武力，在城南修筑了高大雄伟、气势磅礴的阅兵台，名曰"灌台"。东汉末年，曹操迎汉献帝都许后，屯兵于颍阴城。每逢佳节，曹操即带将士登台同庆共乐，遥望家乡，饮酒赏景作诗，借以抒发思乡情怀，消除将士对故土的怀念，遂将此台改名为"思故台"。

原来的思故台，地高竹茂，远远望去，云雾缭绕，故有"灌台凝雾"美称，为古时"许州十景"之一，清乾隆与道光年间两任知州皆作诗抒情。民国时期台上建筑被毁，仅留有遗址。

与毓秀台、射鹿台相比，思故台的作

用、名气也毫不逊色。当年，毛泽东曾在一次高级干部会议上提到灌婴的历史典故，以教育后人。同时，令人称奇的是，"灌台凝雾"是许昌历史上的"十景"之一，而"灌冢晴烟"则是古代"济宁八景"之一。"灌冢"就是灌婴的墓，位于山东省济宁市东边的西灌村。"灌冢晴烟"是说在阳春三月里，天气晴朗，微风拂过，灌婴的墓地上空会有白色烟气覆盖着，是一道奇异景观，多少年来为人所惊叹。许昌的"灌台凝雾"与济宁的"灌冢晴烟"不知道有什么样的内在联系。一"雾"一"烟"，相隔千里的两个土台，竟然都是如此"烟雾"缭绕。

历史变迁，思故台如今已无遗迹，而其址东，是新建的思故台市场。市场大门两侧分别装饰的是有关灌婴和曹操的浮雕，游客竞相观看，以回味思故台的当年风韵。

151

许昌路名的三国渊源

王东亮｜文

公元196年，曹操迎汉献帝都许，也迎来了许昌继"许昌人""许由牧耕""夏禹建都"之后的第四个辉煌时期。

在许昌经营霸业的25年中，曹操治国、练兵、屯粮、修文，使许昌在汉末社会极其动乱的背景下取得了政治、经济、文化等方面空前的发展。三国，在许昌这片热土上，留下了许多异彩纷呈的故事；三国，在许昌的历史篇章中，写下了浓墨重彩的一页。

下面，我们以许昌路名的三国渊源为例，来重温那段历史、那群英豪、那首慷慨激昂的《观沧海》……

建安大道，位于著名的西湖公园北，西起劳动路，东与莲城大道相交接，是许昌市区的一条主干道。公元196年，曹操迎汉献帝都许，改年号为"建安"。此后，曹操父子在修定武功、经营霸业的同时，又重视文学的创作与兴盛，以"三曹""建安七子"为代表的诗人们开创了具有一代新风的建安文学，在中国文学史上留下了许多华丽篇章。

莲城大道，许昌市区的又一条主干道，西接七一路，东至京港澳高速。据传说，曹操晚年头疾严重，屡治不愈，后华佗献一偏方，说常喝莲花汤、枕莲花枕，有益于缓解。于是朝臣们便大量开塘种藕，许昌亦称为"莲城"也缘于此。

毓秀路，位于许昌市中医院西，南起新兴路，北至莲城大道。汉献帝迁都许昌后，于城西南处修建了一座高大的祭台，名曰"毓秀台"，用于祭祀上天，祈求风调雨顺。今在许昌张潘镇的汉魏故城中，毓秀台遗址尚存，每到节假日，到此凭吊怀古的三国文化爱好者络绎不绝。

议台路，南起新兴路，东至莲城大道，紧邻清潩河。曹操迎汉献帝入许后接受许昌人枣祗的建议，把屯田积粮作为重要的政策。鄢陵一

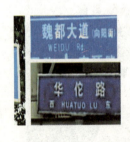

【作者简介】

王东亮，河南许昌人。三国文化爱好者。

带，地势平坦，土地肥沃，自然成了主要的屯田之地，曹操也常到那里与屯田官商议屯田之事。今鄢陵县马栏镇议事台村西有一高台，名曰"议事台"，又名"议台"，就是当年曹操与屯田官商议屯田之事的地方。

运粮河路，即是位于9676厂南门前的那条小路。运粮河水就从这条路中间的运粮桥下缓缓流过。曹操迎汉献帝入许时，中原地区已是诸侯割据、各自为政，曹操为了统一大业，不断外出征战，为了方便给军队运送粮草，就修了一条人工河，即今天的运粮河。

灞陵路，位于许昌市灞陵公园东，北至帝豪路，南至新兴路。公元200年，曹操攻下徐州，刘、关、张兄弟失散，关羽为了保护二位皇嫂，暂归曹。曹操感于关羽的义勇，对其礼遇有加。后来，关羽探知刘备下落，便封金挂印，辞曹而去。当行至许昌西八里桥(今灞陵桥)时，曹操率文武官员追至此相送，并赠战袍一件。关羽恐曹有诈，于马上横刀挑袍。著名的"关公挑袍"的故事就发生在这里。

魏文路，是清潩河东的第一条南北大道，南起新兴东路，北接北环路。曹操死后，其子曹丕废汉建魏，史称"魏文帝"。曹丕在位仅七年，但其文治武功受到史学家的一致好评，郭沫若称其为"旧式的明君典范"。

魏武路，是许昌东城区与魏文路、学院

路平行的又一条双向十车道南北大道，道路平整宽阔，路边绿树成荫。曹丕登基后，追念曹操功绩，追认曹操为魏武帝。曹操的雄才大略与其谥号可谓名副其实。

八龙路，与清潩河东邻，南起建安大道，北至天宝路。东汉末年，许昌名士荀淑，为人刚正，为官清廉，深受百姓爱戴。荀淑不但严于律己，家教也非常严格，他的八个儿子在其严格的要求下，个个德才兼备，人称"八龙"。曹操最重要的谋士荀彧、荀攸皆出自荀氏家门。许昌市区东北处的著名胜迹"八龙冢"就是荀淑之墓。

华佗路，是许禹干道入市区处与西大街相连接的一段路。华佗，东汉末年名医，发明的"麻沸散"是世界上最早的麻醉药。华佗曾在许昌为曹操治疗头疾。华佗死后，葬于今许昌县苏桥镇石梁河畔，今华佗墓犹在。

许昌三景

刘革雨｜文

人们都在寻觅美，却很少发现美就在我们身边。

——题记

湖

人们或许很奇怪，不临大山不临大河的许昌怎么会有这么一个湖。这个湖不但漂亮秀丽，还蕴藏着丰富的人文资源，虽然不大，却是一个十分有名的湖。

许昌人都知道这个湖叫"小西湖"。许昌人都以为这个名字来源于杭州的西湖，其实不然，当时叫"西湖"，是因为许昌城东还有一个湖叫"东湖"，又叫"秋湖"，大概在五女店一带，州志上有记载。东湖后来没有了，只剩下西湖。"这么丁点儿大的湖也叫'西湖'，叫'小西湖'吧！""小西湖"或许就是这样被叫开了。

小西湖的确不大，占地只有三百多亩，很难同驰名中外的杭州西湖媲美。但小西湖经过历代官宦文人的打造，亭、桥、榭、廊、池、坛、石、林，方寸之间，应有尽有，犹如一张精美的邮票，美不胜收，堪称中州园林胜景。你看，雕梁画栋的亭台楼阁倒映在碧波粼粼的湖中，堤岸翠柳依依，湖中荷花点点。远看，叶叶轻舟，小桥流水；近看，曲径通幽，草木丛生。微风吹过，掠过一阵阵香酥酥的风……

山不在高，有仙则名；湖不在大，有诗则灵。小西湖形成于东汉末年，相传为曲环镇守许昌时筑城取土，地面成坑，导入潩水而成湖。当时，名士陈寔常在此流连忘返，曾筑德星亭。北宋时小西湖达到鼎盛，欧阳修建造了欧阁，苏轼建造了读书亭。一时间文人学士、迁客骚人，多会于此。东坡居士、洛阳"二程"、范仲淹、梅尧臣等慕名云集，小

【作者简介】

刘革雨，河南禹州人。河南省作协会员，许昌市作协副主席，许昌日报社副总编辑。

西湖一时成为天下名湖。

一千多年过去了，让我们再读读诗人们留下的关于小西湖的诗句——

宋时欧阳修《春日西湖寄谢法曹歌》（节选）：

西湖春色归，春水绿于染。
群芳烂不收，东风落如糁。

宋时苏轼《许州西湖》（节选）：

西湖小雨晴，滟滟春渠长。
来从古城角，夜半传新响。

宋时梅尧臣《夏日晚晴登许昌西湖》（节选）：

新晴万柳齐，莺度水东西。
城上明残照，云间挂断霓。

许昌小西湖有幸，欧阳修、苏东坡、梅尧臣这些文学史上闪闪发光的名字曾为您陶醉，留下光彩照人的诗章。世上有多少名山大川，又有多少湖光名园，但它们有欧阳修、苏东坡留下的诗歌吗？

我想，如果我们的小西湖能建几座这些名人的雕塑，立几通这些名诗的碑刻，有几间小小的纪念室，摆上诗人们的作品，建成宋代风格的园林，那么小西湖完全可以以独特的人文魅力，吸引更多游客的目光。

楼

新建的春秋楼金碧辉煌，矗立在市中心，有桥有水，有楼有阁，新塑的关羽像据说是亚洲最高的。许昌人对关羽似乎有着特殊的感情，因为，关羽的忠义大节是在许昌完成的。可惜的是，高额的门票把许昌人和关羽的亲近割断，市民们只有站在春秋园林广场上，远远地看着巍峨高大的春秋楼。关羽躲在楼内，看不到热情纯朴的许昌人，他捧着《春秋》继续扮演着忠义两全的角色。

春秋楼因关羽而存在，也因关羽而名扬四海。论建筑，它比不过登封的少林寺，也比不过开封的龙亭，更不能和北京的故宫相比，但许昌的春秋楼却有着一段独特的传奇。这段传奇随着古典文学名著《三国演义》，使关羽忠义两全的故事家喻户晓。

东汉末年，曹操东征刘备，刘备兵败投奔袁绍，曹操生俘关羽及刘备家眷。曹操非常器重关羽之将才，拜关羽为偏将军，后又封关羽为汉寿亭侯。曹操为收买人心，使其归己所用，以厚礼相待，赐关羽一府，把关羽和二位皇嫂安歇一室，企图乱其君臣之礼，离其兄弟情义。关羽一眼看穿曹操的计谋，便把一宅分为两院，皇嫂住内院，自己住外院。两院英风，天下名扬。春秋楼就是关羽秉烛夜读《春秋》的地方。

在春秋楼发生的另一段有关关羽的故事更为传奇，活脱脱地像当代言情反腐电视剧的古代版。这是一段与古代四大美女之一的貂蝉有关的故事。传说中，貂蝉有闭月羞花之貌，是一件对付男人的利器。当时，曹操看到关羽把宅院分为两院，自己住在外院，皇嫂住在内院，毫不动心，只是苦读《春秋》，便又生一计，派美女貂蝉侍奉关羽，"英雄难过美人关"，关羽一介武夫，岂能越过。貂蝉来到春秋楼，一见关羽仪表堂堂，一副英雄模样，便真心喜欢上关羽，又歌又舞。关羽也是凡夫俗子，岂有不爱之理，况且那美女貂蝉出身贫寒，才艺超群；但关羽想到貂蝉是曹操安插进来的暗探，只是想让俺关羽腐败一把，绝不能把一世英名毁在一个女人手里，便忍痛割爱。传说，貂蝉在一个月色溶溶之夜，死于关羽的青龙偃月刀下。

春秋楼记下了英雄的业绩，却把一个弱女子像祸水一样泼掉。但愿春秋楼的亭台楼阁、碧水鲜花不会忘记这出爱情悲剧。

能在一个春和日丽的日子里，登一登春秋楼，寻一寻英雄与美女，该是一件多么惬意的事啊！

塔

北京有塔，西安有塔，苏州、杭州、开封、安阳都有塔，一座城市有了塔，便可印证这座城市历史的久远。塔，从某种意义上说，是一座城市的名片。

很幸运，我们许昌也有一座古塔——文峰塔。文峰塔的历史并不太久远。据文献记载，文峰塔建于明代，距今已有四百多年。四百多年，在中华文明史上并不太长，可建塔时太平洋彼岸的美国在哪儿呢？

文峰塔不像别的景点那样有名人踪迹、传奇故事，但它却是河南省第一批重点文物保护单位，是一处实实在在的文物。许昌作为历史文化名城，文峰塔是最有代表性的建筑物。你看，由基台、基座、塔身、塔刹四部分组成的文峰塔，巍峨挺拔，高耸入云。青石基座构成须弥座形，并浮雕仰覆莲瓣和卷草花纹，玲珑秀丽，幽雅美观。砖砌的塔身，古色古香，诉说着漫长的历史岁月。一层一层的塔檐下用仿木结构斗拱装饰，翼角

处伸出雕龙头角梁，并用砖砌出生头木，使翼角翘起，翩翩如飞。文峰塔充分展示了中华民族精湛的建筑艺术。

文峰塔在很长时间内是许昌的最高建筑物，要想鸟瞰许昌，只有登文峰塔。记得小时候，正值"文革"，我们几个同学常在放学后到文峰塔里捉迷藏。一次，我们去追赶一位同学，直追到塔顶，也没见到他，文峰塔只有一个塔门，他能跑到哪儿去？原来，这位同学是个天胆，他竟然从塔窗里钻出去，爬到塔檐上，难怪我们找不着。每当我们玩累了，便在塔顶的窗口里眺望许昌，墨绿色的火车在京广线上奔跑，小西湖犹如一颗明珠镶嵌在大地上，七一路两边的建筑被碧绿的法国梧桐掩饰着，只有红砖红瓦的红卫医院（现口腔医院）在绿色中透出片片红色，塔的东边是一片无垠的田野……

据说，建造文峰塔的原因是自汉以来，许昌的文风不盛，科举以来从没有出过状元，希望建一座如椽之笔的文峰塔，重振文风。只是四百多年来，许昌并没有发展多少，只有在改革开放的今天，许昌方才进入了快速发展的时期。

许昌昌盛，还看今朝。

这里是许昌

王俊豪｜文

一

　　翻开《三国演义》这部脍炙人口的古典名著，我们仿佛还能听到战马嘶鸣、鼓声阵阵。那些群雄逐鹿的三国故事，有很多都发生在一个叫"许"的地方。一千八百多年前，有个叫曹操的人把汉献帝接到这里定都，就是这个人，给这座城市带来了无上的荣耀和辉煌。小小的"许县"，从此有了一个大气的名字——"许都"。

　　历经25年的"奉天子以令不臣，修耕织以蓄军资"，曹操终于能够"扬鞭驰骋长江水，挥戈饮马黄河边"，成就一番霸业了。公元220年，曹丕代汉立魏，因"魏基昌于许"，遂将许县改名为"许昌"。

　　"许昌"，这个世界"许"姓人的发源地，被罗贯中提到过一百多次的军政要地，不仅让人充满"闻听三国事，每欲到许昌"的向往，而且是许多俊彦豪杰施展文韬武略的福地。

　　四千多年前，夏启在这里建立了中国历史上的第一个王朝；从小吕村走出的商人吕不韦靠"奇货可居"经纬天下；"谋圣"张良运筹帷幄之中，决胜千里之外；魏武帝挥鞭指点江山；"建安七子"激扬文字；一代名医华佗悬壶济世，妙手回春；"楷书鼻祖"钟繇、"画圣"吴道子亦是各逞风流；甚至连《西游记》里虚构的猪八戒，也能在这里找到他真实的背影。

　　由此追溯到八万年以前，"许昌人"的考古发现，填补了中国现代人类起源中的重要一环，人类"非洲起源说"的观点，第一次遭到了科学意义上的挑战。

　　史河悠悠，文脉乘流。文峰耸秀的土地上，绵延着连贯古今的智慧之根。

【作者简介】

　　王俊豪，河南许昌人。供职于许昌电视台。

为了反映城市历史悠久、文化积淀厚重的特色，许昌市很早就对城市道路、广场进行了重新命名。今天，无论是关羽夜读《春秋》的春秋楼、汉献帝祭天的毓秀台，还是曹军碾粮用过的场地，都成了许昌城市设施的名字。它们仿佛在提醒许昌人，要记取许昌的千年沧桑和先人的丰功伟绩。

二

一部三国史，半卷智慧书。

出城向东三十里，就是汉魏故城遗址。据1923年的《许昌县志》记载：许昌城"地势雄壮，分内外二城，周围十五里，世传汉献帝自洛迁都于此"。现在，我们站在历史的大门前，仍能强烈地感受到"大哉惟魏"的恢宏气度。这种开放包容的气度绵延千年，不绝如缕。在城市建设方面，今天的许昌人显然承继了先人的慧根，历史文化与自然资源在这里巧妙结合，古典与现代完美交融。

徜徉在许昌城，左边的古迹修复了，右边的游园开放了。古意更浓郁，新城更洗练；幽径好吟诗，绿树堪入画。仿佛一夜之间，许昌奇迹般复原了那么多古典园林，再现了那么多街头美景：灞陵桥畔钟声悠扬，运粮河边临流垂钓，文峰塔下坐看云起。小巷里闲谈的老人，口一张一合，就是半部三国史。许都大剧院、文博馆、现代化的体育馆纷纷建成……星罗棋布的游园、广场镶嵌在新老城区。这里的人无论住在何处，百步之内，必有芳草。

许昌人自信满满，许昌更加美丽！

这里地处南花北移、北木南迁的天然驯化带，一枝如金钟倒挂的蜡梅冠绝天下；上百万亩花木，创造了"平原林海"的生态神话；绵延三十多公里的绿色长堤，为这座城市造就了一处天然氧吧。走进许昌，就像走进了一片绿色的海洋。满眼是绿，满路是绿，满城都是绿，就连人的心肺似乎也被染成绿色的了，让人分不清这究竟是城中的林，还是林中的城。依河造景，沿河造绿，让水系河网成了绿化景观带、历史文化带、休闲观光带和经济开发带。中心城区方圆三十多公里，一个城市大环境生态屏障已然形成。这一片片延绵不绝的绿，如同跳动的音符，在许昌上空鸣奏健康、希望与和谐。

三

让居者心怡，来者心悦。

玲珑剔透的许昌，宛若琥珀之光，在晶莹中透射出精致与造化神奇。这里有世界上最贵的"一把泥"，最重的"一粒石子"，最精美的"一缕头发"，最繁茂的"一树花"和最知名的"一片叶"。

"这把泥"凭借神来之火，铸就了钧瓷"入窑一色、出窑万彩"的千古传奇。"纵有家财万贯，不如钧瓷一片"，从2003年起钧瓷连续四次作为国礼，通过博鳌亚洲论坛被赠送给各国政要。

"这粒石子"本微不足道，而挟汉魏之气的黄河旋风把它堆聚成了世界上最大的人造金刚石基地。

"这缕头发"轻舞飞扬，从古老的许县飘到五大洲四大洋，全球"头上时装"行业标准的制定权及定价权在我们手中。

"这树花"，生命的创造。它的历史如钧瓷般久远，一样是始于唐、兴于宋，盛于明清，今天独享"中国花木之都"的盛誉。

"这片叶"，因为毛泽东的一句话"你们这里成'烟叶王国'了"，许昌的烟草工业从此蜚声海内外。

是什么让许昌人把如此多"其貌不扬"的物产书写成了惊世之作？站在古今文明交汇的"智慧门"下，我们可以思考很多。

四

这是一座有着悠久历史的古城，但历史的沉淀并没有牵绊它前进的脚步。行走在许昌街头，我们呼吸到的是和沿海城市一样强烈的现代气息。

许昌人爱说"中"，这既是一种地域文化，又是一种处世哲学，更暗示了许昌的地理优势。

许昌，中原之中，核心所在。近五千平方公里的土地上，四百多万许昌人一次次创造着属于自己的"风电速度"，国民生产总值在河南排名第四，上市公司总数仅次于省会城市郑州。

今天的许昌已经成为"中原城市群"重要的交通枢纽，市区距新郑国际机场仅五十余公里，每天二百多个航班，辐射国内外百余座繁华都市。河南首座异地候机楼的启用，让生活在许昌的人们实现了"从家飞"。区域内京广铁路、平禹铁路、107国道、京港澳高速公路、郑尧高速公路贯穿南北；禹亳铁路、311国道、日南高速公路、永登高速公路横贯东西；京广高铁、郑渝高铁为许昌提速，我们两个半小时可直上北京，不到五个小时能南抵重庆。

"中原之行，许昌启程。"足踏许昌，两小时内便可通达河南任何一座中等城市。

优越的地理位置，让许昌活力四射、魅力十足。近二百平方公里的许昌新区，匠心独具。清新的"水韵莲城"，以水为脉，一轴连双城。新时期的"双城记"，上演着许昌人对未来的无限憧憬与光荣梦想。

大河之南的许昌人爱说"中"。

中，意味着豪迈、勇气，意味着中庸、平和，包容万方。

这里是许昌。

这里，就是中原之中。

寻找失落的许昌三国遗迹

刘革雨｜文

"闻听三国事，每欲到许昌。"据说，这是诗人郭沫若的一句诗，也有人说不是，因为，在郭老的诗集里找不到这句诗。其实，是不是郭沫若的诗无关紧要，它至少道明了一个事实：要想了解叱咤风云的三国时代，还真绕不开许昌！

我原籍禹州，从小在许昌长大。许昌到禹州不过百里，山川风光却大不相同。小时候放暑假，特别盼望着回禹州老家。那里有山、有河、有崎岖起伏的山间小道，还有漫山遍野洋溢着芳香的野花野果。不像我居住的这个城市许昌，没山缺水，走出城市，看见的只有无边无际的田野……

年齿渐长，我才渐渐晓得许昌是一座了不起的城市，也是一座好玩的城市。别的不说，作为三国名城、汉魏故都，这里流传有太多的传说和故事，灞陵桥、春秋楼、曹操墓、藏兵洞……的确，一千八百多年前，许昌曾上演过太多刀枪剑戟的"英雄大片"，使这座古城弥漫出诡谲神奇的色彩。

但我从没想过为许昌写一本书，直到年逾天命之年，心里才有了一些萌动，生于斯、长于斯，我能为这座城市做点儿什么呢？我想到了三国故事，想到了散落在许昌大地上的点点遗迹……

我决定做一个探访者，做一名探访三国文化的业余"驴友"，去寻觅失落的、等待人们重新认识的三国遗迹。我知道，这是一次愉悦而又艰难的旅行。

一般认为，三国时期从建安元年（公元196年）开始，标志性事件就是曹操将东汉的末代皇帝汉献帝挟持出洛阳，迁都许昌，曹操集团也逐渐成为当时最大的军事集团。当时，刘备还是一个势单力薄的小人

【作者简介】
刘革雨，河南禹州人。河南省作协会员，许昌市作协副主席，许昌日报社副总编辑。

物，孙权更是名不见经传。那是一个英雄辈出、风起云涌的时代，在漫长的历史长河里只是短短的一瞬间，但它绚丽耀眼，群星灿烂，占据着独特的地位。

所以说，说起三国，离不开许昌；论起许昌，必然谈及曹操。许昌因曹操"挟天子以令诸侯"，由中原小县一跃成为国都；曹操则因迁都许昌，占尽天时地利，成就一番霸业。

一千八百多年前，许昌这片广袤的土地上曾经多么辉煌啊！人才济济的曹操集团在此大显身手，风流倜傥的"建安七子"在此慷慨高歌，刘备在青梅亭与曹操青梅煮酒，关羽在春秋楼夜读《春秋》。宫廷内外，刀光剑影，内幕重重；中原大地，军旗猎猎，战马嘶鸣。

三国时代的许昌蕴藏着多少神秘的故事啊！

进入21世纪，我的许昌三国遗迹之旅开始了。先从灞陵桥开始，那是一个英雄惜英雄的地方，曹操的爱才和关羽的忠义，在这座小桥上表现得淋漓尽致。写完《灞陵桥沉思》，我才发现，这次旅行远比我想象的困难得多。

了解许昌的朋友们都知道，许昌的三国文物星罗棋布，但有形象、能观赏的寥寥无几。还有，许昌的三国故事精彩纷呈，但大多是民间传说，历史记载模糊，需要大量的时间在历史典籍里寻找真实。

我在一家媒体工作，工作繁忙杂乱，常年夜班，生活极无规律。所以，我的探寻过程很慢，也很辛苦，既要到遗迹现场，又要查阅资料，有时甚至想要放弃这项吃力不讨好的写作。

2009年的夏天，我的儿子告别了拼搏而又煎熬的高中时代，顺利考入国际关系学院，专业是文化和传播。我想拉着儿子加入寻觅许昌三国遗迹的行列。我告诉他，许昌是一座历史悠久、文明昌盛的城市，作为许昌人，要了解许昌的历史，许昌最辉煌的历

史就是三国时代。节假日，我领着他参观了许昌博物馆，登上了春秋楼，游览了灞陵桥，凭吊了莽莽苍苍的汉魏许都故城……儿子也开始关注三国文化，翻图书、查资料，在网上查找有关许昌三国文化的信息，也成为三国文化的爱好者、探访者。

我又想起了自己的青春时代。

我写下第一篇三国历史散文的时间，是1984年，那年我25岁，大学毕业没几年。那年，河南人民广播电台《河南风光》栏目在许昌地区搞了个《三国胜迹》专题节目，我作为一个文学爱好者，参加了这项活动，并承担了一项撰稿任务，那篇作品就是《练兵台忆旧》。记得我骑着自行车到襄城县范湖实地考察练兵台遗址时，还是一个炎热的夏季。从那时起，我便开始了艰难漫长的三国之旅。

如今，我已年逾五十，儿子也快到了我写第一篇历史散文的年龄。三十多年过去，弹指一挥间。

我领教了岁月的无情与公平，也品尝了岁月的快乐和欣慰。

> 滚滚长江东逝水，浪花淘尽英雄。是非成败转头空。青山依旧在，几度夕阳红。
>
> 白发渔樵江渚上，惯看秋月春风。一壶浊酒喜相逢。古今多少事，都付笑谈中。

《三国演义》开篇处的这阕《临江仙》咏史词，抒发了历史兴亡人生感慨，豪放中有含蓄，高亢中有深沉，慷慨悲凉，意味无穷，读之令人荡气回肠。

在许昌大地上漫步，在汉魏故城中徘徊，诵读这阕《临江仙》，更是别有一番滋味，万千感慨。

但愿《沧桑魏都》这本小书能带给读者一些愉悦。

是为序。

　　淮阳，太过古老，古老到存在着许多的不可解，古老
到透着丝丝缕缕的神秘气息。寻根问祖到淮阳，人祖伏羲
静卧在那里，等待着我们这些后辈的拜访与敬仰，他会告
诉我们：在淮阳，有一个传承了数千年的传奇……

淮阳不可忘

舒 乙｜文

你听说过淮阳吗？你去过淮阳吗？

你，如果没有，非常有必要知道它，而且要去一趟；你一定大有感慨，深感相知相见甚晚。

淮阳，现在，和淮河并没关系。淮河改了道，往南去了。淮阳现在是个县城，属河南省周口地区，在河南东部，离安徽北部比较近。

淮阳在历史上不得了。说句玩笑话，淮阳在过去，不论从行政划分上，还是在重要性上，都是爷爷的爷爷，现在，则是个小字辈儿的，连知道它的人都不太多。

这儿有伏羲墓，即太昊陵。

伏羲何许人？

中国历史上，在最远端，传说有"三皇五帝"，属于开天辟地级别的，而伏羲是"三皇五帝"的头一名，是中华民族的老祖。

他埋在这儿。

相传，他来自甘肃天水，后来，率部沿黄河而下，来到河南淮阳，在这儿成了气候，做了许多开创性的工作，奠定了人类东方文明的基础，一句话，是他将野蛮人拉进了"人"的门槛。按现代的说法，他所属的时代大概是人类原始社会中的母系社会向父系社会过渡的时期，他是那个时期的最有影响力的领袖人物，被称为东方文明头一名奠基人，距今大概有六千五百年。

汉朝时，就已有在淮阳祭祀伏羲的记载了，距今有两千多年，延绵不断，直到今天。

我亲眼目睹了今日老百姓对伏羲崇拜的狂热，毫不夸张地说，吓死人。

【作者简介】

舒乙，生于青岛，北京人，中国著名文学家舒庆春(老舍)之子。

　　我来的那一天是农历六月初二，头一天是初一。这里每逢初一、十五是祭祀伏羲的日子。当天我看见有一群工人在伏羲墓前打扫垃圾，将泥灰往卡车斗里装，已装满整整一卡车。昨天是雨天，香灰已呈黑泥状。香灰是昨天烧香的残渣。成卡车啊！

　　陪同者告诉我，这还是少的，因为下雨，否则两三车不止。多的时候，竟要拉走五六卡车。

　　也就是说，在普普通通的祭日，每天有两万多人参加。在每年农历二月二至三月三这一个月里，则每天多达四万人，累计一个月里要来八十余万人！

　　完全是自发的，没人组织。人们来自河南、安徽、山东、河北、湖北等省的农村。他们把伏羲当成神，来这里拜神，求神保佑，求平安，求子孙，求福，穿着干净漂亮的衣裳，虔诚地排着长队，等候在伏羲墓前叩头烧香，或许愿，或还愿，由清晨到深夜。

　　整座广场完全是人的海洋。那广场面积比天安门广场还大，竟然装得满满的。

　　在一个现代社会里！

　　难以相信。

　　而这，并非宗教。什么教都不是。在这里，只有传统，只有历史的延续。

　　中华文明是延续不断的，在淮阳，得到了最具体、最鲜活、最生动的体现。试想，这根线有多长，它由六千五百多年前一直牵连到今天；有多粗，它由每天二到四万人的自发活动组成。到哪儿去找这样的证明？哪儿也没有，独此一家。

　　实在厉害。

　　清明节时，我曾经受国务院参事室和中央文史馆的派遣到陕西黄陵去参加祭祀黄帝的活动，那是举国之力的正式活动，去了三万人，只活动半天。而这里，半月一次，每次两万至四万人，完全自发，无须任何组

织。何等有生命力！何等有气魄！相比之下，我的惊讶，完全不能用言语表达。

深究一下原因，其动力，倒是一件很值得一番功夫研究的。

这就叫代代相传吧，这就叫历史吧，这就叫传统吧。看似一股无形的力量，却看得见，摸得着，非常有分量，有巨大的内聚力，有非凡的震撼性，了不得。

我在祭祀现场看见三棵古树，唐柏。它们离伏羲墓大概有15米，居然活活被燃烧的香火烤死，只剩下枯干的树干立在那里。香火之旺，可见一斑。

伏羲墓大概有20米的直径，高有10米，上面被植被覆盖，可是，整座陵墓园林面积却奇大无比，足有五六百亩，"文革"时破坏严重，东院西院全部被毁，只剩中路，目前整体正在快速恢复之中。那个新建的陵前大广场的存在就是证明。我在太昊陵一座大殿东北角的石基上看见一个凹进去的小圆孔，直径有乒乓球大小，陪同人说，这是被千万人用手指摸出来的！真神奇。

这是一个活生生的性文化的样板。小圆孔是女阴的象征。据说，妇女去摸它可以生小孩。逢祭日，这儿是最拥挤的，甚至会有践踏拥挤惨案发生。

淮阳有一种特产，叫"泥泥狗"，是一种手工艺品。用胶泥捏成小狗，风干后涂上黑、白、红、黄、绿等色，造型古拙粗犷可爱。仔细一看，竟是远古性文化的活化石。一狗两头，相背而立，正在交配。或者一狗站立，腹部画一个夸大的女阴。泥泥狗有各种变种，但大部分有性的暗示。

卖泥泥狗的，大都集中在太昊陵前。

太昊陵的长盛不衰，由此，意外地得到了一点启示。

那就是人类的自身繁衍法则。

虽然今天有计划生育政策作为国策，但在广大中原城乡居民头脑中生孩子却依然是头等大事。没有孩子的，一定要到伏羲墓前来烧香，乞求得子，甚至顽固地渴望多子多孙。有了孩子，要极其隆重地扛着孩子来还愿，招摇过市，形同展览游行，把孩子打扮得极漂亮，胸前披上十字形的大红绸。那十字又是性的暗示。

看了这些，突然会明白，性崇拜在远古为什么曾是全人类的共同的头等大事，那时，跳舞、绘画、各种仪式，通通都是以它为核心的。

而它的遗传基因就是今日淮阳的伏羲崇拜，居然，竟还是这么明显这么粗壮的一根线索，在21世纪的今天！

这大概可以排在世界非物质文化遗产名单中前排的位置了。

20世纪70年代，淮阳农民在一处叫"平粮台"的高地上取土烧砖时，不断发现有陶片，甚至有越王剑出土，引起了考古学家的注意。经过挖掘，发现了丰富的古代文明遗迹，最下层是四千五百多年前的一座城基，后来在原址上建了博物馆，被称为"博物第一馆"。此城历史比安阳殷墟要早。据推测，再往古，这里应该就是伏羲氏的根据地宛丘了。

公元前500年，这里是春秋时陈国的领地，老子诞生在淮阳东边的邻县鹿邑，现在有老子故里纪念地，占地很广，由门走到底有一公里半的距离。2005年清理地面时，发现有六十余块历代皇帝为老子立的碑，其中最大的一块是宋真宗为老子母亲李太夫人立的一块巨碑，宽2米，高4米，厚0.8米，叫"三御碑"，即皇帝亲题篆额、亲自书丹、亲自监立的碑。这块石碑体形硕大，是为一位伟大的母亲而立的，意义非同一般，为确立老子的诞生地提供了毋庸置疑的铁证。

孔子当时数次来到陈国首都陈州即淮阳，曾多次向老子请教。孔子先后在淮阳住过四年，率领三千弟子，讲学论述。淮阳是《论语》中的许多思想，特别是中庸思想形成的地方。淮阳现存有孔子的弦歌台遗址，相当于当时的孔子自家学院所在地。困难时，孔子在这儿曾以蒲菜充饥，可见，淮阳自古就多水。

在淮阳南侧的大田里，在玉米地里立着四个大土丘，其一是曹植的坟冢，他曾被贬到这儿当陈王，去世于此。这儿的古迹太多，把曹植墓几乎不当回事儿，玉米一直种到冢前。墓就那么孤零零地待在玉米丛中，土丘上四处满是盗墓洞，让人看着心酸心痛。

淮阳虽然很小，但人口众多，一个县现在有135万人，依然以农业为主，一马平川，产棉、麦、豆、玉米、花生、白薯和大蒜，树木茂盛，这样的地貌环境，几千年来被中华民族的祖先勤劳地利用和开发，在这里生生不息，繁衍至今。淮阳确实以历史悠久为最大特点，成了中原文化的诞生地。

文化的特质在淮阳得到了辉煌的体现，它是一种生活方式，它是一种思维模式，它是一种生命体现，它是一种代代相传的行为定式，不论政治体制发生什么变革它都不会变化，顽强地按着自己的轨迹向前走，表现为个性十足的独一份儿，代表着一方人类本色，而这一方人类或许是十几亿之众。

我曾为淮阳写了四句话："人之祖，史之初，国之根，文之源。"

这儿有中国开天辟地的皇帝，有原始社会性崇拜的印记，有中国最伟大的思想家和哲学家，是春秋时陈国的首都和楚国的临时首都，有七步成诗的大诗人……这样的淮阳不可不看。

这样的淮阳不可忘。

走进陈州

佚 名｜文

不知是个人内心的匪夷所思，还是为当地文明的兴衰所感，不知是我情感深处的孤心偏爱，还是你丰富内涵的魅力诱惑，也许是兼而有之，使得月圆中秋的夜晚凉风如丝，让人勾起无尽的思念无尽的眷恋，深深地呼唤着你——陈州。

不可否认，常人之心是无法摆脱怀旧情绪的。少儿时代，我就常听老年人戏说陈州的历史陈州的传说陈州的风情。及至成年，又广泛搜集、阅览陈州的史话，对陈州的感情与日俱增。近几年，陈州人对陈州的研究不断深入，多有宣讲文章见诸报端，从更多的角度诠释陈州的文明，愈使我感觉到古陈的伟大。

陈州拥有一系列的天下第一之尊：中华民族第一人、俗称"人祖爷"的太昊伏羲氏都城在此，天下第一陵的太昊伏羲陵园在此，陈氏第一人、陈姓始祖胡公妫满的封国及陵墓在此，天下第一才子、才占八斗的曹子建封国在此、陵墓在此，天下文官祖、历代帝王师的孔子绝粮圣地在此，中国历史上第一个农民革命政权——陈胜吴广建立的张楚政权在此……这里有稀世珍宝白龟、蓍草，有蒲苇葱郁、秀水可餐、内陆独一无二的万亩龙湖，有历代文人墨客、官宦名流遗留下来的无数古迹名胜——"宛丘学舍小如舟"的苏子由读书台、"空蒙人近天欲雨"的张咏望雨台、"遥望州城柳如烟"的狄青梳妆台、"以火德王教万民"的神农五谷台、"即今风节辉前哲"的汲黯卧治阁、"伪游云梦称奇计"的汉帝平信桥、"墓室精构赛秦皇"的东汉陈王刘崇墓等，陈州的历史文化积淀何其凝厚，陈州的历史文化底蕴何其博大精深！

我之思恋陈州，更在于陈州铸就了宋臣包拯刚直不阿、铁面无私的青天形象，更在于陈州谱就了一曲永世传颂、万古不息的青天壮歌！

怎能遗忘,那一曲唱过宋元明清、唱遍大江南北的名剧《下陈州》。铭心刻骨、魂牵梦萦的就是《下陈州》里所描述的那桩感人肺腑、正人心骨的故事:当时陈州地三年灾荒,受皇命在陈粜米的皇亲国戚庞国舅,却大斗进小斗出米里掺沙克扣皇粮,敛民财施淫暴伤人害命荼毒生灵。陈州民女张桂英携人头告国舅冒死进京。权知开封府事的包拯,接大状奉皇命前往陈州廉政,先后在京都汴梁街头被假充正宫的西宫娘娘挡道而怒打銮驾,在陈州受阻数月不得进城时巧扮测字先生调查案情,最后又忍屈辱扮"王八"背鼓进城,才得以擒拿贼臣,举虎头铡明禁正刑,立平粜法。正是因为《下陈州》成功塑造了这一"理冤狱关节不能自是阎罗气象,赈灾黎慈悲无量依然菩萨心肠"的青天形象,才使物华天宝、人杰地灵的陈州城名噪天下、风传隔世。从此,《下陈州》一剧不再是陈州人的独有资产,而成为国人共有的财富。

我之思恋陈州,正是因为陈州的声名宏大声名远播声名清澈。陈州,如果你是名人,则是天下情男痴女的青春偶像;如果你是伟人,则是社会各界精英共同尊崇的神灵;如果你是人名,则是流香溢彩的嘉号;如果你是地名,则是市场聚目的焦点……

遗憾的是,在历史的长河中,总有一些权政者,不知是缘于怯弱,还是出于嫉妒,不知是缘于个人的喜好,还是出于对你的信任度不够,抑或是别的什么原因,却把你从前线调到后方,把你从前台拖到幕后。从此,你含愤带气地去了,甚至也没有顾得向我们道一声珍重。你可知晓,没你的岁月我们的夜空何其灰暗,我们的挣扎何其苦痛!陈州呵,真不知道,你是不是也能够听到我的诉说我的哀鸣?倘你有知,是不是也会感慨万端涕泪盈盈?陈州,我们已分别得太久

太久!陈州,我们本不该分离呵,更不该分离得太久太久!

时空的变迁、社会的发展,已经把我们共同推入了市场经济的品牌时代。当此之时,也许是我对地名品牌的价值思虑过多,也许是广大陈州人的身心已被市场经济的波浪击打得伤痕累累,从而让我想起了医治伤痕的传统良药,让我想到了勇立潮头称英豪的舵手,那就是伟身雄立天地间的你呵,陈州。

归来吧,陈州!我们不能再在相离的苦痛中忍受折磨忍受煎熬了。归来吧,陈州!你的归来无论对你还是对我,都将是一次新生!陈州,我们的相聚,会不会是在下一节令的月挂柳梢头?

抚摸千年城湖

杜 欣｜文

一湖碧水千年故事

这天是入冬以来少有的好天气，日出雾散，阳光普照。我从淮阳县城沿湖东行，放眼万亩城湖，真的是水光潋滟、碧波粼粼。

在东关湖边，我见到几位老人正在路边扎堆儿晒太阳，就走过去与他们攀谈。谁知一问年龄，他们都是八十多岁的高寿，看上去身体却还是那么硬朗。一位姓张的老人比较健谈："我们几辈人都在这湖边住，这里空气好，又没污染，这水有灵气呀！我们村活到八九十岁的多得很。""这湖从啥时候开始有的？"我问。"打从我记事起，我就下湖捉鱼摸虾。""有人祖伏羲的时候就有这湖啦？""这说不准，反正得有好几千年了……"老人们七嘴八舌。

是的，世世代代，岁岁年年，他们生于斯长于斯，守着城湖，守着这片古老而神秘的湖水，守着一湖美丽而丰富的传说，就心满意足了。

相传，六千五百多年前，伏羲氏率部族沿黄河东下，经陕西、山西，来到宛丘这个地方。他发现宛丘西侧有大片湖水，湖里夏荷葱茏、鱼虾繁多、水鸟飞鸣，便在这里定了居建了都。水是肌肤，水是血脉。我们的祖先踏水而来，临水而居，才得以繁衍生息。如今其长眠之地——太昊陵，已成为淮阳古城的烫金名片。

据《淮阳县志》记载，宋时城郭内有小湖三个，位于城南的叫"南坛湖"，位于城西北的叫"柳湖"，位于城北的叫"北关湖"，范围均小，且互不相通，旱时干涸。宋代苏轼寄陈时，曾吟《宛丘二咏》，并附言："宛丘城西柳湖，累年无水……去秋雨雪相仍，湖中春水忽生数尺。"从宋至今只有千余年，何以形成偌大湖面？经考证其原因有二：

一因防黄水泛滥浸城，屡次筑堤所致。据旧志记载，宋至民国黄河

【作者简介】

杜欣，河南淮阳人。供职于周口晚报社，职业新闻人。

决口南泛及县境达57次，每次州、府皆大力修筑护城堤，防止黄水入城。宋天圣年间，陈州兵马监督张孜筑堤袁家曲捍水。李世衡知陈州时，筑大堤以防水患，逐渐形成了护城堤轮廓。金大定十一年（公元1171年）11月，河决王村，泛及境，护城堤外，受黄水淤积。明洪武八年（公元1375年），河决开封大黄寺堤，蔡河壅塞，漕运不通，知州李子义率民筑堤御之。明隆庆二年（公元1568年），兵备道傅林命文武官修护城堤。堤外地面则因屡受黄泛泥沙淤积而层层升高，形成外高内低地势，积水成塘，塘连而成湖。据地质探测，护城大堤复加二十层左右，堤外淤土，层次分明，厚度在三米左右。1956年修建北关蔡河桥时，发现桥基西北角距地面三米以下，有一拱券桥洞，考证为古蔡河桥，埋深与堤外黄泛淤层相吻合，堤外若除去淤积层，湖底将与原地面平。

二因屡次修筑城池所致。据有关史料记载，自唐以后，陈城先后大修过二十多次，每次修城，均挖塘取土，城外越挖越低而成湖。

据1981年测量，湖水深在1.5至2.8米，加上湖水面至湖外地面2.2米高，便形成了与湖外地面和城内地面平均差为4.3米的环城湖。从东湖回头望去，淮阳城已是湖光天色、雾霭缥缈的水上之城。

一座古城几多传奇

水把生命写进土地，就是江河湖海。她充满了创造，也充满了灵性和传奇。

六千多年的文明变迁、斗转星移，使淮阳这座历史古城拥有了厚重的文化积淀。

当年，宋代知州张咏深爱龙湖景色，

就花34年时间，在湖中的桃花岛上建造了别致的望雨台。细雨时节，登台远望，水天一色，雾湖蒙蒙，韵味非常，"望台烟雨"因此成为"古陈州八景"之一。张咏通诗文，博才学，颇有名声，宋真宗时，由寇准引荐，官至工部尚书、礼部尚书，因遭丁谓弹劾出任陈州知州七年。某日，张咏看到了丁谓逐寇准的奏报，痛哭失声，大骂丁谓，不久便郁郁而死，葬于宛丘县。

如今岛上已是碑碣林立。园中堆石为山，凿水为池，多植奇葩芳草、苍松翠柏，曲径迤逦，画廊窈窕，怪石于垂柳之下，藤萝缘长松百尺。大诗人晏殊知陈州时，常在此洗心养性、写诗填词，挥笔写下了《庭莎记》。历代骚人墨客也常来此游览，清人汪思迥的《望台烟雨》赞之：

> 园僻常宜雨，台高故受烟。
> 溪云笼树密，山翠帐湖妍。
> 不尽陈州胜，因思张咏贤。
> 追攀寻去住，暮霭隔前川。

泛舟湖上，有一"舟"行高台，这是著名的"七台八景"之一——苏亭莲舫，也就是苏辙读书的地方。据《淮阳县志》记载，苏辙生于1039年，死于1112年，眉州眉山（今属四川）人，与其兄苏轼同为进士，与其父苏洵、其兄苏轼被誉为"三苏"，共同被后人列入"唐宋八大家"。

北宋年间，苏辙来陈州做教谕。他在《初到陈州》里说：

> 谋拙身无向，归田久未成。
> 来陈为懒计，传道愧虚名。
> 俎豆终难合，诗书强欲明。
> 斯文吾已试，深恐误诸生。

苏辙游览古陈风光时，渐渐爱上了柳湖风景，便在这块高台上读书作诗，并邀苏轼、张安道、李简夫等人在此吟诗作画。

后人敬仰"二苏"文才和功绩，便在读书台建亭纪念。明成化六年（公元1470年），知州戴昕重修八角琉璃亭，亭基船形，象征"宦海扁舟"。清人丁世禄《苏颍滨读书亭》赞曰：

> 今古沧桑几变更，数椽依旧属先生。
> 湖经涤砚鱼多黑，亭不藏书月自明。
> 鹤唳但传清露晓，松涛犹带暮烟横。
> 登临咫尺风流远，仰止时深向往情。

画卦台，亦是城湖中一景，也就是伏羲曾经画八卦的地方。相传，六千多年前，伏羲在蔡河中钓出一只白龟，就凿池蓄养，经常临池观看，作为他仰观俯察的依据，最终根据龟背上的纹路画出了千古流传的八卦图。《易经》记载伏羲"仰则观象于天……远取诸物，于是始作八卦，以通神明之德，以类万物之清"。

巧合的是，1984年8月，淮阳县东关少年王大娃在画卦台前的湖中钓鱼时，竟也钓上来一只白龟！活生生的现实与古老的传说吻合在一起，使伏羲始画八卦的故事得到了佐证，当时曾在世界易学界引起轰动。后来这只罕见的稀世之宝，于1997年7月份，再由王大娃亲手放归环城湖。

在淮阳，你随便在大街上找个当地人，恐怕都能够给你讲几段过去的传奇，特别是孔子与弦歌台的故事。

弦歌台是纪念我国古代伟大的思想家、教育家、儒学创始人孔子困于陈蔡，绝粮七日，弦歌不止的圣地，是国家旅游局开发的"孔子周游列国"旅游线路必至景点。

拜谒"天下第一城"

杜　欣｜文

　　翻开中原的历史，你会发现许多遗迹都已只是一堆黄土，这是群雄"逐鹿中原"连年征战的结果。其实，一次次的摧残和毁灭都是具体的，很多美丽的传说是否值得怀疑暂且不说，不必怀疑的是结果。淮阳县境内的平粮台如今只是一座突兀而立的大土丘，与周围的黄土地并无大的区别。

　　初冬的一天下午，天气阴冷，远处的村庄和道路笼罩在一层薄雾中，有几分神秘，亦有几分庄重。我走出了现代文明城市，踏上了探访平粮台之路，去拜谒四千六百多年前的一座曾经辉煌的古老城市。

　　出淮阳县城往东南，穿过烟波浩渺的东湖，大约四公里的路程，就到了一个叫"大朱庄"的普通村庄，平粮台就在大朱庄西南角。这里的一切都显得那么平和宁静，只有土丘四周的围墙和一块"全国重点文物保护单位"的石碑在提醒着人们，这是一处文化内涵相当丰富的龙山文化遗址。这处遗址的核心是一座古老城堡的遗址。这座城堡的发现，证明了距今四千六百多年前中原地区的古代居民，已知道构筑用于防御和安居的城市。

　　眼前的衰草瓦砾间，承载的是一部多么厚重的历史。

　　平时在郊外游玩，常常看着那荒坟发怔，尤其是那些占地很宽、气势宏伟的荒坟，居然也蔓草覆盖、路断碑坍，让人不能不猜想墓主的家族承传已经中断了。而面对这样的一堆黄土，该用怎样的心情去抚摸它连同它的层层叠叠的伤痕呢？

　　平粮台博物馆朱家兴副馆长同我交谈的时候，显示出几分自豪。因为这位土生土长的淮阳县大朱庄人与平粮台几代为邻，一路之隔。日出日落，冬去春来，就像与家乡的水和家里的人一样，自然有难以割舍的

【作者简介】
　　杜欣，河南淮阳人。供职于周口晚报社，职业新闻人。

173

情缘。朱家兴告诉我，1979年9月，河南省文物局举办文物工作人员训练班，在这里进行考古实习时，在平粮台周围发现了几段古代夯土城墙的遗迹。1980年，平粮台设立了考古工作站，对古城墙做重点试掘。当时朱家兴刚好高中毕业，在家闲着没事儿天天跑过去看热闹，后来干脆在里面找了个活儿干，参与了发掘工作。

也正是那一年，一向平静的小村庄突然间沸腾起来。原本不起眼儿的一片"高地"被圈住了，外面搭起了花花绿绿的帐篷，来来往往的陌生人让大朱庄人既感到惊喜，又觉得自豪。一位在村头闲坐的老人谈到当时的场景，仍掩饰不住兴奋的心情："那是多大的事啊，几辈儿人也没见过，只知道是省里也来人，北京也来人，在那儿挖宝贝哩！那地下的宝贝多着哩。"老人所说的"宝贝"可能是指文物。据村民讲，发现遗址以前，有人在这里取土烧窑，无意中挖出了陶器、铜器等文物。而平粮台博物馆的刘杰对村民所说的"宝贝"也有一番认识：平粮台可以说是一部厚重的书，只不过你得从最下一页往上翻，就这一片不起眼儿的土堆，浓缩的是几千年的人类文明啊！从下往上，层层叠叠，从原始社会的古城遗址到楚、汉时期的墓地……

平粮台，又名"平粮冢""贮粮台""宛丘"。面积百亩，高出地面3至5米。古城址为正方形，城内居住面积达3.4万平方米。它不仅是我国也是世界目前发掘出的最古老的城堡之一。它的发掘标志着在公元前2500年前后，我国已有过大规模的城市建设。据说平粮台古城堡较欧洲的罗马城要早一千八百多年，因此，有"天下第一城"之说。

足够厚重的文明史，即使是铜锈斑驳的欧洲，一个个国家数过去，绝大多数话题也只在千年之内。

据说早在氏族社会时期，太昊伏羲氏就在宛丘建都，也就是在平粮台建都。宛丘的得名，据说是由于"四方高、中央凹"，像倒扣着的碗状的大土丘。

历史总是这样，斗转星移，沧海变成了桑田。站在这座古城遗址上面，放眼四望，一马平川，在没有钢筋水泥摩天大楼的远古时期，真的是居高临下傲骨铮铮。此情此景让我想起了一首宋词："我来吊古，上危楼赢得、闲愁千斛。虎踞龙盘何处是？只有兴亡满目……"

朱家兴副馆长指着脚下的这片废墟说，通过对遗址考古发掘，确定城墙上宽10米，下宽17米，夯土筑成。四个城角呈弧形，南城墙中间有城门，门道两侧有土坯垒砌的门卫房。城门下埋有倒"品"字形的陶质排水管道，科学地解决了城内污水的排放问题。管道上饰方格纹和绳纹。城内东南部，发现有三排用土坯垒砌的龙山文化时期的高台建筑，在台上用土坯垒墙建房，房内是红烧土地面，还有陶窑三座。在大量出土文物中，有石斧、石锛、石镰、骨鱼钩、石网坠、石箭头、陶鼎、陶罐、陶壶、瓮、碗、盆等。遗址上，还残留着烧过的木炭和未完全燃烧的树枝，烧烤过的动物骨骼如蛤蚌、贝壳、鱼骨等俯拾皆是。经国家文物局文物保护科学技术研究所所做的碳-14测定，这座古城当建于距今四千六百年左右，其下压着的大汶口文化遗址的时代则在六千年左右。也就是说，太昊伏羲在平粮台定居若干年后，不仅在此渔猎畜牧、繁衍人类、创造文化，而且他还带领自己的部族，用勤劳的双手和智慧挖壕筑城，创造着中国的古老文明。平粮台古城址形状，不仅像丘上有丘，而且四方高中间凹。它东临蔡河，西濒城湖，有鱼蚌可罟；大地上林木繁茂，有禽兽可猎。这种土丘之上自然是人类最理想的聚居之处。

平粮台博物馆馆长特别自豪地告诉我，平粮台堪称国宝，名副其实，因为它具有四个"中国之最"：一、它是中国有中外文书记载的最早的帝王级都城；二、它是中国方形城的鼻祖；三、它是中国最早铺设地下陶制排水管道的城市；四、它是中国最早设置警卫房的都城。因此，平粮台古城的发现，对中国古代城市的出现、国家的起源、早期奴隶制的形成以及青铜冶炼的历史等都具有极重要的价值和意义。

文明之所以称为文明，是与它周围的生态相比较而言，因此，它注定了与野蛮和落后为邻。如果两方面属于不同的政治势力，必定时时起战火。相传伏羲氏曾在宛丘"画八卦""作网罟""定姓氏""制嫁娶""造琴瑟"，肇始了华夏的早期文明。

到了周武王封舜后妫满于陈为胡公时，胡公便将陈国国都陈城建于宛丘之侧。宛丘便成了他祭祀先王的圣地。《诗经》中有"东门之枌兮，宛丘之栩"的描述，说是东门的白皮榆树多么的茂盛，宛丘的柞木树绿叶成荫。胡公夫人大姬无子，好祭鬼神，敲鼓跳舞，进行祭祀。"子之汤兮，宛丘之上兮；洵有情兮，而无望兮！坎其击鼓，宛丘之下；无冬无夏，值其鹭羽。坎其击缶，宛丘之道；无冬无夏，值其鹭羽。"《诗经·陈风·宛丘》中的这段文字便是生动的写照。这时的宛丘，既是祭祀先王的地方，又是我国早期的规模宏大的露天歌舞场。

歌舞升平与血腥杀戮是历史的必然。宛丘古城废弃以后，历经两千多年，又成楚、汉时期的墓地。因此，在发掘古城的同时，又发掘了二百多座楚、汉墓葬，出土了越王剑、巴蜀剑、玻璃料珠、玉璧等数千件珍贵文物。

对于这些古老而又不寻常的东西，老百姓习惯于用各种神奇的传说来解释，这也是常情。故事是一代一代传下来的，虽然有不少演绎，但合情合理，通俗易懂，合乎老百姓的口味，自然代代相传。淮阳境内至今仍流传着包拯下陈州，铡了米里掺沙的国舅，将粮中沙子筛出来，堆成了平粮台的故事。

从平粮台和它的故事中走出来，从布满泥泞的乡间小路上走出来，前面的城市已是华灯初上。再回首，一座曾经辉煌的古城已淹没在一片黑暗之中。最令人忐忑不安的是，这次采访并没有画上赞美的感叹号或判断的句号，而是将一个大大的问号始终屹立。人类文明史还远远没到可以爽然解读的时候，我们现在可以翻来覆去讲述的话语，其实都是近一个多世纪考古学家们在废墟间爬剔的结果，与早已毁灭和尚未爬剔出来的部分比，只是冰山一角。更重要的是现在世界上生龙活虎的年轻文明，经历岁月风雨后，会不会重复多数古代文明的兴亡宿命？

游弋在陈州的梦

董素芝｜文

像所有热爱故土的人一样，我不停地写着，试图告诉你一个真实的陈州。

陈州坐落在一片水中，仿佛是遗忘在黄淮大平原上的一片原始村落。冬日，枯黄零乱的苇草七零八落地分布在湖面上，和岸上的枯枝构成一个苍茫的世界，湖上的粼粼波光像光秃、苍凉的大平原上的一个梦。

中原自古英雄辈出，而坐落在水中的淮阳（陈州的治所）正是中原的祖根地，一个容易做梦的地方。当年，身穿兽皮、肩披树叶的人祖把梦幻般的开天之功留在了这里，也成就了一个中华进入文明的起点和千古兴亡中虚无缥缈的驿站。只是，那些日子太久远了些，当旌旗变幻的信史时代来临时，这个远古驿站没能再次跃身为新的显要坐标，且一落再落为历史的外围者了。

但人祖梦幻般的开天之功化作游弋的梦分子浸润在淮阳人的梦里了。一梦万年，这个梦好长！三十多年前，那个梦幻之地——宛丘竟被发掘出来了，就在淮阳城东南四公里的平粮台。不骗你，在宛丘故地随便踢一脚，土里就能蹦出几个陶片来，捡起一个就是几千年！可淮阳的百姓说，那个土丘是包公陈州放粮时从贪官囤积的米里筛出的沙子堆成的。没办法，淮阳就是这么一个文化"成堆"的地方！

正如不知道是庄周做梦变成了蝴蝶，还是蝴蝶变成了庄周一样，那么多的历史版本搅和在一起，把一代一代淮阳人的记忆弄糊涂了，以至于淮阳给人的感觉是分不清远古和现代、真实和幻觉。若推敲远去的岁月给淮阳留下什么印痕的话，那就是培养了一拨又一拨从故纸堆里淘宝的文化人，摇头晃脑像说书一样一拎一串地说淮阳，说到忘我处，"万

【作者简介】
董素芝，河南淮阳人。中国作家协会会员，中国散文学会会员，周口市散文学会副主席。

姓同根，源于淮阳""一千年历史看北京，三千年历史看西安，五千年历史看洛阳，八千年历史看淮阳"就蹦出来了，令初来陈地的人忍俊不禁。

但淮阳人一点儿也不觉得可笑。陶醉在梦幻中的他们像冈（淮阳话，意思是讲）故事一样一代一代地冈着：淮阳风水好着呢！要不头上长角的智慧老人伏羲会千里迢迢从西部而来，让煌煌文明从这里起步？伏羲是谁？人祖爷呀！"三皇之首""百王之先"！中国文献记载的最早智者！太史公治史够严谨的了，据说是因伏羲传说语多讹误不为伏羲作传，《史记》仅从黄帝写起。但太史公多次提到伏羲，引前人言很小心地说："余闻之先人曰：'伏羲至纯厚，作《易》八卦'。"他老人家曾在宛丘东侧的蔡河里捕得一只白龟，凿池蓄养，昼观夜察，画出了神奇的八卦图。在淮阳太昊陵庙里，伏羲也是头上长角、手托八卦的形象，一个慈眉善目的智者，"以化成天下"嘛！后来，那个叫神农的炎帝爷也来了，也定都在那个土丘上，教先民稼穑播种五谷，从此，我们的先人从动物界突围了出来。

当然，让淮阳人能侃能冈的关键是，历史若前推六千多年或更早，这个不起眼儿的土丘，如今历史学家眼里已模糊的宛丘、陈，就是中华进入文明的门槛所在地，或者叫首都，一个文明进程中不可缺少的地方。所以，淮阳历史上皇恩浩荡是可以理解的了。西周，陈国即是有名的"三恪"之地。君临天下的周武王战车未下，即追封先贤遗民，将舜帝之后妫满封于陈（今河南开封以东，安徽亳州以北）。妫满的父亲遏父因精于制陶深得周文王赏识，妫满又是才识过人的高尚之君，周武王便将长女大姬嫁到陈国，说是奉祀舜帝，其实足以说明陈国在十二大诸侯国中地位的显赫。妫满卒后，谥号"胡公"。胡公妫满后，已生出陈、胡、田、孙、王、袁、薛、敬、仲等几十个姓氏。

其后的三千多年里，淮阳引来无数令人咂舌的人物。且不说大名鼎鼎的老子、孔子，随便从故纸堆里拉出个人物够淮阳人扒上半年的，什么春申君辅助楚考烈王都陈22年，毛遂在陈舌战楚考烈王，张良游淮阳寻力士刺秦皇，贾谊与淮阳国，汲黯卧治淮阳，还有，《颍阳别元丹丘之淮阳》的李白、两度知陈的晏殊、陈州通判范仲淹，出判陈州的狄青、宛丘县令沈括、陈州教谕苏辙，三次至陈的苏东坡，三复陈州的岳飞，游历在陈的白居易、陆游、张九龄、李商隐、张继、程颢等，当我写下这么一串让人心跳的名字时，确有为我的陈州吹牛之嫌，但七百多篇关于淮阳的诗文又让我底气倍增。

只是，英雄气短啊！三千多年过去了，先占了风水的淮阳仍然滑出了文明史的前卫地位，只留下了窘迫和谈资。中国的古都都排到第八位了，河南已有"四都"入围，我的很古很老的淮阳依然榜上无名。它让人想起那句浪漫而伤情的歌词，"从Mary到Sunny到Every，始终没有我的名字"，仿佛我的陈州是专供文人吹牛用的。

榜上无名的尴尬压抑不住这块土地上臣民的自信和自豪：淮阳有人祖爷的都城——宛丘，有人祖爷的长眠之地——太昊陵，有神奇的八卦台，还有画卦用的蓍草，这种长在陈地的灵物还是明清以来皇帝派钦差大臣来陈州祭祀的信物。二十多年前，淮阳少年王大娃在八卦台前钓到一只龟龄260岁的白龟，为伏羲蓍龟画卦说再添新传。所以，在淮阳的地盘上，谁敢否认伏羲，淮阳人跟谁急："我父亲我爷爷我见过，我祖爷我没见过其人，也是传说人物。我能结论没有我祖爷其人么？""陈，太皞之墟"分分明明印在《左传》以降的史书上，铺天盖地关于"伏羲都宛丘""炎帝神农都陈"的记载都传到这份儿了，难道还有什么可怀疑的？

既然是人祖建功立业的地方，淮阳人毫不犹豫地将所有的"第一"给了自己："天下第一城""天下第一陵""天下第一狗"……就像淮阳人留给作家刘立云的感觉："淮阳人喜欢用第一来介绍他们的人文和地理，而且说话的语气坦白又坚决，没有一点支支吾吾、拖泥带水。"当然，信不信由你。

说老实话，作为土生土长却受着唯物论影响的我，一脚踏进祖陵工作的时候，对这些言之凿凿的传说一直是抗拒的。伴着改革开放长大的我终究习惯了新观念、新思潮，那时的我完全是新青年的做派。当年的我始终不明白：怎么突然之间太昊陵就人头攒动起来了？那些挂着"进香会"红黄布条的老太太，高举着"朝祖进香"的龙旗浩浩荡荡地来了，虽然没有当年公谨"雄姿英发，羽扇纶巾"的潇洒，却也像敌后武工队，忽然间旗子一甩就呼啦啦蹿出老太太无数，雄赳赳奔赴太昊陵。那些肩担花篮、手敲竹板、一袭黑衣的老斋公还挑着花篮在太昊陵前飞舞，嘴里念念有词："上天神留下他兄妹二人，无奈何昆仑山滚磨成亲，日月长生下了儿女多对，普天下咱都是龙的子孙……"舞姿从"剪子股"到"铁索链"再到"蛇蜕皮"。花篮飞舞旋转，背后的黑纱相互交合，与汉画石像中的交尾图像极了。

当年，因高考落榜正一脸困惑的我，面对如入无人之境的老太太，我无法不表现自己的愤怒：封建，真是封建！都什么年代了，她们居然唱着这么天老地荒的唱词！可她们的虔诚让我震撼。家在几十里开外的老太太，天不亮就带着干粮出发了，朦胧的夜色中，太昊陵四周已挤满了黑压压的人群。在售票处，老斋公小心翼翼打开裹了一层又一层的手绢，露出积攒多日的分分角角。二十多年后，大脑略显混沌的我还记得当时的震颤，他们让自以为有信仰的我感到自惭。

念念有词的老太太，奇形怪状的泥泥狗，构成了太昊陵无处不在的神秘。坦白地说，最初看到那些"人面猴""双头狗""四不像""八大高""混沌"等泥泥狗时，我一点儿也没有鲁迅先生看到"人面的兽、九头的蛇、袋子似的帝江"似的欢喜，甚至有点恐怖，憎恶淮阳怎么有如此土得掉渣的东西。对那些自诩为人祖守宫的老太太，我更是一脸的不屑：神话当真，傻吧！

在相当长的时间内，我一直嘲讽太昊陵庞大的疯疯癫癫的人流，嘲笑那些土得掉渣的"神物"，笑话没文化的老乡拿神话当真，觉得他们生活在一个和我完全不相干的世界里！但我的冷嘲热讽一点也不影响身边的世界。越来越多的专家、学者来了，发出惊叹的声音："远古那充满魅力、声势浩大的伏羲、女娲传说竟然通过这一简单的符号保留下来了，真图腾、活化石呀！"更无奈的是，我是一个喜欢文字的人。当我有意无意地行走在历史的边缘，却发现我的陈州其实是一个史书无法绕过的地方。从《左传》《史记》到《论语》《吕氏春秋》，从《水经注》到各种地理志，关于陈的记载林林总总。说真的，对于有点迂的我来说，想弄清其中的渊源太难了。不怕你笑话，前些年，没把淮阳文化太当回事儿的我一不小心进去了，还没弄清怎么回事儿，自视年轻的我已脑子一盆糨糊出来了，它给我的感觉不仅仅是没面子，而是失去了尊严，我知道如果我的大脑一直这样糊状的话，有书生梦的我将永远与书绝缘了。

我无力探测淮阳诸多的梦，只对因它而致的脑晕耿耿于怀。困惑的我曾一次次骑车漫游在环城湖畔，徘徊宛丘古道，漫步蓍草园，观八卦台，渴望有一天茅塞顿开……近些年，关于淮阳的文字频频见诸我的笔端，此时的我不敢再笑谈那些虚无缥缈的传说，也力求把它们变得言之凿凿、有枝有叶的了。只是，一种骄傲自豪之外，却有着太多的尴尬。早在三千多年前，宛丘已是陈国的祭祀狂欢地，其后楚、汉的墓葬地，宋时南粮北运的漕运河道贮存皇粮的地方。《吕氏春秋》里那个"城郭高，沟洫深，蓄积多""不可伐也"的陈国，经过三千多年的风雨飘摇已面目全非，再没有当年固若金汤的气势，所幸留下了环抱古城的护城河，和着陈州游弋的梦在阳光下熠熠闪烁，告诉人们这里曾有过四门高悬、飞鸟难进的辉煌。几年前，一个外省人来淮阳做项目，惊诧于淮阳没有高于六层的房屋，他说这里与其说是城市，不如说是聚居的村落。感受落后的同时，听到最多的却是淮阳人津津乐道的无数关于人祖、孔子乃至春秋战国的人文历史故事，每个淮阳人都侃侃而谈、乐此不疲。

我似在这个群落里看到了自己的影子。多年来，浸润着人祖气息的陈州，已习惯了生活在看似真实却相当虚拟的精神世界里，说着让圈外人惊诧的话。毫不讳言，也滋生着陈州人的阿Q精神。几年前曾看到一段文字："刚进县城，看到一个很狂的口号'万姓同宗，始于淮阳'，走不远又看到老陈州商场，原来淮阳就是包公放粮的那个老陈州。这里还有八卦台，原来八卦也是在这里画的，淮阳还真让我另眼相看。"这是一个骑车的驴友从河南到山东路过淮阳时写的，它像镜子一样照出淮阳人的窘迫。

陈州人无疑是自大的。"炎黄尧舜禹汤文武周孔老庄无不追踪人文始祖，帝王将相三教九流诸子百家若非羲皇谁敢统天？"太昊陵统天殿前的这副楹联足以说明陈州人的骄傲和自大。多年前，每当被誉为"活字典"的豫东文化名人霍进善先生手舞足蹈地讲解"中国历代皇家宫殿、帝王陵寝，只有淮阳太昊陵才配享统天殿。统天，就是统领一切"时，我总忍不住发笑。老实说，多年来，对建筑所知不多的我对这"唯一"的说法一直半信半疑，潜意识里一直觉得淮阳人吹大了。可在淮阳生活了多年后，我终于相信了历代王侯将相、三教九流无不匍匐膜拜的统天殿的神圣和权威，因为对根的诉求是人类的共性，在中国，有"一画开天"之功、创造血脉之源的擎天之举的人物只有一个，在曾经的伏羲故园顶礼膜拜当属必然。

陈州人无疑是封闭的。先秦以来，陈州人一直在端着架子，享受着先祖圣地带来的福音和安逸。流传的《陈风》即可窥见一般。第一次读《宛丘》"子之汤兮，宛丘之上兮；洵有情兮，而无望兮"时，大惑不解。找到当地注释《陈风》的版本："姑娘起舞飘荡荡啊，轻歌曼舞宛丘之上啊……"这一看吓我一跳。一个姑娘无冬无夏地忽而在宛丘上、忽而在宛丘下、忽而在宛丘道跳舞，还有那么多敲鼓、击缶者，精神可正常？慌忙又找来另一个版本，这才松口气。原来陈地人以好巫风巫舞闻名。据说，这种习俗还和周武王的长女——好巫的大姬有关。现存的《陈风》中，多写爱情。良辰吉日，陈国的靓女俊男放下手中的活计，去陈国的东门外聚会歌舞，那里有"丘"，有"池"，有"林"。姑娘还喜欢送小伙一束花椒表白感情。找到中意人的，两人在卿卿我我的甜言蜜语后，伴着哗哗的流水信誓旦旦：吃鱼何必一定要黄河中的鲂、鲤，娶妻又何必非齐姜、宋子？只要两情相悦，谁人不可以共度美好时光？得不到爱情的姑娘在盛开着荷花的湖边哭得天昏地暗（"彼泽之陂，有蒲与荷。有美一人，伤如之何！寤寐无为，涕泗滂沱"）。另有两首是讽刺揭露陈国君主的荒淫无度……就这样，三千多年来，陈地人自说自唱着古经，跳着巫舞，歌唱着爱情，从从容容走到今天，那千年不衰的"人祖古会"，那至今担着经挑说唱的老太太即是明证。

然而，大姬的特殊身份给富足安逸的陈国带来的不只是庇荫。陈国终因君荒于上、臣嬉于下，在"五霸""七雄"的夹缝中沦为楚国的附属国，虽然一度成为苟延残喘的楚都，但终是一曲历史的挽歌，随风飘过。一天，无意翻阅《古文观止》，竟看到出自《国语》的《单子知陈必亡》。唉，陈国就没好消息！尤其让淮阳人窘迫的是，如雷贯耳的文化巨人——孔子在陈绝粮了，这无论怎么说都是让淮阳人没面子的事。有人分析，如果陈国抓住夫子讲学的机遇励精图治，或许中国三千多年的信史就要改写，偏偏陈国竟让夫子绝粮了！公元前479年，和夫子有缘的陈国随着夫子的离世而寿终正寝。此后的淮阳虽不缺皇恩却总是悲多于喜。陈胜、吴广反诛暴秦建张楚政权于陈，韩信擒于陈，曹植囚困于陈，汉武帝责令汲黯于陈，包拯赈灾于陈，皇恩浩荡的淮阳终是每况愈下。

淮阳人张云生先生的《长空星辉》里，列举了或创业或贬谪在陈的名人近百人，细细查来，自豪的淮阳人很难找到一个流芳千古的人物。这意味着，淮阳的故事大多是由外来人植入的。也意味着，最早受益突围的陈地，在历史的演化中始终是配角。如果说地处黄淮大平原的淮阳以适植五谷、宜养六畜成为自然经济的天然利地，那东远大海、西阻群山的淮阳，也注定她安乐守土、不思进取的短见。正所谓"兴也一方地域，颓也一方地域"。

我又看到了那个游弋在陈州上空的梦，并长长叹出一口气。一天，我读到这样一段文字："故乡是我生活的地方，而不是用来吹牛的。这如同我们不在乎父母拥有多大的官衔，或者多么英俊的外表；即使衣衫褴褛、满脸皱纹，父母仍然是我们一辈子的庇荫。"我微微一笑，有所释然。生活在祖根地的淮阳人，永远无法拒绝那梦的召唤，因为先祖的庇护是我们永远的福祉。

农历二月的一天，从蜂拥的人祖庙会挤出来，漫步在背离喧嚣的龙湖水岸，乍青还黄的芦苇、水天相接的邈远让我有种"从何处而来，又向何处而去"的迷茫，忽然觉得淮阳不再是淮阳，而只是一个遥远的记忆。庙会如约而来倏忽而去，龙湖苍茫又青绿，我迷失在淮阳那一个又一个的梦里。无数个徘徊逡巡后，我终于发现龙湖之妙：冬天的龙湖沧桑、古远、厚重，如一位历史哲人，让淮阳弥漫着远古的气息；初春、深秋时节，龙湖里新生的蒲苇和满目的败叶残荷，像无边无际的历史深处，让淮阳有无处逃遁的梦；只有夏天，那蔓生的蒲苇、青荷带着朝气和激情四溢的荷香，绿了城湖，也绿了陈州。这时，坐在环湖路的观光车上，眼观淹没在绿中的陈州城，耳闻树上鸟儿的欢鸣和孩子们的欢笑，再郁闷的心绪也会高涨。

"一个梦，一个游弋的梦，在陈州飘荡……"你一定又笑我卖弄、拾人牙慧了？怎会忘呢？千年马克思！那么万年的伏羲呢？不用说，仅"一画开天"就够得上不朽，足以让一代一代淮阳人冈下去了，何况还有让你触摸到历史、文化，回到古往的龙湖？你知道陈州有多大吗？我来告诉你，陈州是以水丈量的，湖有多大，陈州就有多大。

陈国古都遗址随想

陈世旭 | 文

　　宛丘，今淮阳县，古称"陈""陈州"。而原始的宛丘，在淮阳城东南的平粮台下面。《淮阳县志》载："俗呼粮冢，高二丈，大一顷，有四门，林木郁然，在城东八里。"

　　平粮台这个地名盖出于"陈州放粮"：北宋仁宗年间，陈州三年大灾，饿殍遍野。国舅爷荼毒百姓，克扣赈粮。包公下陈州查赈，把国舅爷请进了龙头铡。国舅爷先前在赈粮里掺的沙子堆成了这座"平粮台"。然而相对于平粮台的历史，这个地名太浅了。

　　宋仁宗在位时间是公元1023年至1063年。而公元1979年平粮台下考古发掘的古城，距今至少在四千年以上，比平粮台早了三千多年。

　　这是目前考古史上发现的时代最早、面积最大、保存最好的中国古城遗址。建于五米高的台地之上，占地五万多平方米，正方形，城墙残高三米，宽十米，夯层清晰。城门，内城高台，陶制排水管道，屋墙以及周边的灰坑、陶窑和墓葬，陶鼎、罐、瓮、甗、盆、鬶、纺轮，石凿、铲、斧、锛、镞、骨凿、蚌刀、镰等，历历在目。

　　考古证明，此即宛丘，当年的陈国国都。那些陶片和筒瓦、板瓦及古城墙分土层，不容置疑地证明着陈城始筑于春秋之前。

　　淮阳史上三次建国、五次建都，历史长达六千五百多年，是中华文明最早的发祥地。约公元前40世纪，太昊伏羲氏建都宛丘；约公元前30世纪，炎帝神农氏都于此，易名为"陈"。"陈为太昊之墟""炎帝神农初都陈"，《诗经·陈风》《尔雅注疏》《晋书》有文字的证明。西周初，周武王封舜后妫满于陈，建陈国，筑陈城；楚顷襄王二十一年（公元前278年），楚国迁都于陈，复筑陈城；秦王政二十四年（公元前223年），秦灭楚，置陈县。

【作者简介】
　　陈世旭，江西人。江西省作家协会主席，江西省文联主席。

中国的历史，一千年看北京，三千年看西安，五千年看洛阳，八千年看淮阳。诚可信哉。

相对于此间的一片碎陶，国人引以为傲的秦砖汉瓦太年轻了。

穿过郁然的林木，我在平粮台遗址上盘桓，想象陈国都城当年的繁荣，以及陈氏宗族跌宕的命运。所谓"陈姓遍天下，淮阳是老家"，这就是天下陈姓的发祥之地了。很多年前，父亲告诉我家族渊源在河南颍水，并嘱或可一行。这是我此行淮阳的缘由。

"陈"，金文作"敶"，诸侯国，国君妫姓。为上古原始姓氏之一，源于有虞氏，出自上古高辛氏后裔尧帝封地，以居邑为姓，得姓始祖舜。舜为黄帝曾孙颛顼的六世孙，继尧之后，登中原地区黄帝族系最大部落首领之位，跻"五帝"之列，成为华夏先祖之一。

尧将帝位传舜，舜迁妫水边，后代便以尧帝封邑居住的地名作为姓氏，故妫姓成为中华民族最为古老的八大始姓之一。舜之子为商均，大禹执政时被封于虞地（今河南虞城）。商均之后为虞思，虞思封于商（今陕西商县）。舜的另一支后裔虞遂定居虞乡（今山西永济），后受封于遂国。商灭夏时，又移封于陈地，即河南宛丘。

虞思的后裔遏父因为出色地继承了先祖制陶的手艺，担任了周族陶正之官。周文王姬昌后来还特意将长女大姬许配给了遏父的儿子妫满。

妫满生于公元前1067年十月十五日，是帝舜三十二代孙，作为舜裔的嫡脉，受封于陈地，建立起又一个陈国，都城在宛丘，取代了虞遂所建的陈国。根据胙土命氏的规定，以国为氏，称"陈氏"，遂为"陈侯"。从此奉为正朔，延续虞舜的一脉香火。

妫满故，周王室封赐谥号曰"胡公"，故妫满又被称为"胡公满""陈胡公满"。公是爵位，胡为谥号。陈胡公妫满是陈姓的得姓始祖。

陈国辖黄河以南，颍水中游，河南开封以东至安徽亳县淮水以北，北邻夏的后裔杞和商的后裔宋，西南则有楚和徐。东周初期，西北方又有从西方迁来的郑。

陈之先大姬"妇人尊贵，好祭祀用巫，故俗好巫鬼"。"大姬者，其皇后母号也。"尊贵的陈国大姬是文化的领袖。国民传其遗风，遂成习俗，陈国由是巫风炽盛而四季巫舞不断，"击鼓于宛丘之上，婆娑于枌树之下"，而"男女亦亟聚会，声色生焉"。

上古的祭祀日常常是狂欢日。腊日祈祷丰收，上巳祈求繁衍，谷旦祭祀生殖神。"玄鸟至之日，以太牢祀于皋禖。"神祇高禖主的是婚姻和生殖。"以其（女娲）载媒，是以后世有国，是祀为皋禖之神。"

"仲春之月，令会男女。于是时也，奔者不禁……司男女之无夫家者而会之。"祭祀生殖神是狂欢的节日，保留着原始的择偶属性。

所有这些，皆直接反映在文学上。《诗经》中收入《陈风》十首，多半与爱与性有关，显著区别于其他风诗。《陈风》的时代已不是远古，但承续着"大姬歌舞遗风"。

神思回到数千年前，领略着那个情爱燃烧却又像日月经天江河行地般自然的岁月：

宛丘之上，鼓缶声声。翎丝翯翯，春水一江轻漾。洵有情兮意飞扬，巫女舞狂放。从坡顶舞到坡下，从寒冬舞到炎夏。改变了时空，改变不了神采的飞扬、野性的奔放。

陈国的郊野宽又平，东门种白榆，宛丘种柞树。子仲家中好女儿，原野会情郎。会了一次又一次，越会心中越甜蜜。情郎看我美如"荍"，我送束"椒"表衷肠。"荍"，荆葵也，妖精起司也，专事滋生情欲；"椒"，花椒也，十三香之首也，其香摄魂夺魄。（《东门之枌》）

月上柳梢，情侣密会于城门下，一番耳鬓厮磨，又相拥到河边。吃鱼何必一定要黄河中的鲂、鲤，娶妻又何必非齐姜、宋子？只要是两情相悦，谁人不可以共度美好时光？（《衡门》）

欢歌笑语回荡在护城河上，漂洗苎麻的一群男女，嘻嘻哈哈地调情："温柔美丽的姑娘，与你相会又唱歌；温柔美丽的姑娘，与你相会又密语；温柔美丽的姑娘，与你相会又谈情。"（《东门之池》）

黄昏将临，隐身在被风摇响的白杨树荫下，期盼约会情人的到来。东门的大白杨，叶儿正"牂牂"低唱：约好在黄昏会面，直等到明星东上；东门的大白杨，叶儿正"肺肺"嗟叹：约好在黄昏会面，直等到明星灿烂。（《东门之杨》）

当年的祭祀有庙祭和墓祭。庙祭在灵台、閟宫、上宫；墓祭在郊野旷原。颖川河边，"南方之原"，皆是狂欢的好地方。但《墓门》说的不是狂欢，乃是斥责。爱并不全等于性。没有性的爱固然虚伪，没有爱的性则绝对粗鄙，即使在那个遥远浪漫的时代，也会遭到断然的拒绝。

喜鹊在河堤做窝，紫云英长在坡地，瓦片铺在庙堂的中庭，绥草栽在小丘上，所有这些，皆属反常。如此美人可别被人蒙骗（侜）去了呀！爱情的折磨，微妙而又淋漓尽致。（《防有鹊巢》）

中国咏月的诗篇汗牛充栋，是谁第一个用含情脉脉的审美观照月亮？是写《月出》的诗人。

静谧的永夜，月下"佼人"独徘徊，一任夜风拂面，一任夕露沾衣，直让人"劳心悄兮""劳心慅兮""劳心惨兮"，愁肠纷乱如麻，怅恨柔婉缠绵。（《月出》）

滥觞于《月出》，后人对月怀人的迷离和伤感之作源源不绝。

皆拜《陈风·月出》之赐。

堤岸上的男人硕大、挺拔。水泽边的女子生命像蓬勃的花草。在陈国女子那里，爱是绝对的感性。男子的强壮与威风，就是最大的魅力。奈何不了思念辗转难眠，情迷神伤泪如雨下湿了枕头。（《泽陂》）

辚辚的车马驰向株林，为的是去会夏南。风华绝代的美姬，令君臣皆疯狂。（《株林》）

如果说春秋是历史的代指，那么上古陈国是比春秋更远的春秋。那是这个族群天真无邪的童年时代。陈国民间的爱情，自由而热烈，发之为诗歌，真挚而动人。诗意敞亮显豁，直接露骨、率性坦诚、不劳曲饰。

没有严峻的律法，没有严格的教化，没有严厉的道德家；没有圣人批评"郑风淫"，没有理学家编织伦常密网笼罩社会伦理，没有去势者嫉恨的窥视和恶毒的诅咒，没有俗不可耐的庙堂气和让人避之唯恐不及的腐儒气。

上古陈国的人们是那么热爱生命。他们耽于情爱而蒙昧于政治。意识自由而纯朴。只遵循着季节的演变和血性的冲动，纵情地手之舞之足之蹈之，放任地醉也痴也癫也狂也。比之后来极力要树立的神圣更神圣、礼教更礼教、道学更道学的庄严道德形象的"陈门家风"，不知少了多少庸碌、多少世故、多少俗气、多少僵硬和酸腐。

族谱记录着一个远古的姓氏，那是我生命的源头。因为上古先祖如此的生气勃勃，我也要在陈姓始祖陈胡公陵前恭恭敬敬地上三炷高香。

敬启

在本书编辑过程中，我们经多方努力，未能找到一部分作者的联系方式。

我们尊重作者的权益，为此预留了稿酬。见书后请即与本丛书编委会联系。

联系方式：（QQ）2086670494（大中原文化读本）

电子信箱：dzywhdb@qq.com dzywhdb@126.com

另：编委会正在筹备"国风读库"系列丛书，欢迎多多赐稿。约稿详情及样文，请关注"文心出版社"微信公众号（wenxinchubanshe），详细了解。

（欢迎扫码关注）
"文心出版社"微信公众号